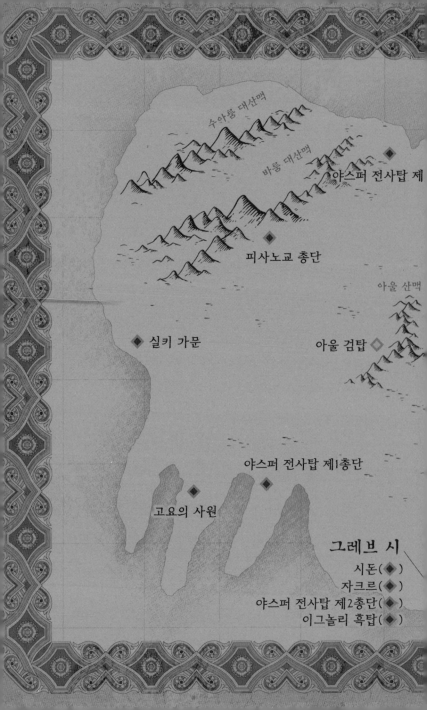

추이타 북산맥

추이타 대초원

추이타 남산맥

피요르드 시
쿠퍼 가문(◇)
은화 반 닢 기사단(◇)
모레툼 교황청(◇)

리올라 시

솔노크 시

솔 강

□ 시
마탑(◇)

원시림

라폴리움 시
라폴 도서관(◇)

트루게이스 시

뉴브로도 시
아바니 가문(◆)
수의 사원(◆)

◇ 백 진영
◆ 흑 진영
◆ 중립 진영
● 도시

언노운월드 대륙 전도

E 이탄 TAN

ORIGINAL FANTASY STORY & ADVENTURE

쥬논 판타지 장편소설

dream
books
드림북스

이탄 1 언데드 신관의 탄생

초판 1쇄 인쇄 2020년 10월 21일
초판 1쇄 발행 2020년 11월 4일

지은이 쥬논
발행인 오영배
편집 편집부
일러스트 필연
표지 · 본문 디자인 오정인
제작 조하늬

펴낸곳 (주)삼양출판사 · 드림북스
주소 서울시 강북구 도봉로 173
대표 전화 02-980-2112 팩스 02-983-0660
편집부 전화 02-987-9393 팩스 02-980-2115
블로그 blog.naver.com/dreambookss
출판등록 1999년 3월 11일 제9-00046호

© 쥬논, 2020

ISBN 979-11-283-9991-6 (04810) / 979-11-283-9990-9 (세트)

드림북스는 (주)삼양출판사의 판타지 · 무협 문학 브랜드입니다.

목차

사대신수

『성혈의 바하문트』

—신수: 날개 달린 사자

—상징: 공포

—속성: 흙(土), 피(血)

『불과 어둠의 지배자 샤피로』

—신수: 광기의 매

—상징: 탐욕

—속성: 불(火), 어둠(暗), 나무(木)

『포식자 하라간』

—신수: 투명 마수

—상징: 타락, 나태

—속성: 얼음(氷), 균(菌), 물(水)

『둠 블러드 이탄』

—신수: 냉혹의 뱀

—상징: 파멸

—속성: 금속(金), 빛(光)

발췌문

태초 이전.

그러니까 빛과 어둠이 탄생하기도 전, 혼돈의 시기.

3명의 초월자와 2명의 신수가 이 세상에 내려왔으니 그들은 각각 알리어스와 퀸, 콘, 그리고 투명 신수와 붉은 신수라 불렸다.

이 가운데 초월자 퀸과 투명 신수는 아주 먼 곳으로 가버렸고, 나머지 두 초월자 알리어스와 콘이 남아서 이 세상을 만들었다.

두 초월자 가운데 한 명이 빛과 어둠, 물과 불, 흙과 바람, 그리고 얼음과 번개 등을 빚어내었으니, 그의 이름은 알리어스다. 사람들은 알리어스를 본명 대신 '세계'라 부르며 신으로 떠받들었다.

나머지 또 한 명의 초월자 콘은 영혼과 에너지를 창조하였다.

하지만 사람들은 콘을 기억하지 못하고 오로지 남부 밀림의 조그만 부족만이 콘을 신으로 섬기었다.

—간용음이 수집한 고대의 전설과 신화 중에서 발췌

프롤로그

전 세계를 장악했던 천 년의 대제국 쥬신이 내홍으로 붕괴한 뒤, 세상은 5개의 군벌로 분열되었다.

이들 군벌들은 각기 다른 색깔을 자신들의 징표로 삼았다.

미주 지역의 군벌 에디아니는 푸른색.

유럽 대륙의 발렌시드는 노란색.

시베리아와 북해를 뒤덮은 코로니 군벌은 붉은색.

아프리카 및 중동의 군벌 카르발은 검은색.

마지막으로 아시아의 간씨 가문은 주홍색.

이 이야기는 피보다 섬뜩한 빛깔을 지닌 산씨 가문으로
부터 시작된다.

듀라한 라이징

Chapter 1

쥬신 제국은 약육강식의 세계였다. 피로써 대제국의 기틀을 잡고, 정복 전쟁으로 영토를 끝없이 확장해 왔으며, 노예의 노동력에 기대어 문명을 발전시켜 온 이 철혈의 대제국에서는 힘이 없으면 적에게 잡아먹히는 것은 너무나도 당연한 일이었다.

약육강식의 법칙은 쥬신 제국이 내전으로 붕괴한 이후에도 그대로 적용되었다. 아니, 오히려 더 심화되었다.

이 살벌한 세상에서 장기간 권력을 유지한다는 것은 보통 일이 아니었다. 따라서 쥬신 제국의 초창기부터 시작하여 무려 천년이 넘도록 권력을 유지해 온 오대군벌은 그 하나하나가 괴물이라 불리어도 손색이 없었다.

"오대군벌은 어찌하여 그토록 강한가? 그들이 대대손손 강성함을 유지하는 비결은 무엇인가? 우리 이 주제로 연구를 해보자."

오래 전 어떤 학자가 학계에 이런 화두를 던졌다.

그 학자는 얼마 지나지 않아 뒷골목에서 변사체로 발견되었다.

이후 오대군벌의 비밀을 파헤치려는 시도는 없었다. 적어도 공식적으로는 그런 일이 발생하지 않았다.

하지만 사람들의 뇌리에는 '오대군벌이 1,000년 넘게 강성함을 유지하는 데는 그들만의 비결이 있을 것이다.' 라는 생각이 틀어박히게 되었다.

아시아의 간씨 가문도 당연히 그들만의 비결이 존재했다. 세상 사람들은 알지 못하지만, 사실 간씨 가문의 역대 가주들을 비롯한 주요 인사들이 그토록 강할 수 있었던 이면에는 끔찍한 비밀이 숨어 있었다.

내 나이 세 살.

어미가 나를 버리고 야반도주를 하였다. 술주정뱅이 아비의 폭력을 견디지 못하고 도망쳤다는 소리도 있고, 다른 남자와 배꼽이 맞았다는 소리도 있는데, 어느 쪽이 진실인지 나는 알지 못하였다. 굳이 알 필요성도 느끼지 않았다.

내 나이 네 살.

얼굴에 큰 화상을 입었다. 술에 취해서 난동을 부리던 아비가 그만 집에 화재를 낸 탓이었다. 아비는 내가 불 속에 방치되었다는 사실도 모르는 듯했다. 어쩌면 알면서도 나를 화재 속에 그냥 내버려두었는지도 모르겠다.

다행히 지나가던 여신관이 나를 살렸다고 한다. 무척 아름답고 착하신 신관인 것 같았다. 나중에 빵 한 쪼가리라도 훔쳐서 신전에 바쳐야겠다. 내 오른쪽 뺨에 크게 남은 흉터는 비가 올 때마다 욱신욱신 쑤신다.

내 나이 다섯 살.

어미의 품에서 재롱이나 부려야 할 어린 나이에 나는 고귀한 분들에게 팔렸다. 주정뱅이 아비가 고사리 같은 내 손을 잡아끌고 돈 몇 푼에 나를 팔아넘겼다고 한다. 나중에 알게 된 사실이지만, 내 아비라는 작자는 나를 팔아먹은 돈으로 도박장에서 노름을 하다가 그만 외지인과 시비가 붙어 비명횡사를 했단다.

빌어먹을!

아무래도 이번 생은 여기까지인가 보다.

아 참, 내 이름을 말하지 않았구나.

내 이름은 이탄.

70년 전에 멸망한 쥬신 제국의 황가가 이씨 성을 썼다고 하는데, 특이하게도 내 아비의 성은 이씨가 아니라 목씨였다. 아비가 왜 내게 본인의 성 말고 다른 성을 붙였는지는 알 수 없었다.

뭐, 성씨 따위는 아무래도 상관없었다. 이 개 같은 세상에서 이름 따위가 뭐 그리 중하겠는가.

10년이 훌쩍 지났다.

낯선 사람들에게 팔린 이탄은 정체불명의 탑에 끌려와서 온갖 종류의 혹독한 훈련을 받았다.

고강도의 체력 훈련.

18종의 무기를 자유자재로 다루는 법.

몸에 마력순환로를 새기고, 이를 이용하여 마력의 원천인 마나를 움직이는 법.

영혼을 쥐어짜서 싸이킥 에너지를 만들고, 그 에너지를 폭발적으로 사용하는 법.

극한의 정신력 훈련.

살인 훈련.

독을 제조하고, 살포하며, 독에 대한 내성을 키우는 훈련.

심지어 온갖 생체실험에 이르기까지.

탑의 교관들은 지난 10년 동안 이탄에게 다양한 지식들을 주입했다. 그리고 이탄이 열다섯 살이 되자 탑의 지하로 끌고 내려왔다.

교관들은 이탄을 실험대 위에 강제로 눕혔다.

철컹, 철컹, 철컹, 철컹, 처얼컹.

실험대에서 자동으로 솟구친 쇠붙이가 이탄의 두 손목과 두 발목, 그리고 허리를 꽉 구속했다.

'시작되었구나.'

이탄은 입술을 꾹 깨물었다.

지금부터 어떠한 일이 벌어질 것인지 이탄은 이미 짐작하고 있었다. 순간적으로 이탄의 두 눈이 살기로 번들거렸다. 하지만 이탄은 이내 눈에서 힘을 빼고 마음을 다스렸다.

"후우우―."

가벼운 심호흡이 이탄의 분노를 속으로 숨겨주었다.

잠시 후, 탑의 교관들이 자리를 떴다. 대신 머리카락이 듬성듬성 빠진 노인이 안으로 들어왔다.

"홀홀홀, 네가 에너지원이구나."

노인은 이탄을 향해 누런 뻐드렁니를 드러내며 웃었다.

이탄이 노인을 힐끗 곁눈질했다.

노인은 심각하게 등이 굽은 꼽추일 뿐 아니라 눈까지 먼장님이었다. 눈동자가 있어야 할 자리엔 하얗게 백태만 끼었다.

꼽추 노인의 손이 닿자 이탄이 부르르 몸서리를 쳤다. 하지만 몸만 떨 뿐 이탄의 입에서는 단 한 마디의 신음도 흘러나오지 않았다. 그저 독기 어린 눈빛으로 꼽추 노인을 노려볼 뿐이었다.

"흘흘흘."

꼽추 노인이 입을 오물거려 웃었다. 이탄의 발바닥부터 시작하여 사타구니와 복부, 가슴을 차례로 더듬어 올라온 꼽추 노인의 손이 이탄의 두개골을 세심하게 더듬었다.

"품질이 좋구나. 게다가 지금까지 만났던 다른 애새끼들처럼 질질 짜거나 발버둥 치지 않아서 좋아. 흘흘흘."

Chapter 2

입술을 헤죽거리던 꼽추 노인이 검지를 위로 치켜들었다. 그러자 이탄을 구속하던 족쇄들이 철컹철컹 풀렸다. 이탄의 몸이 허공으로 부웅 떠올랐다.

'으읏.'

꼽추 노인이 무슨 마법을 썼는지 이탄은 족쇄가 풀린 뒤에도 손가락 하나 까딱할 수 없었다. 꼽추 노인이 또 웃었다.

"홀홀홀. 어디 보자. 이렇게 얌전하게 시술을 받는 녀석은 또 처음이지? 게다가 열다섯 살이라는 어린 나이에 시술을 받는 경우도 처음이야. 하니 네게 뭔가 상이라도 줘야겠구나. 홀홀홀. 과연 무슨 상을 줄까나? 홀홀홀홀."

꼽추 노인이 허공에 원을 그렸다.

샤라랑!

빛이 환하게 터지고, 환상처럼 아공간이 열렸다.

그 광경을 본 이탄의 동공이 살짝 커졌다. 교관들로부터 아공간에 대해서 배운 적은 있지만 실제로 목격한 것은 이번이 처음이었다.

"왜? 신기하나?"

장님인 꼽추 노인이 마치 이탄의 반응을 눈으로 보기라도 한 것처럼 물었다.

이탄이 황급히 시선을 천장으로 돌렸다.

"홀홀홀. 신기할 게다. 홀홀홀홀."

뻐드렁니를 드러내며 기분 나쁘게 웃은 꼽추 노인이 아공간 손으로 손을 불쑥 집어넣었다. 이윽고 아공간에서 빠져나온 노인의 손에는 3개의 기다란 침이 들려 있었다.

12 센티미터 길이의 주홍색 침.

역시 12 센티미터 길이의 은색 침.

마지막으로 19 센티미터 길이의 적색 침.

"엉?"

꼽추 노인이 고개를 갸웃했다.

"주홍색과 은색은 늘 사용하던 것인데, 이 적색 침은 뭐지? 나도 처음 보는 것인데? 우리 간씨 가문의 시술용 아 공간에 이런 침이 다 있었나?"

주홍색 침과 은색 침은 표면이 매끈했다. 반면 적색의 침에는 아주 미세하여 눈에 보이지도 않는 크기로 4개의 단어가 음각된 상태였다.

複利增殖 (복리증식).

分魂寄生 (분혼기생).

赤陽甲胄 (적양갑주).

萬金制御 (만금제어).

이상 4개의 단어는 지금 세상에서는 유래를 찾아볼 수 없는 이계의 언어였기에 세상의 그 누구도 읽을 수 없고 아무도 그 뜻을 헤아리지 못했다. 심지어 이것이 문자라는 점도 알 수 없었다.

'침의 옆면이 어디서 긁혔나? 좀 꺼끌꺼끌한데?'

꼽추 노인은 침에 새겨진 이계의 문자를 문자라고 인식하지 못했다. 글씨의 크기가 너무 작은 탓이었다. 때문에 꼽추 노인은 그저 적색 침의 표면이 매끄럽지 않다고 느꼈을 뿐이다.

'침이 매끄럽지 않으면 찔렸을 때 좀 더 고통스러울 텐데. 게다가 이 침은 유난히 길이가 길잖아?'

꼽추 노인이 약간 안쓰러운 표정으로 이탄을 바라보았다. 그러다 곧 고개를 흔들었다.

'쯧쯧. 아픈 게 뭐 그리 대수겠어? 어차피 시술이 끝나면 몸은 사라지고 영혼만 남을 아이인 것을. 쯧쯧쯧쯧.'

꼽추 노인이 허공에 둥둥 떠 있는 이탄에게 바짝 다가섰다.

이탄이 움찔 몸을 떨었다.

꼽추 노인이 웃음기를 거두고 으스스하게 말했다.

"자, 지금부터 내가 하는 말을 잘 들어라. 너는 위대한 간씨 가문의 밑거름으로 태어났다. 주홍의 간씨 가문! 그 고귀한 이름을 더욱 빛나게 해줄 거름이 될 거란 말이다. 이 얼마나 축복되고 영광스러운 일이더냐?"

이탄에게 말을 걸면서 꼽추 노인은 양손의 검지와 엄지를 모아 옆으로 쭈욱 잡아 벌리는 시늉을 했다. 그러자 놀랍게도 이탄의 정수리 부위가 쩌억 절개되면서 허연 두개골이 드러났다.

희한하게도 피는 한 방울도 흐르지 않았다.

꼽추 노인이 검지를 곧추세워 빙글빙글 돌렸다. 드르륵 소리와 함께 소년의 두개골 위쪽 부분에 드릴링을 한 것처럼 조그만 구멍이 뚫렸다.

두개골이 뚫릴 때 이탄이 푸들푸들 경련했다.

꼽추 노인이 이탄을 달래주었다.

"자, 자. 조금만 더 참으면 된다. 옳지. 거의 다 끝났어. 옳지. 잘하고 있다."

구멍이 완전히 뚫리자 이탄의 뇌가 살짝 엿보였다.

푹!

꼽추 노인은 이탄의 정수리 구멍에 대뜸 주홍색 침을 꽂아 넣었다. 12 센티미터 길이의 침이 이탄의 뇌 속으로 끝까지 박혔다.

'끕!'

이탄이 눈을 부릅떴다.

꼽추 노인이 이빨을 드러내고 웃었다.

"홀홀홀. 지금 네게 시술한 주홍침은, 미천한 너의 영혼을 고귀한 세진 도련님과 연결해주는 통로가 될 게다. 너처럼 미천한 아이의 영혼이 간씨 가문의 직계 혈통과 이어지다니, 이 얼마나 영광스러운 일이더냐? 홀홀홀. 넌 정말 복 받은 아이다."

'크윽, 개소리 하지 마.'

이탄이 속으로 이빨을 갈았다.

하지만 어린 그가 할 수 있는 일은 아무것도 없었다. 그러는 사이 주홍색 침은 이탄의 뇌 속에서 사르륵 녹았다.

푹!

꼽추 노인이 기다렸다는 듯이 두 번째 침을 꽂았다. 이번 은색 침도 이탄의 뇌에 끝까지 박혀들었다. 꼽추 노인의 설명이 이어졌다.

"이 은침이야말로 네게는 구명줄이나 다름없지. 홀홀홀. 오늘 시술이 끝나면 너의 영혼은 미지의 세상으로 이주하게 될 것인데, 그때 이 은침이 네게 많은 정보를 줄 게다. 부디 그 정보를 잘 활용하여 미지의 세상에서 오래도록 살아남아라. 그래야 우리 세진 도련님께 지속적으로 도움이 되지. 홀홀홀."

빠드득.

이탄이 어금니를 꽉 깨물었다.

이탄은 지금 꼽추 노인이 중얼거리는 말이 무엇을 의미하는지 알고 있었다.

이곳 세상과는 전혀 다른 미지의 세계. 둠 홀을 통해서 연결되는 그 세계야말로 간씨 가문 입장에서는 노다지 금광이나 다름없는 곳이었다. 지난 천수백 년간 간씨 가문에서는 그 미지의 세계로 영혼을 들여보낸 다음, 그 영혼들로

하여금 싸이킥 에너지를 채굴케 만들었다. 그렇게 채굴한 에니지가 간씨 기문의 수뇌부들에게 전달되어 그들을 초인으로 만들어 주었다.

멀쩡한 아이를 시술하여 영혼만 남기고, 그 영혼을 미지의 세계로 들여보내 에너지를 채굴시키는 것.

이것이 바로 간씨 가문이 천년 넘게 세상의 강자로 군림할 수 있게 해준 비밀이었다. 이탄은 탑에서 혹독한 훈련을 받는 중에 이 추악한 비밀을 알게 되었다.

Chapter 3

이탄이 간씨 세가의 비밀을 알게 된 것은 사실이지만, 그렇다고 탑에서 탈출할 수는 없었다. 이탄의 나이는 이제 고작 열다섯 살에 불과했고, 교관들에 비해서 무력도 미약했다. 탑에서 탈출하기는커녕 훈련장도 벗어나지 못했다.

'젠장! 젠장! 젠장! 결국 이렇게 죽는 것인가?'

이탄이 속으로 이빨을 가는 가운데 꼽추 노인이 세 번째 침을 꺼내들었다.

푸욱!

이 적색 침은 꽤나 깊숙하게 이탄의 뇌로 파고들었다. 앞의 두 가지 침에 비해 녹는 시간도 오래 걸렸다.

'크으윽. 끄으으윽.'

이탄이 으스러져라 어금니를 물었다.

적색 침이 이탄의 뇌에서 녹아드는 동안, 꼽추 노인은 평평한 붓을 들고 이탄의 몸에 이상한 액체를 발랐다. 마치 고기를 구울 때 양념을 바르는 것 같아 이탄은 기분이 무척 나빴다.

귓구멍부터 시작하여 발가락 사이까지 꼼꼼하게 액체를 바른 뒤, 꼽추 노인이 이탄의 머리를 손으로 감쌌다.

"$\varepsilon \zeta \eta \theta , \varepsilon \zeta \eta \theta , \varepsilon \varepsilon \theta , \iota \kappa \gamma \beta \delta , \zeta \zeta \zeta \zeta$!"

꼽추 노인이 고대의 언어로 주문을 외웠다. 꼽추 노인의 손에서 진한 주홍색의 빛이 터졌다. 그 빛이 이탄의 뇌로 스며들었다가 온몸으로 퍼져 나갔다.

"끄어어어—."

이탄의 입에서 신음이 새어 나왔다.

이건 난생처음 있는 일이었다. 이탄은 정말 지독한 독종이라 탑의 훈련을 통과하면서 단 한 번의 신음도 흘려본 적이 없었다. 심지어 열한 살 훈련 중에는 배가 찢어져서 창자가 줄줄 흘러내렸는데, 그때도 이탄은 신음 한 마디 내뱉지 않았다. 그저 짐승의 뼈로 바늘을 만들고 그 뼈에 실을 꿰어 스스로 찢어진 배를 묵묵히 꿰맸을 뿐이다. 인간미라고는 눈곱만큼도 없는 교관들조차 이턴의 독한 대도에 혀를 내둘렀다.

"쯧쯧. 아깝구나. 에너지원으로 선택되지 않았다면 내가 제자로 들였을 것을."

교관들 가운데 일부는 이런 탄식을 뱉을 정도로 이탄을 아까워했다.

그런 이탄이 신음을 내뱉었다.

아니, 엄밀하게 말해서 이건 신음이 아니었다. 이탄의 폐부 속의 공기가 입술을 통해 한꺼번에 빠져나오면서 나오는 소리에 불과했다.

이탄의 폐가 단숨에 쪼그라들었다. 이탄의 장기가 건조하게 말랐다가 푸스스 흩어졌다. 이탄의 피부는 수분을 빼앗겨 쭈글쭈글한 노인의 그것처럼 오그라들었다. 이탄의 근육은 말라 비틀어지다 못해 마른 오징어의 다리처럼 변했다. 이탄의 뼈는 염산에 담그기라도 한 것처럼 부글부글 녹아들었다.

이탄의 팔다리가 먼저 사라졌다. 이어서 이탄의 몸뚱어리가 차례로 붕괴되었다. 복부를 지나, 가슴, 목까지 차례차례.

결국 이탄은 머리통만 남았다.

"끄어어어어—."

꼽추 노인의 손에 붙잡힌 이탄의 머리통이 마지막 숨을 내뱉었다. 이탄의 눈알은 이미 터져서 없어져 버린 상태였다. 얼굴 근육도 모두 사라졌다. 오직 쭈글쭈글한 얼굴가죽만 남아 두개골에 힘겹게 달라붙었다.

이탄의 뇌도 어느새 한 줄기 하얀 연기로 변해서 증발했다. 이탄에게는 이제 미이라처럼 바짝 말라붙은 머리통만 남았다.

"자, 가자."

꼽추 노인은 이탄의 머리통을 들고 조심조심 걸었다.

이곳 시술실보다 한 층 더 아래. 탑의 가장 깊고 음습한 곳으로 꼽추 노인은 발걸음을 옮겼다.

꼽추 노인이 도착한 곳에는 나무들이 가득했다. 잎사귀라고는 전혀 없이 나뭇가지만 앙상한, 보는 것만으로도 사람의 기분을 섬뜩하게 만드는 괴목들이었다.

탑의 지하 최하층, 햇볕 한 점 들지 않는 음지에서 자라는 이 망령목 군락이 곧 간씨 가문의 강성함을 유지하는 비결이었다.

간씨 가문에선 직계 혈통이 태어날 때 태아의 탯줄과 혈액을 섞어서 망령목의 묘목을 제조한다. 그다음 탑의 맨 아래층에 정성스레 심는다.

이때 묘목이 몇 개의 가지를 뻗느냐가 아주 중요했다.

예를 들어서 간씨 가문의 13대조인 검성(劍聖) 간무벽.

그의 망령목은 무려 199개의 가지를 뻗었다. 간무벽은
이 199개의 가지마다 '에너지 채굴기'를 하나씩 매달았고,
그 결과 미지의 세계로부터 막대한 싸이킥 에너지를 공급받
아 인간의 한계를 훌쩍 초월한 절대강자로 성장했다.

간무벽이 한창 활약할 당시 쥬신 제국의 유력 가문들이
연합하여 그 한 사람을 대적하기에 급급했다고 한다. 심지
어 쥬신 제국의 황제도 간무벽을 두려워하여 안절부절못할
정도였다.

만약 그 당시에 제국의 황제와 나머지 유력 가문들이 꽉
결속하여 간무벽을 견제하지 못했다면, 아마도 간씨 가문
에서 제국의 새 황제가 탄생했을지도 몰랐다. 검성 간무벽
은 그 정도로 막강했다.

그 후 간씨 가문에서는 13대조와 비견할 만한 초강자는
탄생하지 않았다. 대신 적절한 수준의 강자들은 대를 이어
서 나타났다.

간씨 가문의 당대 가주는 간성주였다. 올해로 101살이
된 간성주는 총 38개의 가지를 뻗었고, 38개의 영혼을 미
지의 세계로 들여보내 싸이킥 에너지를 채굴 중이었다.

간성주의 둘째 아들인 간철호는 총 56개의 가지를 뻗었

고, 56개의 영혼을 통해 에너지를 대량으로 긁어모으고 있었다. 간성주의 아들들 가운데 간철호를 따라올 사람은 없었기에, 만장일치로 간철호가 간씨 가문의 차기 가주로 낙점되었다.

간철호의 장남인 간민수는 총 34개의 가지를 뻗었다. 이게 그렇게 나쁜 수준은 아니었다. 하지만 부친인 간철호의 눈에는 차지 않았다.

그래도 간민수는 유력한 후계자감으로 꼽혔다. 그 또래의 직계혈통들 가운데 간민수가 가장 뛰어나기 때문이다.

문제는 간세진이었다.

간민수의 장남인 간세진은 올해 열다섯 살의 나이였다. 간씨 가문에는 세진과 비슷한 또래의 직계혈통만 무려 20명이 넘었다. 그만큼 후계자 경쟁이 치열한 상황이었다.

그런데 간세진의 망령목은 이제 고작 16개의 가지를 뻗었을 뿐이다.

물론 간세진의 망령목은 아직 다 자라지 않았다. 그가 스무 살이 되어 성인식을 치를 때까지 망령목의 가지 수가 좀 더 늘어날 가능성도 있었다. 희박한 확률이기는 하지만 아주 불가능하지는 않다고 꼽추 노인은 생각했다.

Chapter 4

"그래도 16개는 너무 적지. 쯧쯧쯧."

꼽추 노인이 혀를 찼다.

"그러니까 세진 도련님의 망령목을 아주 섬세하게 보살펴드려야 해. 괜히 재능이 부족한 영혼을 연결했다가 가지가 더 줄어들면 곤란하다고."

망령목에 영혼을 연결하여 미지의 세계로 들여보냈는데, 그 영혼이 덜컥 소멸되기라도 한다면?

그러면 이쪽 세상의 망령목 가지도 같이 바스러진다. 간세진이 지금보다 더 약해질 수도 있다는 소리였다.

"허어, 안 될 말이지. 그런 사태가 벌어져선 절대로 안 돼."

꼽추 노인이 빠르게 머리를 가로저었다.

간세진의 망령목으로 다가간 꼽추 노인은 미이라처럼 변한 이탄의 머리통을 뾰족한 나뭇가지에 연결했다.

꾸득, 꾸득, 꾸드득

나뭇가지가 이탄의 머리통을 뚫고 들어와 꽉 달라붙었다. 나뭇가지 속에서 뻗은 신경 다발들이 머리통 전체로 퍼져 나갔다.

드디어 연결 완료.

꼽추 노인이 팔뚝으로 이마의 땀을 훔쳤다.

"휴우, 이제 16개의 에너지 채굴기를 다 채웠구나. 모두 독종들로만 골라서 망령목에 연결했으니 소멸되지 않고 무럭무럭 성장하겠지. 휴우우. 부디 잘 부탁한다."

꼽추 노인이 응원이라도 하듯이 간세진의 망령목을 툭툭 두드렸다.

그 독백을 마지막으로 들으면서 이탄의 영혼은 망령목 가지 속으로 쑤욱 빨려들어 갔다. 가지와 줄기를 지나 망령목의 뿌리로 이동한 이탄의 영혼은 어느 순간 시커먼 구멍 속으로 흡입되었다.

이 구멍이 바로 둠 홀(Doom Hole).

오직 영혼만이 통과할 수 있다는 파멸의 문이다.

파악!

둠 홀을 통과하자 갑자기 우주가 나타났다. 반짝거리는 별들이 온 우주를 환하게 수놓았다.

[아!]

이탄의 영혼이 탄성을 질렀다.

그때 소행성들이 몰아닥쳤다. 이탄의 영혼은 거부할 수 없는 흐름에 이끌려 미지의 세계, 즉 언노운 월드(Unknown World)로 빨려들어 갔다.

[정신 바짝 차려야 해. 나는 반드시 내 세상으로 되돌아

올 거다. 그리하여 나를 이 꼴로 만든 자들에게 복수하고
말 거야.」

혼이 쏙 빠질 지경임에도 불구하고 이탄의 영혼은 주변
을 빠르게 살폈다. 소행성들의 흐름은 얼핏 보기에 무한대
를 상징하는 기호, 즉 ∞ 모양을 그리는 것 같았다. 혹은
그 흐름이 뫼비우스의 띠처럼 비틀려 순환하는 것처럼 느
껴졌다.

이 거대하고도 거친 흐름에 휩쓸려 수많은 영혼들이 바
스러졌다. 원래는 이탄의 영혼도 흐름에 짓눌려 바스러져
야 정상이었다. 그런데 영혼 안쪽까지 깊숙하게 박힌 은침
이 이탄의 영혼 둘레에 방어막을 쳐주었다. 찬란하게 일어
난 은빛 방어막 덕분에 이탄의 영혼은 소멸되지 않고 흐름
을 계속 탔다.

그러던 한순간이었다. 우주 저편에서 붉은 기운이 몰려
들었다.

콰르르르르—.

시뻘겋고 사나운 기운은 이탄의 영혼을 향해 벼락처럼
달려들었다. 우주의 순환이 붉은 기운에 밀려서 쩍 갈라졌
다.

이탄이 당황했다.

[이런 현상에 대해서는 들어본 적이 없는데?]

이탄의 영혼은 폭포수에 휘말린 가랑잎처럼 위태롭게 흔들렸다.

시뻘건 기운이 아가리를 쩍 벌려 이탄의 영혼을 집어삼켰다.

[으아아아악.]

이탄의 영혼이 저도 모르게 악을 썼다. 주변 세상이 온통 시뻘겋게 물들었다.

그 장면을 끝으로 이탄의 영혼은 정신을 잃었다.

삐이익—!

강한 고주파수가 이탄의 머리를 때렸다.

'으윽.'

이탄은 양손으로 머리를 감싸 안으며 고꾸라졌다. 이탄의 머릿속에서 이해할 수 없는 음성이 울렸다.

[언노운 월드 정착 완료. 정착 완료. 개체명 간세진 베타 (β), 간세진 알파(α)와 영혼 연동을 시작합니다. 연동률 1퍼센트, 2퍼센트, 3퍼센트, 4퍼센트…….]

'으으윽.'

이탄이 좀 더 고통스럽게 몸부림쳤다.

간세진 베타.

처음 듣는 단어는 아니었다. 탑에서 소년들을 트레이닝

시키던 교관들은 이따금 소년들을 베타라고 불렀다.

'내가 베타. 간세신라는 개사식이 알파. 그러니까 지금 나의 영혼과 간세진의 영혼이 연결 중이라는 소리겠지?'

머리를 톱으로 써는 듯한 고통을 잊기 위해서 이탄은 필사적으로 생각했다.

[15퍼센트, 16퍼센트, 17퍼센트…….]

그 와중에도 뇌에서 계속 소리가 들렸다. 영혼의 연동률이 점점 더 높아졌다.

그때 또 다른 종류의 음성이 이탄의 뇌를 강타했다.

[정보창 오픈 조건 충족. 개체명 간세진 베타가 미지의 세상에 잘 정착할 수 있도록 정보창 기능을 제공합니다. 지이이잉!]

이탄의 왼쪽 눈이 갑자기 화끈해졌다. 이건 마치 왼쪽 눈알의 일부를 칼로 도려내는 듯한 통증이었다.

'크악.'

이탄이 새우처럼 구부렸던 몸을 반대로 뒤틀며 발작했다.

"후읍. 우후읍. 후읍."

이탄은 최대한 천천히 숨을 들이켰다가 조금씩 나눠서 내뱉었다. 한동안 그렇게 호흡을 조절하자 눈을 인두로 지져버리는 듯한 통증이 조금씩 누그러졌다.

이윽고 이탄의 왼쪽 눈에 투명한 박스가 떠올랐다. 박스 상단에는 "정보창"이라는 글자가 조그맣게 박혀 있었다. 하지만 박스 안에는 아직까지 그 어떤 정보도 떠오르지 않았다. 대신 투명한 박스를 투과하여 앞쪽 사물이 고스란히 보였다.

"후욱, 후욱."

이탄이 비틀거리며 일어났다. 우선은 상황 파악부터 해야만 했다.

'여기가 어디지?'

주변은 어두웠다. 사방이 벽돌로 꽉 막혔고, 벽 한쪽에 조그만 철문이 하나 난 것이 전부였다.

'이곳 언노운 월드로 영혼만 넘어왔을 텐데, 이 신체는 뭐지?'

이탄은 손으로 자신의 몸을 더듬었다.

'아아! 새로운 신체에 내 영혼이 깃들었나 보구나. 새 몸에 빙의된 것이 틀림없어. 그런데 이 몸은 예전의 나보다 골격이 많이 크네? 대신 몸 상태나 피부 상태는 엉망이야.'

지금 이탄의 몸뚱어리는 키가 제법 훤칠한 미소년의 것이었다.

Chapter 5

이탄의 영혼이 언노운 월드에 도착하여 새로운 신체에 깃든 것이라는 추측은 사실로 판명되었다. 이탄의 이(異)세계 정착은 이미 시작된 셈이다.

문제는 언노운 월드가 그리 만만한 세상이 아니라는 점. 조금만 방심하면 죽을 수 있는 곳이 바로 언노운 월드였다.

'젠장. 벌써 정착이 시작되다니. 생각하자. 빨리 생각해 내자. 이곳 세상에 적응할 방법을 빨리 생각해 내야 해. 이탄, 탑에서 배운 지식들이 있잖아. 어서 머리를 굴려.'

한데 아무리 머리를 굴려봤자 지금 상황에서 딱히 할 수 있는 일은 없었다. 이탄은 우선 손등으로 벽을 톡톡 두드려 보았다.

모두 둔탁한 반향만 들릴 뿐, 빈 공간이 발견되지는 않았다. 게다가 철문은 밖에서 꽉 잠겨 꿈쩍도 안 했다.

'후우, 이럴 때는 에너지 비축이 최선이지.'

이탄은 철문 맞은편 벽에 기대앉아 최대한 편하게 쉬려고 노력했다.

'만약의 사태를 대비하여 체력을 아껴놓아야 해.'

어둠 속에서 이탄의 눈이 날카롭게 빛났다.

깊은 밤.

덜컹 소리와 함께 철문이 열렸다.

이탄은 복도에 쿵쿵 발걸음 소리가 들릴 때부터 철문 뒤에 몸을 숨기고 있었다. 이윽고 철문이 열리고, 묵직한 발이 안으로 들어왔다.

"크르르르—."

폐부 깊은 곳까지 떨어 울리는 낮은 으르렁거림이다. 이탄은 반사적으로 모퉁이에 몸을 웅크렸다.

소용없는 짓이었다.

후웅—

낯선 침입자의 육중한 몸이 바람처럼 이동해 이탄의 코앞으로 들이닥쳤다. 뭉툭한 손이 이탄의 목덜미를 붙잡아 그대로 들어올렸다. 눈 깜짝할 사이에 이탄의 머리가 감옥 천장에 닿았다.

이탄을 번쩍 들어 올린 상대의 신장은 대략 230 센티미터 내외였다. 갈색 톤의 피부는 나무껍질을 보는 듯 거칠었다. 상대의 눈은 노랗게 번들거렸는데, 그 눈 속에 세로로 길게 쪼개진 동공이 섬뜩했다. 상대의 입은 귀 언저리까지 길게 찢어진 상태였다. 그 입속에서 툭 튀어나온 어금니가 멧돼지의 그것처럼 억세 보였다. 상대의 혀는 뱀의 그것처럼 두 갈래로 갈라져서 혐오스럽게 날름거렸다.

그 혀에서 쉭쉭 소리가 들렸다.

무엇보다 낭혹스러운 것은, 상대의 관자놀이 부위에 돋아 있는 거대한 뿔이었다. 물소의 것처럼 앞쪽으로 크게 휘어진 2개의 뿔 말이다.

'아인종이구나.'

이탄이 침을 꿀꺽 삼켰다. 탑의 교관들로부터 배운 지식이 떠올랐다. 언노운 월드에는 인간과 다른 아인종들이 상당수인데, 이 아인종들 가운데는 수인족의 형태를 가진 자들이 유독 많다고 했다.

'하지만 탑에서는 늑대형 수인족에 대해서만 가르쳐 주었잖아? 이자는 특성이 뭐지?'

이탄이 고민을 할 때였다.

물소를 닮은 아인종이 이탄을 벽에 쿵 밀쳤다.

'크윽. 나를 이렇게 거칠게 다루는 것을 보니 이 아인종은 기본적으로 내게 호의적이지 않구나.'

이탄이 이런 판단을 내릴 때였다. 이탄의 머릿속에 띠링! 소리가 울렸다. 이탄의 왼쪽 눈 속 투명한 박스 안에 글자가 떠올랐다.

— 종족: 타우너스 일족

— 주무기: 해머, 도끼, 쇠사슬 등

— 특성 스킬: 강력한 스매쉬(Smash), 신속이동, 철벽방어

　— 성향: 중립 흑

　— 레벨: C+에서 A—

　— 주 출몰지역: 언노운 월드 북부 침엽수림지대

　— 출몰빈도: 희박

이탄은 빠르게 정보를 읽었다.

'이것이 바로 정보창의 기능인가?'

간씨 가문은 그동안 놀고 있었던 것이 아니었다. 그들은 에너지를 채굴하는 영혼들이 언노운 월드에 안전하게 정착할 수 있도록 정보창 기능을 개발해 내었다. 그리곤 은빛 침을 이용해서 정보창 기능을 영혼에 탑재해 주었다.

물론 이 정보창은 지금 이 순간에도 여러 영혼들의 도움을 받아서 지속적으로 업데이트 중이었다. 지금 이탄의 영혼이 보고 듣는 모든 정보도 실시간으로 정보창에 반영되는 중일 터였다.

'타우너스 종족이라면 탑에서 설명을 들은 적이 있다. 비록 그 생김새는 알지 못했지만, 꽤나 자주 언급되는 종족이야.'

간씨 가문이 타우너스의 생김새를 모른다는 것은, 이 종족이 그만큼 보기 드물다는 뜻이었다. 그럼에도 불구하고 문서상으로나마 자주 언급되었다면, 이 종족이 그만큼 강력하다는 반증이었다. 이탄은 그렇게 판단했다.

'젠장. 시작부터 일이 꼬였구나.'

이탄이 낭패한 표정을 지었다. 이탄의 영혼이 깃든 이 신체의 원주인은 정상적인 삶을 사는 사람이 아니라 죄수인 것 같았다. 게다가 하필이면 이 감옥을 지키는 간수가 강력한 아인종인 타우너스였다.

"크르르르."

낮게 포효한 타우너스가 이탄을 들고 감옥 밖으로 나갔다. 타우너스가 한 발 내디딜 때마다 복도가 쿵 쿵 울려댔다.

이탄은 타우너스의 손에 대롱대롱 매달려 주변을 둘러보았다.

타우너스가 입고 있는 갑옷은 품질이 꽤나 좋아 보였다. 갑옷에 새겨진 문자들을 보니 마법 기능도 포함된 것 같았다.

'언노운 월드의 금속제련 솜씨가 간씨 세가에 뒤처지지 않는구나. 마법 수준도 꽤 높은 것 같아.'

뛰어난 갑옷에 비해 감옥은 허름했다.

'건축 기술은 간씨 세가에 비해서 뒤처지나? 아니면 내가 별 볼 일 없는 죄수라서 낡은 감옥에 가둔 것일까?'

이탄이 침착하게 주변 정황을 살피는 가운데 타우너스가 계단을 오르기 시작했다.

Chapter 6

나선형으로 빙글빙글 돌면서 돌계단을 오르자 이내 나무 문이 나왔다. 반달 모양으로 생긴 나무문 앞에는 타우너스 전사 2명이 보초를 서고 있었다.

"$H\Theta\Theta I, IKH\Lambda$."

이탄을 데려온 타우너스가 뭐라고 말을 건넸다. 이탄은 알아들을 수 없는 언어였다.

그때 투명한 정보창이 자동으로 번역을 해주었다.

실험체를 데려왔다.

이런 문장이 이탄의 정보창에 떠올랐다.

'치잇.'

실험체라는 말에 이탄이 얼굴을 구겼다.

간씨 가문에서도 이탄은 실험체였다. 그런데 여기서도 그 지독한 굴레를 벗어나지 못하는 것 같아 입이 썼다.

그러는 동안 삐이꺽 나무문이 열렸다. 보초를 서던 타우너스들은 한 발 옆으로 비켜서 길을 터주었다.

쿵 쿵 쿵 쿵

타우너스가 이탄을 문 안으로 데리고 들어갔다.

문 안쪽 풍경은 이색적이었다. 사람을 여럿 삶은 듯, 해골이 덕지덕지 붙어 있는 커다란 항아리가 보였고, 항아리 안에서 부글부글 끓는 소리가 들렸다. 항아리로부터 솟구친 시커먼 수증기가 방 안을 가득 채웠다.

항아리 앞에는 A자형 사다리가 몇 개 놓여 있었는데, 수염이 덥수룩한 난쟁이들이 사다리 위에 올라가서 기다란 나무막대로 항아리 속을 빙글빙글 젓는 중이었다. 난쟁이들의 얼굴은 온통 땀투성이였다. 난쟁이들 관자놀이에는 뭉툭하게 뿔도 보였다.

항아리 옆에는 길쭉한 보면대가 위치했다. 끔찍할 정도로 두꺼운 책이 그 보면대 위에 펼쳐진 모습이었다.

타우너스가 다시 입을 열었다.

"*HΘΘI, IKHΛHΛ.*"

이탄의 정보창에 번역된 글이 떠올랐다.

실험체를 데려왔습니다.

'어라? 이번엔 존칭을 썼어?'

놀란 이탄이 시선을 살짝 들었다.

타우너스가 고개를 푹 숙인 전면부, 두꺼운 책 앞에 뾰족한 모자를 쓰고 검은 로브를 입은 여자가 보였다.

눈이 유난히 반짝이는 마녀였다. 그녀의 입술은 도드라지게 붉었고, 밤색의 풍성한 머리카락을 엉덩이까지 치렁치렁하게 늘어뜨린 모습이었다.

타우너스의 말에 마녀가 유리알 안경 너머로 이탄을 바라보았다.

'헙.'

상대와 시선이 마주치자 이탄이 움찔했다. 그 짧은 시선 교환만으로도 이탄의 왼쪽 눈에 정보창이 떴다.

— 종족: 필드 일족 (법사 계열로 추정)

— 주무기: ?

— 특성 스킬: ?

— 성향: ?

— 레벨: 추정 불가

— 주 출몰지역: 언노운 월드 평야

― 출몰빈도: 희박

'빌어먹을. 쓸 만한 정보는 하나도 없구나.'

이탄이 이맛살을 찌푸렸다.

그런 이탄을 보면서 마녀는 피식 입꼬리를 비틀더니, 타우너스에게 손짓을 했다.

'이런 씨발.'

이탄이 대뜸 욕을 뱉었다. 마녀의 손가락이 가리킨 곳이 다름 아닌 펄펄 끓는 항아리 속이었기 때문이다.

이탄의 불길한 예감은 곧 현실이 되었다. 미지의 세계 언노운 월드에 영혼이 정착한 바로 그 날, 이탄의 몸뚱어리는 허공으로 높이 들렸다가 항아리 속으로 텀벙 들어갔다. 이탄의 머릿속엔 그 망할 꼽추 늙은이의 목소리가 맴돌았다.

"독종인 놈을 선발해야 해. 세진 도련님의 망혼목이 가지를 잃지 않고 무럭무럭 자라려면 독종인 놈을 선발해야 한다고. 그래야 언노운 월드에서 쉽게 죽어버리지 않고 오래도록 살아남지."

이상이 꼽추 노인의 주장이었다. 이탄이 해괴한 시술을 받아 망령목에 매달리기 하루 전, 꼽추 노인은 탑의 교관들에게 가장 독한 소년을 선발해 달라고 주문했다.

이 이야기를 몰래 엿들은 이탄은, '내가 다음 차례가 되겠구나.' 라고 짐작했다.

그런데 이탄이 아무리 독종이면 뭘 하나. 다짜고짜 이렇게 항아리 속에 넣고 삶아버리면 제아무리 이탄의 생존본능이 강하다고 해도 빠져나갈 방법이 없다.

후악!

항아리 속에 들어가기 전, 뜨거운 연기가 먼저 이탄의 온몸을 휘감았다. 숨이 턱 막혔다. 지독한 냄새 때문에 구역질이 치밀었다.

하지만 구토를 하기도 전에 이탄의 몸뚱어리가 뜨거운 액체 속으로 꼬르륵 잠겨들었다. 펄펄 끓는 액체는 이탄의 피부를 태우며 살 속으로 파고들었다. 폐, 간, 심장, 위장과 같은 내부 장기들이 단숨에 활활 타버렸다.

"끄어어어."

또다시 사망.

이탄은 만 하루가 지나기 전에 두 번이나 죽었다.

똑, 똑, 똑, 똑, 똑.

물방울 떨어지는 소리에 이탄의 정신이 돌아왔다. 얼마나 오랫동안 기절해 있었는지는 알 수 없었다.

'끄으응, 여기가 대체 어디지?'

이탄은 눈꺼풀을 힘겹게 들어 주변을 살폈다.

'내가 죽지 않았나? 아니면 죽어서 또 다른 사후세계로 온 것인가?'

판단이 잘 서지 않았다. 사방은 칠흑처럼 어두웠다. 이탄의 몸은 쇠 고리로 단단하게 구속되어 손가락 하나 까딱할 수 없었다. 손가락 끝단, 발가락 끝단까지 감각은 남아 있었으나, 어딘지 모르게 이질적인 느낌이 들었다. 그래도 일단 몸이 있는 것을 보면 죽지는 않은 것 같았다.

'그런데 뭔가 어색한데?'

이탄이 고개를 들려고 했다.

'큭.'

안타깝게도 머리에 채워진 쇳덩어리 때문에 고개를 들 수 없었다.

Chapter 7

쇳덩어리는 비단 이탄의 머리에만 채워진 것이 아니었다. 이탄의 턱에도 쇠로 만든 구속구가 채워져 있었는데, 그 때문에 이탄은 강제로 입을 벌려야 했다.

규칙적으로 똑똑 떨어지는 액체가 이탄의 목구멍 속으로

넘어갔다.

'으윽, 써.'

이탄은 비록 참을성이 대단한 소년이었지만, 이 정체 모를 액체는 정말 참기 힘들 정도로 쓰고 비렸다.

그래도 입이 쩍 벌어져 있고 몸을 움직일 수도 없으니 비린 액체를 마시지 않을 도리가 없었다.

'여기가 대체 어디지?'

이탄은 눈알을 좌우로, 그리고 위아래로 굴렸다.

머리가 고정된 상태에서 눈알만 굴려서 볼 수 있는 시야는 그리 넓지 않았다. 게다가 주변이 캄캄하여 보이는 것도 없었다.

이탄이 곤혹스러운 표정을 지었다.

'이상하다? 내가 죽지 않았단 말인가? 분명히 펄펄 끓는 액체 속으로 던져졌는데? 그나저나 여기서는 아무런 정보도 뜨지 않네?'

이탄이 열심히 눈을 깜빡여 보았으나 정보창엔 아무런 변화가 없었다.

'내가 할 수 있는 일이 없구나. 하아아.'

이탄은 이 수동적인 상황이 무척 짜증 났으나, 애써 화를 가라앉혔다. 불필요하게 성질을 내고 힘을 빼봤자 아무런 도움이 되지 않는다는 사실을 이탄은 잘 알았다. 이탄은 최대한 근육을 이완시킨 다음, 만일의 경우를 대비하여 힘을 비축했다. 이탄의 뇌에서 분비된 에너지가 이탄의 오른손 세 번째 손가락으로 조금씩 모여들었다. 당장은 이 에너지가 크지는 않지만 계속 모으면 제법 강한 힘을 낼 수 있었다.

누워 있는 중에 깜빡 잠이 들었다.

얼마나 잤는지는 알 수 없었다. 적어도 하루는 지난 듯했다. 이탄이 잠에서 깬 것은 주변에서 들리는 소음 때문이었다.

우당탕탕 거리는 소음의 크기는 점점 더 커지고 빈도가 잦아졌다. 아무래도 심상치 않은 일이 벌어지는 것 같았다.

그러다 결국 소음의 수준을 넘어서서 폭음으로 돌변했다. 콰앙, 쾅, 폭음이 터질 때마다 천장에서 돌가루가 우수수 떨어지고 땅이 흔들렸다.

'뭔가 일이 벌어졌구나.'

이탄이 사태파악을 하려고 열심히 눈알을 굴렸다.

그때였다. 쩌어엉! 하고 금속이 공명하는 소리가 귀청을 찢었다. 이윽고 이탄의 코앞으로 시커먼 괴한이 뚝 떨어져 내렸다.

"ΘΙΘΙΘΙ! ΛΗ ΛΙΟΟ."

괴한은 까마귀 우는 듯한 음성으로 뭐라고 말하더니, 이탄의 몸을 구속하고 있던 쇠뭉치들을 단숨에 뜯어내었다.

이탄의 정보창에 글자가 우수수 떠올랐다. "옳거니! 여기 있었구나."가 조금 전 괴한이 지껄인 말이었다.

이탄은 번역 결과보다 다른 정보에 신경을 기울였다.

— 종족: 필드 일족 (무사 계열로 추정)

— 주무기: 손톱, ?

— 특성 스킬: ?

— 성향: ?

— 레벨: 추정 불가

— 주 출몰지역: 언노운 월드 평야

— 출몰빈도: 희박

'이자는 또 뭐야?'

이탄이 당황하는 가운데, 괴한은 이탄을 어깨에 짊어지고는 그대로 천장을 뚫고 건물 지붕 위로 올라갔다.

후왕!

강렬한 밤바람이 이탄의 뺨을 때렸다.

아니, 이건 밤바람이 아니었다. 무시무시한 속도로 날아오는 금속해머가 풍압을 만들어내었을 뿐이다.

'으헉.'

이탄이 기겁했나.

하지만 그보다 한발 앞서 괴한의 손이 커다란 해머를 붙잡았다. 무지막지한 속도로 날아든 해머가 놀랍게도 괴한의 손톱에 걸려 종잇장처럼 찢겨나갔다. 적의 무기를 파괴한 뒤, 괴한은 손을 쭉 뻗었다.

괴한의 손끝이 향한 곳은 해머의 주인, 즉 타우너스의 목줄기였다.

파직!

타우너스의 갑옷에 새겨진 방어마법이 작동했다. 하지만 괴한은 방어막마저 손쉽게 찢고 타우너스의 목줄기를 한 움큼 잡아 뜯었다.

푸확, 피가 튀었다. 목 전체를 잡아 뜯긴 타우너스 전사가 피를 분수처럼 뿜으며 지상으로 추락했다.

괴한이 등에 메고 있던 둥그런 방패를 허공에 뿌렸다.

위이잉!

놀랍게도 방패가 땅에 떨어지지 않고 허공에 둥실 떠올랐다. 괴한은 이탄을 옆구리에 끼고 방패에 올라탔다.

슈왁—

방패가 하늘을 날았다. 속도가 너무 빨라 이탄은 눈알이 핑핑 돌았다.

그렇게 정신이 없는 와중에도 이탄은 눈 아래 펼쳐진 광경을 똑똑히 목격했다. 수십이 넘는 타우너스의 시체들이 땅바닥에 여기저기 널려 있었다. 그 가운데 온전한 시체는 하나도 없었다. 다들 팔다리가 찢기고, 내장이 줄줄 흘러내리고, 선혈을 철철 흘리는 모습들이었다. 이탄의 눈빛이 파르르 흔들렸다.

'이 괴한이 저지른 짓이구나.'

마침 괴한은 앞만 바라보는 중이었다. 방패에 앉아 허공을 노려보는 괴한의 눈빛이 아주 섬뜩했다.

Chapter 8

이탄은 본능적으로 촉이 왔다.

'도망쳐야 한다.'

이대로 끌려갔다가는 아주 끔찍한 죽음을 당하게 될 것이라고 이탄은 직감했다. 결심을 굳힌 이탄이 오른손 중지를 곧게 폈다. 이탄의 손가락 내부에 불그스름한 빛이 모였다. 영혼으로부터 분비된 싸이킥 에너지를 실체화시키는 것은 이탄이 가진 특이한 능력 가운데 하나였다. 그리고 이 특수 능력은 이탄의 영혼이 언노운 월드로 이주하여 새로운 신체에 들어온 이후에도 잘 발휘되었다.

이윽고 이탄의 중지 전체가 붉은빛으로 물들었다. 준비를 마친 이탄은 벼락처럼 손을 휘둘렀다.

푹!

이탄의 기습공격이 성공했다. 이탄의 중지는 괴한의 갈비뼈를 부수고 살 속 깊숙이 박혀 들었다.

"ΗΛΛ!"

괴한이 입을 쩍 벌렸다.

꽈악.

반사적으로 뻗은 괴한의 손이 이탄의 어깨를 쥐어뜯었다. 두꺼운 쇠뭉치도 종잇장처럼 찢어버리는 것이 괴한의 힘이었다. 이탄의 팔쯤은 단숨에 떨어져 나갈 것이 분명했다.

솔직히 이탄도 팔 하나를 잃을 것을 각오했다. 그래서 어깨를 그냥 내주는 대신, 상대의 옆구리에 박아 넣은 오른손 중지에 힘을 꽉 주었다.

쾅!

이탄의 중지가 괴한의 살 속에서 그대로 폭발했다.

"ΗΛΛ―!"

괴한의 입에서 한 번 더 괴성이 터졌다. 급작스러운 충격에 괴한이 방패에 대한 컨트롤을 잃었다. 꽉 움켜쥐었던 이탄의 어깨도 놓쳐버렸다.

하늘을 날던 방패가 까마득한 상공에서 휘릭 뒤집혔다. 괴한은 한 손으로 옆구리의 상처를 누르고, 다른 손으로 방패를 움켜잡았다.

그 사이 방패에서 떨어진 이탄이 쏜살같이 추락했다.

"ΛΛ."

괴한은 서둘러 방패에 올라타더니, 전속력으로 하강하여 이탄을 쫓았다.

그때 괴한의 전면에서 불덩어리가 솟구쳤다. 화르륵 소리와 함께 떠오른 불덩어리는 총 4개였다.

아니, 이것은 불이 아니라 눈알이었다. 비늘이 칠흑처럼 시커멓고, 눈이 4개 달린 드래곤이 밤하늘을 가로지르며 날아온 것이다. 블랙드래곤의 뿔 사이에서 유리알 안경을 쓴 마녀의 모습이 보였다.

"ΛΛ."

괴한이 낭패한 표정을 지었다. 타우너스 전사 수십 명을 장난감처럼 찢어버린 괴한이었지만, 저 마녀와 감히 맞상대를 할 엄두는 내지 못하였다. 괴한은 과감하게 이탄을 포기하고 방패의 방향을 돌렸다.

마녀가 블랙드래곤의 뿔을 잡아당겨 방향을 지시했다.

꾸우어엉.

블랙드래곤은 강렬한 포효를 터뜨리며 괴한을 뒤쫓았다.

만약 마녀가 추락 중인 이탄을 발견했다면, 아마도 마녀는 괴한을 추격하지 않고 이단부터 챙겼을 것이다. 괴한의 손에 이탄이 잡혀 있다고 생각한 마녀는 두 눈에서 불을 뿜으며 블랙드래곤을 채근했다.

꾸우우우어우엉—.

블랙드래곤이 다시금 긴 포효를 질렀다.

"ΛΛ, ΛΛ."

괴한이 가속에 가속을 더해 도망쳤다.

마녀가 고함을 지르자 블랙드래곤이 악착같이 그 뒤를 쫓았다.

그러는 사이 이탄은 까마득한 높이에서 추락하여 지면을 들이받았다. 잎이 무성한 나뭇가지 위에 떨어진 것도 아니고, 호수나 강물에 빠진 것도 아니며, 푹신한 진흙에 박힌 것도 아니었다. 이탄이 들이받은 대상은 딱딱한 바위였다.

제아무리 담력이 좋은 이탄이라고 할지라도, 거의 100미터 높이에서 떨어져 바위를 들이받는데 침착할 수는 없었다.

'으아악—.'

이탄이 두 눈을 질끈 감았다. 이윽고 강한 충격이 이탄을 강타했다.

강한?

희한하게도 충격이 그리 크지 않았다. 그렇게 높은 곳에서 추락하였는데 몸이 이렇게 멀쩡해도 되나 싶을 정도로 충격이 약했다.

이탄은 슬그머니 눈을 떠보았다.

나무가 옆으로 보였다. 주변 풍경도 모두 옆으로 드러누운 상태였다. 아마도 하늘에서 추락하면서 몸이 옆으로 처박힌 모양이었다.

"끄응차."

이탄이 손으로 땅을 짚고 일어섰다.

"엉?"

분명 손으로 땅을 밀고, 두 다리로 대지를 지탱하여 일어섰는데, 뭔가 이상했다. 위화감의 정체를 파악해 보니, 시점이 변하지 않았다는 것이었다. 몸은 분명히 벌떡 일어섰는데, 이탄의 시점, 즉 눈이 보고 있는 위치에는 전혀 변화가 없었다.

"이게 뭐야?"

이탄이 고개를 두리번거렸다.

"으읍, 퉤퉤."

머리가 왼쪽으로 돌아가자 입 안에 흙이 한 움큼 들어왔다. 분명 이탄은 땅 위에서 일어섰다. 그런데 얼굴은 여전히 흙바닥에 처박힌 상태였다. 당황한 이탄이 손으로 머리를 더듬었다. 그리곤 기함했다.

"우왁? 우왁? 우와악!"

머리통이 없어졌다. 오른쪽 어깨, 왼쪽 어깨, 모두 손으로 만져졌다. 한데 어깨 사이에 존재해야 할 머리가 만져지지 않는다.

"어디 갔어? 내 머리. 내 머리가 어디로 갔냐고?"

당황한 이탄이 주춤주춤 발걸음을 내디뎠다.

그러자 더욱 황당한 사태가 발생하였다. 땅바닥에서 약간 위로 들린 이탄의 눈동자에 바위 위쪽 풍경이 얼핏 지나가는데, 그 바위 꼭대기에서 더듬더듬 걸어다니는 것은 분명 자신의 몸뚱어리였다.

"으헉!"

이탄이 입에 거품을 물었다.

그보다 한발 앞서 이탄의 왼쪽 눈에 정보가 떠올랐다. 저 바위 위에서 서성거리는 자신의 몸뚱어리가 정보의 대상이었다.

— 종족: 언데드 일족 듀라한 (Dullachan)

— 주무기: 육체

— 특성 스킬: ?

— 성향: 흑

— 레벨: 추정 불가

— 주 출몰지역: 언노운 월드 지하, 남쪽 안개 숲

— 출몰빈도: 극도로 희박

Chapter 9

"컥, 듀라한?"

듀라한이라면 머리가 없는 데스나이트(Death Knight: 죽음의 기사)의 일종이다. 이탄은 데스나이트에 대해서 탑에서 배운 적이 있었다.

글로 배우기는 했으되 직접 데스나이트를 마주칠 일은 절대 없을 거라고 탑의 교관들은 장담했다. 언노운 월드에서 데스나이트가 등장한 것은 무려 수천 년도 더 전의 일이기 때문이다. 그 후로 데스나이트는 단 한 차례도 나타나지 않았다. 그저 역사적으로만 그 끔찍한 존재가 기록되었을 뿐이다.

이탄의 몸뚱어리가 바위에서 굴러떨어졌다.

퍼억.

3 미터쯤 되는 높이에서 추락하여 바닥에 거꾸로 꽂혔건

만 고통은 전혀 없었다. 비틀비틀 몸을 일으킨 이탄의 몸뚱어리가 머리통을 향해 다가왔다.

처음엔 몸을 컨트롤하는 것이 잘되지 않았다. 시야가 불일치된 상태에서 몸의 균형을 잡고 걷는다는 것이 영 어색했다.

그래도 몇 차례 시행착오를 겪다 보니 몸에 대한 컨트롤이 조금씩 익숙해졌다. 이탄은 결국 몸뚱어리를 머리통 앞까지 끌고(?) 오는 데 성공했다.

'휴우, 다 왔구나.'

제자리에 쪼그려 앉은 이탄이 손으로 땅바닥을 더듬었다.

'웃.'

손가락 하나가 이탄의 눈알을 찔렀다. 딱히 눈에서 통증은 느껴지지 않았다. 듀라한이 된 덕분인지 눈알도 쇠구슬처럼 딱딱했다. 이탄은 자신의 머리통을 조심스레 들어 목 위에 얹었다.

철컥.

희한하게도 뭔가 들어맞는 느낌이 들었다. 몸을 살살 움직여 보았는데 머리통이 목에서 굴러떨어지지는 않았다. 이탄은 좀 더 활발하게 몸을 흔들었다. 그래도 머리가 분리되지 않고 잘 버텨주었다.

이탄이 고개를 앞으로 숙여 보았다.

살짝 위험한 느낌이 들었다. 아니나 다를까, 목에서 똑 떨어진 머리가 땅바닥을 데구르르 굴렀다.

'아, 젠장.'

더듬더듬 머리통을 찾은 이탄이 다시 머리를 몸에 조립했다.

'하아아, 이게 대체 무슨 꼴이냐?'

이탄의 입에서 절로 한숨이 나왔다.

하지만 지금은 신세 한탄만 할 때가 아니었다. 그 무시무시한 마녀나 자신을 납치했던 괴한이 언제 뒤쫓아 올지 몰랐다.

'그나마 깜깜한 밤이어서 다행이다. 게다가 숲이 우거진 지역이라 몸을 숨길 곳도 많아.'

이탄은 자신이 남긴 흔적들을 세심하게 지운 다음, 조심스레 이동을 시작했다. 탑에서 혹독하게 받은 생존훈련이 이럴 때 도움이 되었다.

이탄은 우선 나무의 나이테부터 살폈다. 둥근 나이테의 조밀함으로 동서남북을 파악한 이탄은 동남쪽으로 방향을 잡았다.

탑에서 수집한 지식에 따르면, 언노운 월드는 크게 3개의 진영으로 나뉜다고 했다.

백(白) 진영.

흑(黑) 진영.

중립 진영.

물론 이러한 구분은 불완전할 수밖에 없었다. 언노운 월드는 이탄의 고향별보다 몇 배는 더 방대하고 광활한 세계였다. 게다가 이곳에서 서식 중인 종족의 수도 이탄의 고향별보다 훨씬 더 많았다.

이런 넓은 세상이 단 3개의 진영으로 똑 떨어지게 구분될 리 없었다. 이탄은 탑의 정보를 그다지 신뢰하지 않았다.

'그래도 일단은 그 정보에 기대어 판단할 수밖에 없겠지.'

이탄을 이 꼴(?)로 만든 마녀는 흑 성향의 법사가 분명했다. 따라서 흑 진영으로 움직였다가는 마녀에게 다시 붙잡힐 가능성이 다분했다.

'마녀에게 다시 끌려갔다가는 무슨 실험을 당할지 알 수 없어.'

비슷한 이유 때문에 이탄은 백 진영도 피할 수밖에 없었다.

듀라한은 흑 성향으로 분류되는 언데드였다. 머리와 몸이 분리되는 언데드의 모습으로 백 진영을 배회하다가는 큰 봉변을 면키 어려웠다.

'언노운 월드 동남쪽에 중립 진영이 많이 분포되어 있다고 했지?'

결국 이탄의 선택지는 동남쪽이었다.

숲길을 걷는 중에 냇가를 만났다. 졸졸 흐르는 물을 보자 문득 갈증이 났다. 이탄은 두 손으로 시냇물을 떠서 목을 축였다. 그리곤 얼굴을 확 구겼다.

'젠장. 아무리 물을 마셔도 갈증이 사라지지 않잖아?'

단지 그것만이 문제가 아니었다. 이탄의 입으로 들어온 물이 목의 틈새로 줄줄 샜다.

'크윽. 빌어먹을.'

이탄이 얼굴을 와락 구겼다.

그래도 일단 냇가를 만난 것은 좋은 일이었다. 이탄은 온몸을 물에 적셔 냄새부터 제거했다. 그다음 물길을 따라 이동했다. 이렇게 하면 사냥개를 동원한 추적을 피할 수 있다는 사실을 이탄은 탑에서 배웠다.

몇 날을 걸었는지 알 수 없었다. 도대체 몇십 킬로미터를 횡단했는지도 파악이 되지 않았다. 지금 이탄이 걷고 있는 원시림은 그 영역의 테두리를 파악하기 힘들 정도로 광활했다. 이탄은 원시림 속을 걷고 또 걸었다.

처음에는 밤에만 이동했다. 낮에는 나무 등걸 밑이나 동굴 속에 숨어 지냈다. 혹시 모를 추적에 대비해서였다.

'다행히 뒤를 쫓는 자들은 없는 것 같구나.'

이렇게 판단한 이탄은 밤낮 없이 계속 걸었다.

데스나이트 듀라한은 생각보다 장점이 많았다. 우선 쉬지 않고 걸어도 체력이 고갈되지 않았다. 걷고 또 걸어도 발이 부르트는 일이 없었다. 음식을 먹지 않아도 배가 고프지 않았으며, 잠을 잘 필요성도 느끼지 못했다. 당연히 갈증도 없었다. 게다가 몸 근처에 벌레나 독사가 얼씬도 하지 않아 편했다.

'어라? 이 짓도 생각보다 할 만하네?'

나름 긍정적인 마음으로 걷다 보니 결국 끝이 나왔다. 햇볕이 따사롭게 내리쬐는 오솔길을 만난 것이다.

Chapter 10

오솔길이 났다는 것은, 문명 지역에 가까워졌다는 뜻이리라. 이탄은 설렘과 경계심을 반반씩 안고 오솔길을 탔다.

원시림에서 벗어나서 문명 지역으로 접근하면서 이탄은 옷차림에 신경을 쓰게 되었다. 지금 이탄은 거의 발가벗은 상태나 다름없었다. 커다란 잎사귀가 달린 넝쿨로 사타구니만 겨우 가린 모습. 게다가 목 주위를 한 바퀴 빙 둘러서 흉터가 나 있다. 옷으로 나체도 가려야 하겠지만, 잘린 목도 감출 필요가 있었다.

이탄이 의복에 대한 고민을 하고 있을 때였다.

저벅 저벅 저벅 저벅.

산허리를 오른쪽으로 감겨드는 오솔길 저편에서 발걸음 소리가 들렸다.

'이크.'

이탄은 재빨리 나무 뒤로 몸을 숨겼다.

상대는 3명이었다.

'다행이다. 3명 모두 마운틴 일족이구나.'

언노운 월드에서 필드 일족과 마운틴 일족, 비치 일족은 쥬신 제국의 인간과 거의 유사했다. 다만 필드 일족은 인간보다 감각이 훨씬 더 예민하게 발달했다. 마운틴 일족은 인간보다 힘이 더 세고 뒷목에 뭉툭하게 뿔이 돋은 것이 특징이었다. 마지막으로 비치 일족은 인간보다 민첩성이 뛰어나며 물과 친숙했다. 또한 자세히 보면 비치 일족의 손가락과 발가락 사이에 퇴화된 물갈퀴의 흔적이 보이곤 했다.

이탄은 나무 뒤에서 상대를 관찰했다. 이탄의 왼쪽 눈 속 투명한 박스 위에 글씨가 떠올랐다.

— 종족: 마운틴 일족 (일반인)

— 주무기: 없음

— 특성 스킬: 없음

— 성향: 중립 백

— 레벨: E+

— 주 출몰지역: 언노운 월드 산악 도시

— 출몰빈도: 자주

3명 모두 내용은 같았다.

'기절시킨 다음 옷만 빼앗자.'

이렇게 결심한 이탄은 3명의 마운틴 일족이 최대한 가까이 접근할 때까지 기다렸다가 불쑥 튀어나갔다.

후왕!

이탄이 몸을 날리자 갑자기 주변 풍경이 돌변했다. 이탄의 시야에 잡힌 주변 풍경이 둥글게 왜곡되었다. 3명의 목표가 눈앞으로 확 다가왔다.

원시림을 통과하면서 이탄은 듀라한의 물리적 특성이나 힘, 민첩성 등을 다각도로 시험해 보았다. 그 결과 자신이 얼마나 빠르게 움직일 수 있는지, 자신의 힘이 얼마나 강력한지 대충은 파악해 두었다.

다만 마운틴 일족이 얼마나 강한지는 알 길이 없었다.

E+ 레벨이라는 것이 어느 수준인지도 파악되지 않았다.

'혹시라도 저들이 강할 수 있지. 게다가 1대 3이잖아.'

이탄은 만약의 사태를 대비하여 최대한의 속도로 달려들어 3명을 동시에 기절시키는 것을 목표로 삼았다.

그리곤 입을 쩍 벌렸다.

피떡!

3명의 마운틴족 모두 어육이 되어 사방으로 날아갔다. 그중 한 명은 뒤쪽 나무를 부수고 바위 속으로 깊숙하게 파고들었다. 나머지 2명은 형체를 알아볼 수 없을 정도로 분해되어 버렸다. 뒤늦게 살점 폭발하는 소리가 들렸다. 이탄의 눈앞에선 선홍빛 피보라가 안개처럼 뿌려졌다.

'아, 젠장.'

피범벅이 된 주먹을 내려다보면서 이탄이 눈을 찡그렸다. 원치 않은 살육을 저질렀다는 점 때문에 이탄은 마음이 무거웠다.

그뿐만 아니라 이탄이 빼앗으려 했던 의복도 온통 너덜너덜한 걸레가 되었다.

제2화

트루게이스의 신관

Chapter 1

3년이 훌쩍 지났다.

지난 3년간 이탄은 언노운 월드에 제법 잘 녹아들었다. 이탄이 정착한 곳은 마운틴 일족의 산악도시인 트루게이스였다.

"어, 춥다."

이탄이 양쪽 겨드랑이에 손을 끼고 트루게이스의 거리를 걸었다. 11월 초 트루게이스의 날씨는 청명했다.

바쁘게 발걸음을 재촉하는 이탄의 외모는, 한 사람의 어엿한 사내대장부라고 부르기에는 좀 어려 보이고, 그렇다고 소년이라고 일컫기에는 살짝 시기가 지나버린 듯한, 소년과 남자의 경계선상에 선 모습이었다.

이탄의 본래 모습은 3년 전과 똑같았다. 언데드 일족 듀라한으로 재탄생한 이탄은 나이가 들어도 외모에 변화가 생기지 않았다.

다만 이탄이 의도적으로 몸치장을 해서 3년 전과 달라 보일 뿐이었다.

우선 이탄은 머리카락을 단정하게 빗어 위쪽으로 틀어 올리고, 귀밑머리만 어깨까지 늘어뜨렸다. 옷은 남색과 흰색이 섞인 단정한 복장을 선택했으며, 신발은 가죽신을 신었다. 이탄의 허리춤에는 60 센티미터 길이의 놋쇠막대기 같은 것을 꽂아 넣었는데, 그가 발걸음을 옮길 때마다 막대기가 덜렁덜렁 흔들렸다. 막대기 옆에는 양피지를 엮어서 만든 장부 하나가 둘둘 말린 채 꽂혀 있었다. 무척이나 낡은 장부였다.

추위를 많이 타는 탓인지 이탄은 목에 새하얀 여우털목도리를 둘렀다.

아니, 이건 추위 때문이 아니었다. 언데드인 이탄이 추위나 더위를 느낄 리 없었다.

이탄이 목도리를 착용한 이유는 단 하나. 목에 빙 둘러나 있는 흉터를 감추기 위함이었다. 자세히 보면 이탄은 신성력을 발휘하여 얼굴과 손을 생기 있게 만들었다. 언데드 특유의 창백한 피부를 커버하려면 이 정도 꾸밈은 필수였다.

"어, 춥다."

이탄이 습관적으로 춥다는 말을 반복했다. 이렇게 추위를 잘 타는 체질로 인식을 시켜 놓아야 실내에서도 여우털 목도리를 벗지 않을 수 있기 때문이다.

트루게이스의 번화가를 가로질러 이탄이 종종걸음으로 도착한 곳은 꽤나 후미진 뒷골목에 위치한 펍(Pub: 술집의 일종)이었다.

뒷골목이라고는 하지만 낡고 음침한 분위기는 아니었다. 둥글둥글한 돌로 도로를 깔고, 그 양쪽에 상가건물을 올렸는데, 가게마다 특색 있는 간판과 램프를 내걸어 그럴싸한 분위기를 자아내었다. 음악과 술을 좋아하고 시깨나 읊는 한량들이 몰래 아껴두었다가 자신들만 야금야금 찾아올 법한, 그런 아지트 분위기의 골목이었다.

이탄은 그 골목의 펍으로 불쑥 들어갔다.

펍의 입구에 매달려 바람에 삐꺽삐꺽 흔들리는 둥그런 간판에는 "프로그(Frog: 개구리)"라는 가게 이름이 적혀 있었다.

이탄이 안으로 들어가자 바텐더가 뒤도 돌아보지 않고 고개를 내저었다.

"아직 영업시간이 되지 않았습니다. 6시 이후에 오세요."

이탄은 바텐더의 말에 아랑곳 않고 발걸음을 옮겼다.

"아직 문을 안 열었다니까요."

이맛살을 찌푸린 바텐더가 고개를 돌려 이탄을 바라보았다. 그리곤 저도 모르게 "앗." 소리를 내었다.

이탄이 바 앞에서 서서 눈웃음을 흘렸다. 반달 모양으로 살짝 휜 이탄의 눈매는 어딘지 모르게 선한 느낌이 들었다.

하지만 바텐더의 표정은 푸르죽죽하게 변했다.

"시, 신관님……."

바텐더의 목소리가 가늘게 떨렸다.

이탄이 높낮이가 없는 톤으로 물었다.

"사장님은 어디 계시나요?"

이탄의 목소리는 꺼끌꺼끌했다. 머리와 목이 종종 분리되다 보니 아무래도 일반인들과는 성대 구조가 다를 수밖에 없었다.

"그게 저……."

바텐더가 부르르 몸을 떨었다. 그러면서 뒤로 한 발 물러섰다.

쾅!

이탄이 손을 바 너머로 뻗어 바텐더의 윗머리를 붙잡은

것과, 그 손이 아래로 휙 내려온 것과, 바텐더가 참나무로 만든 바에 안면을 강하게 들이받은 것이 거의 동시에 이루어졌다.

이탄은 눈 깜짝할 사이에 바텐더의 머리를 놓아준 다음, 손을 다시 겨드랑이에 끼웠다.

반면 바텐더는 앞니 2개가 부러지고 코와 입에서 피를 줄줄 흘렸다.

"어, 춥다."

이탄은 습관적인 말을 내뱉으며 여우털목도리로 입까지 가렸다.

공포에 질려 바텐더가 털썩 주저앉았다. 그 바람에 맥주잔이 와르르 쓰러져 유리 파편을 만들었다.

"신관님. 아이고, 신관님 오셨습니까?"

기다렸다는 듯이 펍의 뒷문이 열리고 풍보 사장이 안으로 뛰어들어왔다.

이탄은 오른손 주먹을 쥐고 그 위에 왼손을 덮어 가슴 높이로 올렸다. 이 동작은 이탄이 속한 모레툼 교단의 인사 방법이었다.

"형제님."

이탄은 펍의 사장을 형제라고 불렀다.

"네, 신관님."

뚱보 사장이 난처한 듯 식은땀을 흘렸다.

이탄이 허리춤에서 장부를 꺼내 바에 펼쳐놓았다.

"약조하신 기부금이 많이 밀리셔서요."

"아니, 그게……."

사장이 엉거주춤 변명을 하려 들 때였다.

콰앙!

사장의 머리가 벼락보다 더 빨리 아래로 내리 찍혔다. 사장도 바텐더와 마찬가지로 안면으로 참나무 바를 들이받았다. 사장의 코뼈가 으스러지고, 얼굴이 피범벅이 되었다.

이탄의 폭력이 어찌나 빨랐던지, 뭐가 보이지도 않았다. 사장은 어리벙벙한 표정으로 몸서리를 쳤다.

"형제님."

이탄이 다정한 눈빛으로 사장을 바라보았다.

"아으으, 네. 네."

사장은 손을 벌벌 떨면서 열쇠 꾸러미를 꺼냈다.

사장이 바 안쪽 금고에 열쇠를 하나씩 끼워서 돌려보는 동안, 이탄은 군소리 없이 기다렸다. 의도적인 것인지 아닌지는 모르겠지만, 사장은 생각보다 열쇠를 잘 못 찾았다.

쾅!

바 옆에서 어정쩡하게 서 있던 바텐더의 머리가 이탄의

손에 붙잡힌 것과, 그의 머리가 참나무 바에 진한 핏자국을 남긴 것이 거의 눈 한 번 깜빡일 사이에 이루어졌다.

결국 사장이 울음을 터뜨렸다.

"아이고, 신관님. 열고 있습니다. 열고 있다고요. 우흐흐흑."

철컥, 금고의 문이 열렸다. 사장은 벌벌 떨리는 손으로 은화주머니를 꺼내 참나무 바 위에 쏟았다.

이탄은 땡그렁 소리를 내면서 떨어진 은화 가운데 12개를 정확하게 골라 호주머니에 넣었다. 그다음 사장에게 장부를 내밀었다.

"형제님, 여기에 서명하시지요."

"……."

펍의 사장은 입을 꾹 다물고 장부의 빈칸 열두 군데에 서명했다.

이탄이 양피지 장부를 다시 둘둘 말아 허리춤에 꽂았다. 그리곤 오른손 주먹 위에 왼손을 덮어 기도를 시작했다.

"모레툼 님께선 여러분들이 힘들어 길바닥에 쓰러지실 때에 그 앞에 은화 한 닢을 던져주시는 분이십니다. 그 은화 한 닢을 주먹에 꼭 쥐고 일어나 다시 활기차게 살아가실 수 있도록 손을 내밀어주시는 은혜로우신 신이십니다."

"모레툼."

사장이 오른손으로 주먹을 쥐고 그 위에 왼손을 덮어 화답했다.

그러는 와중에도 사장의 코와 입에선 시뻘건 선혈이 줄줄 흘러 상의를 흠뻑 적셨다. 눈물도 하염없이 흘렀다.

Chapter 2

이탄이 무덤덤하게 기도를 이었다.

"형제님께서는 지난 열두 달 동안 밀린 기부금을 모두 내셨습니다. 모레툼 님께서 형제님의 굳건한 신앙심에 기뻐하십니다."

"모레툼."

"형제님께서는 앞으로 한 달에 한 번씩 꼬박꼬박 저희 신전을 방문하셔서 모레툼 님께 은혜를 받아 가시기 바랍니다. 형제님께서 길바닥에 쓰러져서 아무도 돕지 않았을 때, 오직 모레툼 님만이 형제님께 은혜로우신 손길을 내미셨다는 점을 꼭 기억하시기 바랍니다."

"모레툼."

기도를 마친 이탄이 허리춤에서 놋쇠막대기를 꺼내 사장의 얼굴에 들이밀었다.

일정한 간격으로 눈금이 매겨져 있는 이 막대기는 곡식의 양을 정확하게 측량할 때 사용되곤 했다.

명칭은 유척.

물론 이탄의 막대기는 곡식 측량용 유척이 아니라 모레툼 교단의 치유 아이템이었다.

후웅!

놋쇠막대기로부터 환한 빛이 뿜어졌다.

그 즉시 사장과 바텐더의 피가 멎었다. 비록 부러진 이빨까지 회복되지는 않았지만, 통증도 사라졌다.

"감사합니다, 신관님."

사장이 고개를 꾸벅 숙였다.

바텐더도 덩달아 고개를 꾸벅했다.

이탄이 반달 모양으로 눈을 휘어 그 인사를 받았다.

"별말씀을 다 하십니다. 치유 또한 모레툼 님께서 베푸시는 은혜 가운데 하나지요."

이 말을 끝으로 이탄이 등을 돌렸다. 사장으로부터 은화 열두 닢을 받아낸 이탄은 아기자기한 골목을 따라 오르막길로 발걸음을 옮겼다.

"어디 보자. 저기 저 위쪽인가?"

인구 백팔십만 명의 트루게이스는 가파른 산등성이를 타고 올라가며 형성된 산악도시였다. 자연히 도시 곳곳에 오르막이 많고 도로가 구불구불했다.

이탄은 땀 한 방울 흘리지 않고 오르막을 탔다. 그렇게 한참을 걸어서 도착한 곳은 다 쓰러져가는 빈민가였다.

"어, 춥다."

이탄은 퀴퀴한 냄새가 나는 빈민가를 관통하여 판잣집 앞에 섰다.

와장창!

판잣집 안쪽에서 항아리 깨지는 소리가 들렸다. 이어서 거친 고함이 뒤따랐다.

"야이 씨, 잡앗."

판잣집 안쪽에서 꾀죄죄한 아이가 뛰쳐나오다가 이탄과 부딪쳤다. 아이는 반동을 이기지 못하고 벌렁 나동그라졌다.

아이의 뒤를 쫓아 험상궂게 생긴 사내들이 우르르 달려 나왔다.

"아아악! 살려주세요."

아이가 이탄의 등 뒤에 숨어 비명을 질렀다. 겉모습만 보고서는 잘 구별이 가지 않았는데, 목소리를 듣고 보니 여자아이였다.

험상궂은 사내들이 이탄을 향해 칼을 겨눴다.

"어이, 그 아이 이리 보내."

사내들 가운데 일부가 웃통을 까뒤집으며 울퉁불퉁한 근육을 드러내었다.

이탄의 왼쪽 눈에 상대방에 대한 정보창이 떴다.

— 종족: 마운틴 일족 (일반인으로 추정)
— 주무기: 칼
— 특성 스킬: 없음
— 성향: 중립 흑
— 레벨: E0
— 주 출몰지역: 언노운 월드 산악 도시
— 출몰빈도: 자주

"살려주세요. 저 좀 살려주세요."

여자아이가 이탄의 바짓가랑이를 붙잡았다.

사내들 가운데 머리를 빡빡 깎은 자가 칼을 까딱거렸다.

"저년 애비가 우리 길드에 빚을 졌다. 우리가 저년을 데려가야 하니 이리 보내라."

"길드?"

이탄이 되물었다. 길드(Guild)란 동업자 조합을 말하며, 아인종들의 춘프트(Zunft)와 같은 의미였다.

"자. 여기."

빡빡머리 사내는 오른쪽 어깨에 새겨진 문신을 내보였다. 대가리가 2개 달린 쌍두사가 칼을 칭칭 휘감아 오르는 문신이었다.

이곳 트루게이스 시에서 제법 이름이 알려진 길드가 50여 개.

이 가운데 머천트 길드나 라마 길드처럼 다른 도시까지 명성을 떨치는 대형 길드들도 존재했다.

이러한 대형 길드들은 구성원의 숫자만 10,000명이 훌쩍 넘었다. 개중에는 수십만 명이 넘게 가입한 초대형 길드도 있었다.

하지만 대형 길드들은 얼마 되지 않았고, 대부분의 길드들은 길드원의 수가 100명 안팎인 소형 조합들이었다.

이탄이 고개를 가로저었다.

"저는 본 적이 없는 문신이군요."

"뭐얏?"

이탄에게 무시를 당했다고 느꼈나 보다. 빡빡머리가 험악하게 얼굴을 구겼다. 다른 사내들도 무기를 번쩍 들어 이탄에게 겨눴다.

그러다 쥐새끼처럼 생긴 사내가 흠칫 몸을 떨었다.

"자, 잠깐."

쥐상의 사내는 동료들의 팔을 붙잡아 황급히 내리더니, 빡빡머리에게 다가가 뭐라고 속삭였다.

빡빡머리의 눈이 휘둥그레졌다.

"뭐? 모레툼 교단?"

빡빡머리 사내는 믿을 수 없다는 표정으로 옆을 돌아보았다.

쥐상의 사내가 빠르게 속삭였다.

"틀림없습니다. 저 남색 복장이 바로 모레툼 교단 신관의 법복입니다."

"하지만 단순히 법복을 훔쳐 입은 놈일 수도 있잖아? 저 어린놈이 모레툼의 신관이라고 어떻게 보장할 거야?"

빡빡머리가 고집을 부렸다.

Chapter 3

이탄이 왼손으로 오른 주먹을 덮어 공손히 말했다.

"여러분들께서 어느 길드의 분들이신지 저는 모릅니다. 다만, 여기 이 자매님이 힘들어 길바닥에 쓰러지셨고, 은혜로우신 모레툼 님께서 이 자매님을 위해 은화 한 닢을 던져주시고자 하십니다. 귀하의 길드에서는 모레툼 님의 은사

를 막을 생각입니까? 그것이 귀하 길드의 공식 입장이라고
봐도 되겠습니까?"

"읏."

빡빡머리는 쉽게 대답하지 못했다. 빡빡머리의 눈이 곤
혹스러움과 두려움, 그리고 의심으로 범벅이 되었다.

다른 사내들도 입술만 움찔거릴 뿐 의견을 내지는 못했
다.

이탄이 여자아이에게 물었다.

"하면 자매님께 묻겠습니다."

"뭐, 뭐를요?"

"지금 자매님은 세상살이가 힘들어 길바닥에 쓰러지셨
습니다. 은혜로우신 모레툼 님께서 자매님을 위해 은화 한
닢을 던져주시고자 하십니다. 이 은화를 주먹에 꼭 쥐고 다
시 일어서시겠습니까?"

모레툼 교단은 수천 개의 도시에 영향력을 행사하는 강
력한 곳이었다.

성향은 백.

하지만 꼭 백 성향이라고 해서 선하고, 흑 성향이라고 해
서 악한 것은 아니었다. 모레툼은 기본적으로 약자에게 은
혜의 손길을 내미는 좋은 신이지만, 일단 모레툼으로부터
은화 한 닢—혹은 은화 한 닢만큼의 도움—을 받으면, 매

달 은화 한 닢씩을 모레툼 교단에 기부해야 하는 독특한 교리를 가진 교단이었다.

여자아이가 바르르 몸을 떨었다.

이탄이 냉정하게 잘라 말했다.

"모레툼 님의 은화를 주울지 말지, 선택은 자매님께서 하시면 됩니다. 은화를 줍고 다시 일어서셔도 되고, 은화를 줍지 않고 이대로 길바닥에 영원히 쓰러져 뒈져버리셔도 저는 상관없습니다만."

"……."

여자아이가 입술을 꾹 깨물었다.

빡빡머리가 불쑥 끼어들었다.

"잘 생각해라. 당장은 우리를 따라가는 것이 무섭겠지만, 이 아저씨들이 그렇게 나쁜 사람들은 아니야. 그저 네 아비가 우리 길드에 진 빚을 갚으면, 너는 아비와 함께 무사히 풀려날 게다. 하지만 모레툼 교단에 빚을 지면 끝. 네 주제에 매달 은화 한 닢씩을 어떻게 갚을 건데? 모레툼 교단에 빚을 지면 그 부채를 다 갚기 전에는 마음대로 죽지도 못한다."

여자아이가 이탄을 휙 돌아보았다.

이탄은 딱히 부정하지 않았다.

빡빡머리가 히죽히죽 웃었다.

"거 봐라. 저 신관도 아무 소리 못 하지 않느냐. 아저씨
들은 너를 해코지하는 것이 목적이 아냐. 그저 네 아비와
대화하고 싶을 뿐이다. 그러니 이리 온."

최대한 상냥한 표정으로 손짓을 하는 빡빡머리와, 무표
정하게 "어, 춥다."라는 말만 반복하는 이탄.

여자아이의 눈이 양쪽을 바쁘게 오갔다.

"어떻게 할 거야? 이제 선택을 해야지."

빡빡머리가 은근하게 물었다.

여자아이는 곤혹스레 얼굴을 찌푸렸다가 이탄에게 손바
닥을 내밀었다.

"저는 모레툼 님의 은화를 받을래요."

"뭣이?"

빡빡머리가 얼굴을 일그러뜨렸다. 왜 그랬는지는 모르겠
지만, 빡빡머리는 반사적으로 팔을 뻗어 여자아이를 낚아
채려고 들었다.

이탄이 어느새 손을 뻗어 빡빡머리의 손목을 붙잡았다.
다른 손으로는 상대의 팔꿈치도 잡았다.

"엉?"

빡빡머리가 흠칫했다.

그 순간 이탄이 손아귀를 살짝 비틀었다.

부와악—

빡빡머리의 팔꿈치와 손목 사이의 혈관이 차단되고 압력이 급증했다. 빡빡머리의 팔이 그 압력을 견디지 못하고 흉측하게 부풀어 올랐다. 피부 위로 혈관이 징그럽게 돋았다.

빵!

빡빡머리의 팔이 하나 터지면서 그 파편이 사방으로 튀었다. 피보라가 화악 번졌다.

"우왁."

"우꺄갸?"

동료 사내들이 기겁을 하며 나동그라졌다.

"으아악, 내 팔. 내 팔."

눈 깜짝할 사이에 팔을 하나 잃은 빡빡머리는 땅바닥에 엎어져 고래고래 악을 썼다.

이탄이 무표정하게 상대를 굽어보았다.

"다시 한 번 묻겠습니다. 귀하의 길드에서는 모레툼 님의 은사를 막을 생각입니까? 그것이 귀하 길드의 공식 입장이라고 봐도 되겠습니까?"

"으, 으으으. 이런 미친놈."

팔을 잃은 빡빡머리는 눈에 뵈는 게 없었다. 그래서 대뜸 욕지거리부터 뱉었다.

덥석.

이탄이 오른손으로 빡빡머리의 정수리를 잡고 왼손으로

목을 움켜쥐었다. 그 동작이 너무나 빨라 사람들은 이탄이 언제 손을 뻗었는지 알지 못했다. 사람들 눈에는 그저 빡빡머리가 허공으로 들리더니, 그의 목과 정수리 사이 얼굴이 강한 압력을 받아 풍선처럼 빵빵하게 부푸는 모습만 보였다.

그리곤 빵!

빡빡머리의 머리가 터지면서 사방으로 파편이 튀었다.

"으헉."

어깨에 쌍두사 문신을 새긴 사내들이 모두 엉덩방아를 찧었다. 그들은 죽음의 신이라도 만난 것처럼 후다닥 기어서 도망쳤다. 물론 쥐상의 사내가 가장 빨리 이탄의 눈앞에서 벗어났다.

이탄이 도망치는 자들의 뒤통수에 대고 물었다.

"대답을 하고 가시지요. 귀하의 길드에서는 모레툼 님의 은사를 막을 생각입니까? 그것이 귀하 길드의 공식 입장이라고 봐도 되겠습니까?"

쥐상의 사내가 도망치다 말고 손사래를 쳤다.

"아닙니다. 절대 아닙니다. 저희 길드에서는 모레툼 님의 은사를 막거나 개입할 생각이 전혀 없습니다. 이것이 공식 입장입니다."

이탄이 무덤덤하게 고개를 끄덕였다.

"그렇다면 다행입니다. 길드쯤 되면 구성원이 100명은 될 터인데, 오늘 그 100명을 다 찾아서 찢어버려야 하나 고민했습니다."

"우힉!"

화들짝 놀란 사내들이 젖 먹던 힘까지 쥐어짜서 도망쳤다.

이탄이 빙그레 웃었다.

"에이, 농담이었는데."

눈앞에서 사람이 터져 죽는 모습에 손으로 얼굴을 감싸쥐고 비명을 지르던 여자아이가 이탄을 올려다보았다.

이어지는 이탄의 중얼거림에 여자아이의 안색이 하얗게 질렸다.

"트루게이스가 시골 동네도 아니고, 하루에 100명을 어떻게 찾아서 다 찢겠어? 적어도 사흘은 걸리겠지. 어, 춥다."

이탄이 겨드랑이에 손을 끼웠다.

오싹한 바람이 판잣집 마당을 휘이잉 쓸고 지나갔다.

Chapter 4

이탄이 구해준 여자아이의 이름은 티케였다.

나이는 열다섯.

빈민가에서 배를 곯으면서 큰 탓인지 또래에 비해서 체격이 왜소했다. 하지만 반짝반짝 빛나는 눈이 인상적이었다. 땟국을 빡빡 씻기고 보니 외모도 제법 고왔다.

쌍두사 길드에서 티케를 끌고 가려는 이유도 바로 어여쁜 외모 때문인 듯했다.

'아니면 이 아이의 능력을 알아본 것일까?'

이탄은 짐짓 모르는 척했지만, 사실 쌍두사 길드는 뒷골목 어깨들 사이에서 제법 유명한 조직이었다. 사창가 포주들의 연합체가 바로 쌍두사 길드의 모태였다.

물론 이탄이 티케를 구해준 이유는 따로 있었다.

— 종족: 필드 일족 (주술사 계열로 추정)
— 주무기: 없음
— 특성 스킬: 근미래 예지
— 성향: 중립
— 레벨: E—
— 주 출몰지역: ?
— 출몰빈도: 희박

놀랍게도 티케는 마운틴 일족이 아니라 필드 일족이었다. 그중에서도 가까운 미래를 예측할 수 있는 '근미래 예지'는 아주 희귀한 특성 스킬이었다. 간씨 가문에서 무려 1,000년 이상 언노운 월드에 대한 정보를 수집했건만, 근미래 예지 특성을 발견한 적은 없었다.

이탄이 티케를 발견한 것도 우연이었다.

두 달쯤 전 이탄은 모레툼 교단의 기부금을 걷기 위해 상가들을 돌아다닌 적이 있었다. 그러다 번화가 뒷골목에서 아비의 강요에 의해 구걸을 하는 티케를 만났다.

'어라? 근미래 예지?'

그 즉시 이탄의 눈이 번쩍 뜨였다.

그렇다고 해서 이탄이 바로 티케에게 접근한 것은 아니었다. 이탄은 무척이나 신중한 성격이었다.

'티케의 숨겨진 능력을 알아본 사람이 나 말고도 또 있을지 몰라. 이를테면…… 주술사들의 소굴인 마르쿠제에서 이미 티케에게 침을 발라놓았을 수도 있고.'

이탄은 티케의 능력이 욕심났다. 하지만 그렇다고 그녀를 데려오기 위해 위험을 무릅쓸 생각은 없었다. 이탄은 우선 티케의 주변부터 찬찬히 살폈다.

다행히 티케 주변에 특이 사항은 발견되지 않았다. 티케는 아직 커다란 조직에게 발견되지 않은 숨겨진 보석이었다.

티케의 가정환경도 이탄의 마음을 움직였다.

술주정뱅이 아버지가 노름에 미쳐 자식을 팔아버리는 모습을 보자 이탄은 속이 부글부글 끓었다. 본인이 비슷한 경험을 겪은 탓이었다.

조금 전 이탄이 빡빡머리를 잔인하게 터뜨려 죽인 것도, 속에서 부글부글 치밀어 오르는 울화 때문이었다.

어쨌거나 이탄과 티케의 인연은 그렇게 시작되었다. 대신 쌍두사 길드와의 악연도 함께 스타트를 끊었다.

쿵쾅쿵쾅, 쿵쾅, 쿵쾅쿵쾅.

빠른 비트의 음악 소리가 귀청을 찢었다. 눈 밑에 별 모양의 흉터가 있는 사내가 음악에 맞춰 몸을 흐느적거렸다. 사내의 옆에서 헐벗은 여자들이 함께 춤을 추었다. 사내는 환각을 일으키는 풀을 씹으며 여자들의 허리를 끌어안고 가슴을 주물렀다. 그때마다 여자들이 깔깔대고 웃었다.

그렇게 사내가 한창 즐기고 있을 때 방해꾼이 등장했다.

"부길드장님, 부길드장님."

쥐를 닮은 남자가 우당탕탕 들어와 사내 앞에 무릎을 꿇었다. 이탄 앞에서 부리나케 꽁무니를 뺐던 바로 그 쥐상의 남자였다.

"뭐야?"

부길드장이라 불린 사내가 눈을 부라렸다. 한창 환각에

취해 즐기고 있는데 방해를 받자 부길드장의 눈이 확 돌아 갔다.

쥐상의 남자가 빠르게 상황을 보고했다.

부길드장이 귀에다 손을 대고 되물었다.

"뭐라고? 누가 죽어? 그리고 모레툼 교단의 신관이라고?"

쥐상의 남자가 한 번 더 보고를 반복했다.

부길드장의 얼굴 표정이 확 변했다.

"거기, 거기, 음악 좀 꺼봐라."

시끄럽게 쿵쾅거리던 음악이 뚝 끊겼다. 환각에 취해 흐느 적거리던 여자들이 침을 질질 흘리며 주변을 두리번거렸다.

부길드장은 쥐상 남자의 멱살을 붙잡았다.

"좀 전에 뭐라고 했나? 모레툼의 신관이라고?"

"그렇습니다. 남색과 흰색이 교차되는 법복을 입고 있었 습니다."

"그 신관 놈이 우리 애들을 죽이고 여자애를 데려갔다 고?"

"틀림없는 사실입니다."

부길드장이 쥐상 남자를 획 내팽개쳤다.

뒤로 밀려난 쥐상 남자가 거칠게 엉덩방아를 찧었다.

부길드장은 뒤춤에서 칼을 뽑더니 희번덕거리는 눈으로 칼날을 응시했다. 아직까지 풀의 효과 때문에 정신이 몽롱

했다. 하지만 칼날에 비친 자신의 얼굴을 보자 차츰차츰 환각에서 깨어났다.

"모레툼 교단이라면 감히 우리가 건드릴 수 있는 곳이 아니야. 하지만 이대로 당하고만 있다면 우리가 어찌 쌍두사 길드라고 할 수 있겠어? 기다려봐라. 길드장님께서 라마 길드의 윗선들과 선이 닿으시니 뭔 수가 날게다."

라마 길드는 쌍두사 길드와는 비교도 할 수 없는 곳이었다. 그곳은 트루게이스 시에서 세 손가락 안에 꼽히는 대형 길드로, 구성원의 수만 200,000명이 훌쩍 넘었다. 이곳 트루게이스 시를 오가는 모든 상단들에게 라마를 제공하여 짐을 나르고 그 대가로 생활을 영위하는 사람들의 집단이 바로 라마 길드.

쉽게 말해서 라마 길드는 곧 짐꾼 길드였다.

하지만 짐꾼이라고 얕잡아보는 사람은 아무도 없었다. 마운틴 일족은 원래 산에서 살면서 짐을 나르거나, 사냥을 하거나, 약초를 캐는 사람들로 구성되었다. 다시 말해서 라마 길드는 마운틴 일족의 주요 지파 가운데 하나인 셈이었다.

그 증거로, 라마 길드의 무력부대는 대부분 트루게이스 시의 정규군 소속이었다. 그만큼 길드의 규율도 강하고 결속도 잘 되었다. 그러다 보니 이 도시에서 라마 길드를 적대시할 사람은 아무도 없었다.

부하들 앞에서 큰소리를 탕탕 친 부길드장은 곧장 길드장을 만났다.

"뭐? 모레툼 교단?"

길드장이 떫은 표정을 지었다.

라마 길드가 트루게이스에서 잘 나가는 집단이라면, 모레툼 교단은 트루게이스뿐 아니라 언노운 월드 전체에 영향력을 미치는 막강한 집단이었다. 광활하기 이를 데 없는 언노운 월드에서 세력들의 순위를 매긴다는 것은 거의 불가능하기는 하지만, 혹자의 말에 따르면 모레툼은 전 세계 30위권 안에 능히 들어간다고 했다.

그 막강한 모레툼 교단과 쌍두사 길드의 격차는 태양과 반딧불의 차이나 마찬가지였다. 심지어 라마 길드조차도 모레툼 교단과 직접 맞상대를 할 수준은 되지 못했다.

Chapter 5

평소라면 길드장은 "잊어버려. 괜히 자존심 세우다가 큰 코다치지 말고, 그냥 술 한 잔 먹고 잊어버리라고. 아니면 계집의 배 위에 올라타서 헐떡거리다가 잊어버리던가."라고 말했을 것이다.

문제는 따로 있었다.

"고년의 이름이 티케라고 했지?"

부길드장이 고개를 끄덕였다.

"맞습니다. 티케."

"으으음. 왜 하필."

길드장이 짧은 턱수염을 손가락으로 긁었다.

길드장에게 티케를 데려오라고 점찍은 사람이 다름 아닌 라마 길드의 간부였다. 그것도 어영부영한 간부가 아니라 상당히 윗줄의 간부였다. 장차 라마 길드 전체를 한 손에 쥐고 흔들지도 모르는 권력자.

길드장이 다시 물었다.

"고년이 그렇게 미인인가?"

부길드장이 고개를 갸웃했다.

"글쎄요?"

부길드장은 곰곰이 기억을 더듬어 대답했다.

"크리스털 화면으로 보았을 때는 제법 태가 괜찮았습니다. 체구는 아담하지만 얼굴이 상당했죠. 하지만 그 계집애가 아주 극상품이냐? 그건 또 아닙니다. 솔직히 우리 애들 가운데 티케보다 더 예쁜 년들도 꽤 있습니다."

"그런데 그분이 왜 고년에게 꽂혔지? 게다가 모레툼 교단의 신관이 끼어든 이유는 또 뭐야? 단순한 우연이야? 아니면 티케 고년에게 우리가 모르는 뭔가가 있는 게야?"

길드장의 질문은 예리했다.

부길드장이 옛일을 되짚었다.

"길드장님께서 처음 티케를 데려오라고 하셨을 때 제가 그년의 뒷조사를 한번 해보았습니다."

"그런데?"

"탈탈 털었는데 아무것도 나오지 않았습니다. 높으신 분의 숨겨진 사생아라든가, 무술이나 마법에 재능이 있다든가, 이러한 점은 전혀 없었습니다."

"흐음."

길드장이 의자 깊숙이 몸을 파묻었다. 그리곤 손가락으로 턱을 긁었다.

부길드장은 묵묵히 길드장의 결정을 기다렸다.

한참 만에 길드장이 결정을 내렸다.

"일단 내가 그분을 좀 뵈어야겠다. 티케에 대한 처리는 그 다음에 결정하지."

이렇게 말을 하면서 길드장은 의자에서 일어나 옷을 챙겼다.

부길드장이 벌떡 서서 두 다리를 적당히 벌리고 허리를 90도로 굽혔다.

"길드장님, 다녀오십쇼."

길드장은 뒤도 돌아보지 않고 고개만 끄덕였다.

사창가가 밀집된 구역을 벗어난 길드장은 트루게이스 시의 동부지역으로 향했다. 길드장을 태운 라마가 구불구불한 도로를 빠르게 달렸다.

마운틴 일족이 키우는 라마는 일반 야생 라마들과는 종이 달랐다. 이마 한복판에 뭉툭하게 뿔이 돋은 이 외뿔 라마들은 평지에서는 말보다 빠르고, 산악지대에서는 벼랑도 거뜬히 오르며, 전투에 투입되면 어지간한 군마는 밟아 죽일 정도로 사나웠다.

쌍두사 길드의 길드장은 외뿔 라마를 타고 단 한 시간 만에 동부지역에 도착했다.

이 지역은 주로 귀족이나 권력자들의 대저택이 위치한 곳이었다. 당연히 곳곳에 검문소가 깔려있었다.

물론 길드장은 무사통과.

라마 길드의 간부에게 하사받은 신분패를 보여주자 검문소의 병사들은 길드장을 검문도 하지 않고 그냥 패스시켰다.

"후우—."

길드장은 숨 막히도록 높은 벽으로 둘러싸인 대저택 앞에서 숨을 잠깐 고른 다음, 외뿔 라마를 몰아 철문으로 다가갔다.

역시 외뿔 라마를 타고 창과 방패를 든 무사가 저택 철창문 안쪽에서 다가와 물었다.

"무슨 일로 오셨습니까?"

무사의 눈에서는 노란 광채가 쏟아지는 듯했다.

'야스퍼 전사탑의 무사구나.'

쌍두사 길드의 길드장이 두려운 마음을 품었다.

야스퍼 전사탑은 모레툼 교단과 견주어도 전혀 뒤처질 것이 없는 막강한 무력집단이었다. 흑 성향으로 분류되는 야스퍼 전사탑에서는 무술에 미친 귀신들을 교육시켜 세상에 공급하는 것으로 유명했다. 이 전사탑에서 수련한 귀신들은 눈에서 노란 광채가 뿜어지곤 했기에 쉽게 구별이 되었다.

길드장은 위축되려는 마음을 겨우 수습하며 입술을 떼었다.

"텡기스 님께선 안에 계시오?"

저택 주인의 이름을 입에 담으면서 길드장은 텡기스로부터 받은 신분패를 꺼내들었다.

무사가 창살 너머로 손을 내밀었다.

"텡기스 님을 찾아오셨소?"

"그렇소."

길드장은 조심스레 신분패를 건넸다.

신분패의 진위를 검사한 다음, 무사는 비로소 저택의 철창문을 열어주었다.

길드장이 안으로 들어가자 저택 내부에서 시녀가 마중을 나왔다.

"마침 주인님께서 시간이 나신다고 합니다. 바로 주인님께 안내해드리겠습니다."

시녀는 길드장을 저택 안으로 데리고 들어갔다.

저택 입구에는 방패와 창을 든 무사가 한 명 더 보였는데, 그 또한 눈에서 노란 광채가 뿜어졌다.

'야스퍼 전사탑의 귀신들이 2명이나 있구나.'

길드장은 한결 조심스러운 마음으로 시녀의 뒤를 따랐다.

시녀가 안내한 곳은 노천탕이었다. 산등성이를 타고 발달된 이 산악도시에서 동편 일대는 질 좋은 온천수가 토출되기로 유명했다. 인근의 다른 고급 저택들이 그러하듯이, 텡기스의 대저택도 집 안에 노천탕을 품고 있었다. 오늘도 텡기스는 노천탕에 몸을 담그고 하루의 피로를 푸는 중이었다.

아리따운 미녀들이 발가벗은 차림으로 텡기스의 목욕 시중을 들었다. 이 미녀들 가운데 절반은 쌍두사 길드에서 보내준 아이들이었다.

길드장이 텡기스의 10미터 앞에서 무릎을 꿇었다.

"텡기스 님."

"어, 왔는가?"

텡기스가 길드장에게 눈을 돌렸다.

올해 나이 마흔인 텡기스는, 머리카락이 칠흑처럼 검고, 체격이 건장하며, 두 눈이 부리부리한 사내였다.

어지간한 사람은 텡기스의 불타오르는 듯한 눈빛을 받아 넘기기 힘들었다. 당장 길드장부터 텡기스 앞에 서자 눈을 내리깔고 벌벌 떨었다.

"그래. 자네가 내 집까지 어쩐 일인가?"

텡기스가 물었다.

길드장의 귀에는 그 질문이 "사창가의 조그만 길드를 운영하는 너 따위 천박한 자가 감히 이곳까지 왜 찾아왔느냐?"라는 꾸중처럼 들려 가슴이 철렁했다.

Chapter 6

길드장은 부랴부랴 앞뒤 사정을 설명했다.

"호오? 모레툼의 신관이라고?"

심드렁하게 듣던 텡기스가 모레툼이라는 이름에 관심을

보였다.

길드장이 납죽 자세를 낮췄다.

"그렇습니다."

추확—

노천탕에서 몸을 일으킨 텡기스가 하체를 덜렁덜렁 흔들며 길드장 앞으로 다가왔다. 길드장은 바짝 얼어붙었다.

벌벌 떠는 길드장 앞에 텡기스가 쪼그려 앉았다.

슬쩍 고개를 들던 길드장의 눈에 텡기스의 물건이 정면으로 들어왔다.

'젠장.'

길드장이 다시 시선을 떨구었다.

텡기스는 그런 길드장을 물끄러미 내려다보다가 추궁했다.

"모레툼의 신관이 개입한 것이 분명하겠지?"

"네?"

"혹시라도 너희들이 실수로 그 여자애를 놓친 다음, 내게 거짓말을 하는 것은 아니겠지?"

"어이쿠. 그럴 리가 있겠습니까? 제가 감히 어찌 텡기스님 앞에서 거짓을 입에 담겠습니까. 절대 아닙니다."

길드장이 펄쩍 뛰었다.

텡기스는 하얗게 이를 드러내었다.

"그래. 그래. 내가 자네를 의심하는 건 아냐. 하면, 그 여자애를 어떻게 내게 데려올 셈인가?"

"네에? 제게 그 여자애를 데려올 방도를 물으셨습니까?"

길드장이 눈을 동그랗게 떴다.

텡기스는 히죽 웃었다.

"데려온다며? 그 여자애. 내게 데려오겠다며?"

"하지만 모레툼 교단이 개입했지 않습니까. 저희 쌍두사 길드의 미천한 능력으로는 마땅한 방도가⋯⋯."

길드장이 말꼬리를 흐렸다.

텡기스가 상대의 말을 싹둑 잘랐다.

"그건 모르겠고, 어쨌거나 자네는 내게 장담을 했어. 티케라는 여자애를 내 앞에 데려다 놓겠다고 큰소리를 쳤다고."

"그건 그렇지만 저희는 능력이 부족합니다."

길드장이 절망스러운 표정을 지었다.

텡기스가 쌍두사 길드장의 목에 팔을 둘렀다.

"이봐. 오늘은 여기까지만 하고 다음에 또 보지."

"네에? 네."

"부디 그때는 여자애를 여기로 데려오기 바라네."

"⋯⋯."

"왜 대답이 없나?"

길드장을 향한 텡기스의 눈빛은 무쇠도 뚫을 듯 강렬했

다. 길드장은 결국 시커멓게 죽은 얼굴로 고개를 끄덕일 수밖에 없었다.

"알겠습니다. 최선을 다하겠습니다."

이 말을 끝으로 길드장은 진땀을 흘리며 물러났다.

잠시 후, 텡기스가 빈 허공에 대고 손가락을 까딱였다.

그러자 양손에 창과 방패를 나눠 든 무사가 유령처럼 나타났다. 무사는 두 눈에서 노란 광채를 뿜어내며 텡기스의 등 뒤에 섰다. 저택 입구를 지키던 무사들보다 노란 안광이 몇 배는 더 강렬한 무사였다.

텡기스는 밑도 끝도 없이 물었다.

"가능하겠나?"

무사가 무뚝뚝하게 되물었다.

"뭐가?"

"모레툼 교단에서 가로채 간 여자애 말이야. 자네가 되찾아올 수 있겠느냐고."

"모레툼 교단이라면 만만한 곳은 아니지. 우리 야스퍼는 흑. 저쪽은 백. 모레툼을 잘못 건드렸다가 흑과 백의 전쟁으로 확대되면 라마 길드 따위는 단숨에 날아갈 게야. 그래도 할 텐가?"

놀랍게도 야스퍼 전사탑의 무사는 텡기스에게 말을 놓았다. 텡기스에게 고용된 것이 아니라는 의미였다.

텡기스도 무사의 태도를 아무렇지도 않게 받아들였다.

"그래도 해야지. 전사탑의 원로님들께서 그 여자애를 필요로 하셔. 그러니 해야 하고말고."

텡기스가 다짐을 하듯이 중얼거렸다.

그런 텡기스의 두 눈에서도 샛노란 광채가 넘실넘실 뻗었다. 야스퍼 전사탑 출신들만 가지는 특유의 특징이 텡기스의 눈에서도 발현되었다.

트루게이스 시 동부지역에 권력자들의 대저택이 몰려 있다면, 서부지역은 상업이 발달했다. 인근 대도시와 연결되는 큰 도로가 트루게이스 서문으로 연결되기 때문이었다.

이탄은 티케를 서부지역으로 데려갔다.

"옷부터 사야겠구나."

이탄의 말이었다.

"네에."

티케가 부끄러운 듯 목을 떨궜다. 누더기 차림의 티케는 누가 보기에도 거지 중의 상거지였다.

가난이 부끄러운 일은 아니지만, 실제로 가난을 부끄러워하지 않기란 쉽지 않은 일이었다. 특히 10대 소녀에게는 더더욱 힘들었다. 티케는 쥐구멍에라도 숨고 싶은 심정이었다. 하지만 그에 앞서 현실적인 질문부터 던졌다.

"옷값은 어떻게 되나요? 그것도 제가 앞으로 갚아야 할 빚인가요?"

이탄이 고개를 가로저었다.

"아니다. 옷값은 모레툼 님께서 네게 주신 은화 한 닢에 포함되어 있단다."

"뭐, 어쩌면 그게 당연하겠네요. 모레툼 님으로부터 은화 한 닢을 받으면, 매달 은화 한 닢씩 평생을 갚아야 하잖아요. 세상에 이런 고리 이자가 어디 있어요? 그러니 옷 한 벌 정도는 해주셔야죠."

티케가 빈정거렸다.

이탄이 한 손으로 티케의 어깨를 잡아챘다.

"이봐. 은화 한 닢에 스스로를 노예로 팔겠다는 사람은 세상에 널려 있다. 심지어 은화 한 닢의 10분의 1만 주어도 아들딸을 팔아넘길 부모들도 넘쳐나. 네게는 은화 한 닢이 우스워 보이나?"

"그건……."

티케는 말문이 턱 막혔다.

부자들의 입장에서는 은화 한 닢이 아무것도 아니겠지만, 가난한 사람들에게 은화 한 닢은 평생을 먹고살 수도 있는 큰돈이었다. 실제로 티케의 아비가 쌍두사 길드에게 진 빚은 은화도 아닌 동전 몇 닢에 불과했다. 결국 티케는 그 동전 몇 닢에 팔려갈 뻔한 것이다.

이탄의 말이 현실적이라는 점은 티케도 인정했다. 하지만 티케는 분했다.

'그까짓 돈이 뭔데? 그까짓 은화가 뭔데 나를 사고팔아? 으흐흐흑.'

티케의 눈에서 눈물이 그렁그렁 차올랐다.

이탄이 냉정하게 등을 돌렸다.

"모레툼 교단은 동전 몇 푼에 팔려가는 사람들을 구해준다. 그 사람들이 노예가 아닌 일반인으로 살 수 있도록 구원하지. 그 가치가 얼마나 될 것 같으냐? 그렇게 구해준 사람들 가운데 상당수가 기부금 한 번 내보지도 못하고 길에서 죽거나 살해를 당하는데, 그러면 교단은 어디서 돈을 회수해야 하나?"

Chapter 7

"대답해 봐라. 어디서 돈을 회수해야 하지?"

이탄이 으르렁거리듯 물었다.

티케가 소리를 빽 질렀다.

"하지만 모레툼 교단에 꼬박꼬박 기부금을 뜯기는 사람

들도 많잖아요. 그 사람들은 기부금을 내느라 평생 허리가 휜다고요. 신관님은 노예가 될 사람을 모레툼 님이 구해주신다고 말씀하시지만, 어쩌면 그 사람들은 모레툼 교단의 노예가 된 셈이라고요."

말을 해놓곤 티케가 후회했다.

'아악, 이런 미친년. 지금 내가 누구에게 소리를 지른 거야?'

이 젊은 신관은 티케의 눈앞에서 손으로 사람을 터뜨려 죽였다. 그 끔찍한 장면을 목격했으면서도 티케는 아무런 생각 없이 혀를 놀렸다. 겁이 덜컥 난 티케가 주춤주춤 뒷걸음질을 쳤다.

이탄이 한숨을 쉬었다.

"휴우우, 네 말도 일리가 있구나."

의외로 이탄은 이 말만 하고는 입을 다물었다.

티케가 움찔했다.

그러는 사이 이탄은 속으로 중얼거렸다.

'그래도 모레툼 교단은 산 사람에게서만 기부금을 뜯어내지. 저 찢어죽일 간씨 가문은 죽은 영혼으로부터도 에너지를 갈취하는데 말이야.'

둘 사이에 어색한 침묵이 흘렀다. 이탄은 묵묵히 걸었다. 티케는 그런 이탄의 눈치를 슬금슬금 보았다.

침묵은 이탄이 옷가게에 들어간 뒤에나 깨졌다.

"어서 오세요."

옷가게 여주인이 반갑게 손님을 맞다가 이탄을 보고는 안색을 굳혔다.

"신관님께서 어쩐 일이십니까? 밀린 기부금은 지난달 말에 모두 냈는데요."

알고 보니 이 여주인도 모레툼에게 은화 한 닢을 받은 사람이었다.

이탄이 왼손으로 오른 주먹을 덮으며 말했다.

"자매께 모레툼 님의 은총이 가득하시길."

"모레툼."

여주인은 떨떠름한 표정으로 이탄의 인사를 받았다.

이탄이 티케를 가리켰다.

"다름이 아니라 이 아이가 입을 옷을 사려고 합니다. 봄, 여름, 가을, 겨울, 사계절용으로 한 벌씩 골라주시지요."

"네에."

여주인이 상거지 중의 상거지 꼴인 티케를 위아래로 훑어보았다.

그러자 이탄이 티케에 대해 설명했다.

"길바닥에 쓰러졌던 아이입니다. 모레툼 님께서 불쌍히 여기셔서 이 아이에게 은화 한 닢을 던져주셨지요."

"아!"

옷가게 여주인이 티케에게 묘한 눈빛을 던졌다. 그녀의 눈빛 속에는 "꼼짝없이 죽을 상황에서 목숨을 건졌으니 그래도 다행이구나."라는 긍정적인 의미와 "앞으로 넌 모레툼 교단의 노예."라고 낙인을 찍는 듯한 부정적인 의미가 동시에 담겨 있었다.

'아, 씨.'

눈빛의 의미를 파악한 티케가 얼굴을 와락 구겼다.

옷을 몇 벌 구입한 뒤, 이탄은 티케를 모레툼 교단의 지부로 데려갔다.

트루게이스 시 남부지역에 위치한 교단 지부는 그 자체가 하나의 요새였다. 뾰족한 성채를 연상시키는 지부의 건물은 삼면이 계곡과 맞닿아 있었고, 좁은 길 하나만 육지와 연결되어 구조였다. 그 좁은 길도 도개교로 이어져 있어 만일의 경우에 도개교만 들어 올리면 외딴 섬이나 다름없었다.

이탄이 지부에 가까이 다가오자 드르륵 드르륵 도르레가 돌았다. 도개교가 내려오면서 도로가 연결되었다.

티케는 옷 꾸러미를 품에 안고서 이탄의 뒤를 따랐다.

이탄과 티케가 지부 안으로 들어가자 도개교가 다시 위로 들렸다.

지부의 규모는 상당히 컸다. 동부의 대저택들보다도 훨씬 크고, 트루게이스를 다스리는 영주의 성보다는 작은 수준이었다.

　지부의 크기에 비해서 일하는 사람은 많지 않았다. 남색 옷을 입은 일꾼들이 이탄을 향해 목례를 했다.

　"신관님, 안녕하십니까?"

　"네, 형제님도 잘 지내셨지요?"

　이탄은 사람들의 인사에 일일이 화답하며 지부 중심부로 향했다.

　새하얀 건물 안에서 티케가 속삭이듯 물었다.

　"여긴 어딘가요?"

　"여기가 바로 모레툼 님을 모시는 성소다."

　"아."

　티케가 의미 모를 탄성을 흘렸다.

　모레툼의 성소는 생각보다 검소했다. 벽도 하얗고 천장도 하얀 방 안에 나무제단을 하나 놓고, 그 위에 은화 한 닢을 얹어놓은 것이 성소의 전부였다.

　이탄이 티케를 성소 앞으로 안내했다.

　"자, 여기 무릎을 꿇어라."

　이탄이 내준 하얀 방석 위에 무릎을 꿇고 제단을 올려다보면서 티케는 속으로 한숨을 내쉬었다.

이탄이 티케의 오른손을 붙잡아 주먹을 말아 쥐게끔 시켰다. 그 다음 왼손을 오른 주먹 위에 덮으라고 했다.

티케는 고분고분 말을 따랐다.

이탄이 고개를 끄덕였다.

"자, 이제 되었다. 이제부터 너는 모레툼 님을 섬기는 신도이자 나의 자매다."

"네에? 그냥 자세 한 번 따라 하면 끝인가요? 모레툼 님의 신도가 되는 게 정말 쉽네요."

비아냥거리는 티케를 내버려 둔 채 이탄은 제단 뒤에서 양피지 장부 하나를 꺼냈다. 티케가 흠칫했다.

이탄은 당사자가 보는 앞에서 장부 겉표지에 '티케'라는 이름을 적어 넣은 뒤, 티케에게 펜을 내밀었다.

"서명."

"네?"

"여기, 네 이름 옆에 서명하라고."

이탄이 손가락으로 서명할 곳을 짚었다.

어린 나이지만 티케는 본능적으로 알 수 있었다.

'이 장부에 서명하는 순간부터 넌 노예.'

티케의 귓가엔 이런 경고가 맴돌았다.

이탄이 한숨과 함께 티케의 손에 펜을 쥐여주었다.

"서명."

"만약 못 갚으면요? 어린 제가 어떻게 매달 은화 한 닢이라는 큰돈을 벌겠어요? 당연히 갚지 못할 거잖아요. 그럼 전 어떻게 되나요?"

티케의 눈망울이 불안하게 흔들렸다.

이탄이 단호하게 답했다.

"갚을 수 있어."

"네에?"

"넌 갚을 수 있고, 갚을 거고, 어떻게든 갚게 될 거야. 내가 그렇게 만들어주지."

"헉!"

티케가 식은땀을 흘렸다.

이탄이 서늘한 눈으로 티케를 응시했다.

왠지 모를 위압감에 눌린 티케가 벌벌 떨리는 손으로 장부에 서명했다.

이탄이 재빨리 장부를 빼앗아 제단 뒤에 다시 꽂았다.

"하아, 하아, 하아."

비로소 긴장이 풀어진 티케가 하얀 방석에 주저앉아 숨을 몰아쉬었다.

이탄이 제단 옆의 줄을 잡아당겼다.

Chapter 8

"신관님, 부르셨나요?"

잠시 후 무뚝뚝한 표정의 40대 아주머니가 성소에 들어왔다. 체격이 사내처럼 건장한 아주머니였다.

이탄이 티케를 가리켰다.

"자매님, 오늘 교단에 입교한 우리 티케 자매님을 숙소로 안내해주세요. 그리고 우리 교단의 생활수칙과 주변지리도 안내해주시고요."

"알겠습니다."

이탄이 오른 주먹 위에 왼손을 덮고 복을 빌어주었다.

"모레툼 님의 가호가 자매님에게 늘 함께하시기를."

"모레툼."

40대 여신도는 이탄에게 공손히 머리를 숙였다.

이 40대 여신도의 이름은 리리모였다.

그날 리리모는 티케에게 이것저것을 알려주었다. 무뚝뚝한 생김새와는 달리 리리모는 의외로 수다쟁이였다. 티케가 묻지 않은 것까지도 술술 말했다. 물론 티케가 질문한 것들도 모두 답변해 주었다.

"여기에는 신관님들이 몇 분이나 계시나요? 그리고 아까 그 젊은 신관님은 서열이 어떻게 되세요?"

티케의 질문에 리리모가 손으로 입을 가리고 웃었다.

"오호호호. 꼬마 자매님은 우리 교단에 대해서 아는 것이 정말 없구나."

"왜요?"

"모레툼 교단에서 세상의 주요 도시에 지부를 하나씩 세우는 것은 알고 있지?"

"그거야 뭐, 모레툼 교단뿐 아니라 다른 교단들도 포교 활동을 위해 사제를 파견하여 지부를 세우잖아요."

"맞아. 다른 종교에서는 총단에서 사제를 파견하여 지부를 설립하거나 신전을 세우곤 하지."

리리모가 고개를 주억거렸다.

티케가 귀엽게 머리를 갸웃했다.

"그럼 모레툼 교단은 다른가요?"

"우리 교단은 다르지. 뭐랄까? 이렇게 설명하면 이해하기 쉬울 거야. 다른 종교는 쉽게 말해서 직영체제야. 교황을 중심으로 그 주변에 추기경과 대신관이 있고, 그 아래 신관이나 평사제를 두는 방식이거든. 그런 종교에서는 높으신 분이 명을 내리는 거지. 그러면 그 명을 받은 신관들이 세상에 나와 지부를 설립하고 교세를 확장한단 말이야."

"네에."

티케는 리리모의 설명을 열심히 뇌에 새겨넣었다. 비록 집안이 찢어지게 가난하여 교육을 받지는 못했지만 티케는 영특한 소녀였다. 리리모의 말을 듣고 곧바로 종교단체의 구조를 이해했다.

리리모가 말을 이었다.

"반면 우리 교단은 좀 달라. 타 종교가 직영체제라고 한다면, 우리 교단은 직영체제와 가맹체제가 반쯤 섞여 있거든."

"가맹체제요? 그게 무슨 뜻이에요?"

"우리 교단에도 교황님이 계시지. 교황님 주변에 추기경도 계시고, 주교도 계시고. 하지만 신관님들은 다소 애매해."

"네에? 그럼 아까 그 신관님은요? 저를 구해준 그 젊은 신관님 말이에요."

"우리는 가맹체제라니까. 가맹체제."

"그러니까, 그게 뭐냐고요."

티케가 답답한 듯 주먹으로 가슴을 두드렸다.

리리모는 잠시 우물쭈물하다가 직설적으로 대답했다.

"이탄 신관님은 총단으로부터 사제 교육을 받고 임명되신 게 아니야. 대신 이탄 신관님은 총단에 매달 거금을 기부하기로 약조한 다음, 신관이 되신 게지. 그 와중에 모레툼 님의 가호도 하사받으셨고. 다시 말해서 이탄 신관님은 모레툼 총단과 가맹점 계약을 맺으신 셈이라고나 할까?"

"우힉?"

종교인이 상인도 아니고, 가맹점 계약이라니! 난생처음 들어보는 소리에 티케가 눈을 동그랗게 떴다.

리리모가 쓴웃음을 지었다.

"굳이 이탄 신관님만 그런 게 아니야. 원래 모레툼 교단 은 기부금 약조를 받고 지부를 승인해주는 방식이거든. 그 러다 보니 각 지부마다 신관님이 한 분만 계시는 경우가 많 아. 다시 말해서 우리 지부에는 이탄 신관님이 가맹점주인 셈이야."

"커헉!"

티케가 뒷목을 잡았다.

머리가 좋은 티케는 이게 얼마나 위험한 방식인지 금세 눈치챘다.

이탄 신관님 = 가맹점주

가맹점주 = 모레툼 총단에 매달 약조한 기부금을 바쳐야 하는 노예

그 기부금을 마련하려면 가맹점주의 착취 필요 = 나(티 케)는 노예에게 착취당하는 꼬봉 노예

이러한 삼단 논법이 티케의 머릿속에 낙인처럼 콱 틀어박혔다.

털썩.

"나는 노예야. 평생 빚의 늪에서 헤어 나올 수 없는 꼬봉 노예."

제자리에 주저앉은 티케가 망연자실하여 중얼거렸다. 이미 티케의 영혼은 육체로부터 분리된 듯 보였다.

리리모가 안쓰러운 듯 티케를 바라보았다.

다음날 새벽, 리리모는 티케를 깨워서 아침 식사 준비를 했다. 넓은 주방에는 리리모 나이 대의 아주머니들이 10명도 넘게 모였다.

"어제도 말해주었지만, 우리 지부에는 여러 명의 형제 자매들이 살고 있거든. 그러니까 우리는 총 98명분의 아침 식사를 준비해야 해."

티케가 고개를 갸웃했다.

"98명분이요? 99명분이 아니고요? 저까지 더해서 99명이라고 어제 들었는데요."

"아니, 꼬마 자매님까지 더해서 98명분만 준비하면 돼. 신관님은 무식주의자거든."

"무식주의자요?"

처음 들어보는 단어에 티케가 어리둥절해졌다.

리리모가 깔깔 웃었다.

"호호호. 이름이 참 웃기지? 무식주의자. 그런데 신관님께서 직접 그렇게 말씀하셨어. 본인은 무식주의자라고. 채소만 먹으면 채식주의자, 고기만 먹으면 육식주의자. 아무것도 먹지 않으면 무식주의자. 호호호."

"헉, 어떻게 사람이 먹지 않고 산대요?"

티케가 혀를 내둘렀다.

리리모는 어깨를 으쓱했다.

"나도 모르지. 원래 총단과 계약을 할 때 신의 가호를 한두 개씩은 내려준다고 들었거든. 그때 신관님께서 받으신 가호가 먹지 않아도 살 수 있는 능력 아닐까?"

"진짜요? 세상에 그런 가호도 있어요?"

"깔깔깔. 그거야 나도 모른다니까."

티케가 진지하게 받아들이자 리리모가 배꼽을 잡고 웃었다.

두 사람이 두런두런 수다를 떠는 사이 식사 시간이 되었다. 지부에서 일하는 신도들이 하나둘 공용식당으로 모여들었다.

티케는 배식판에 음식을 담아 사람들에게 나눠주었다.

"새 신도를 아주 잘 뽑았네. 호호호."

식탁 사이사이로 빠릿빠릿하게 돌아다니는 티케를 보면서 리리모가 흐뭇하게 웃었다. 그러다 리리모의 표정이 씁쓸하게 변했다.

"아니지. 신도가 아니라 노예인가?"

알 만한 사람은 이미 다 알지만, "신도라고 쓰고 노예라고 읽는다."라는 것은 사실 모레툼교의 정체성을 가장 잘 드러내는 말이었다.

제3화

야스퍼 전사탑

Chapter 1

티케가 지부 생활에 조금씩 적응해갈 무렵, 이탄은 침대에 앉아 목표를 정리했다.

'3명의 타깃 가운데 2명을 얻었으니 이제 한 명 남았구나.'

나무탁자에 펼쳐진 장부에는 총 3명의 이름과 특성이 적혀 있었다.

1. 리모 : 특성 스킬, 도살(屠殺).

2. 티케 : 특성 스킬, 근미래 예지

3. 헤스티아 : 특성 스킬, 화로의 덫

지난 3년간 이탄은 정보창이라는 독특한 능력을 이용하여 숨은 인재들을 발굴해 왔다. 이 가운데 리모와 티케를 얻었으니 이제 마지막 헤스티아에게 접근할 차례였다.

문제는 헤스티아의 신분이 보통이 아니라는 점.

영주의 딸.

머천트 길드장의 외손녀.

이것이 헤스티아의 신분이었다.

머천트 길드는 라마 길드와 함께 이곳 산악도시를 좌지우지하는 양대 길드 중 하나이고, 영주는 이 도시의 최고 권력자였다. 그런 막강한 배경을 가진 헤스티아를 이탄이 얻어낸다는 것은 거의 불가능에 가까웠다.

이탄도 마음속으로는 헤스티아를 반쯤 포기했다.

"하지만 아깝단 말이지."

이탄이 손가락으로 탁자를 톡톡 두드렸다.

"정보창 기능을 제외하면, 탑에서 배운 지식들은 그다지 도움이 되지 않아. 하긴, 그 망할 교관들이 이쪽 세상에 대해서 뭘 알고 가르치겠어? 지들이 언제 여기를 와봤어? 체엣."

이탄이 한탄하듯 뇌까렸다.

그의 중얼거림처럼, 이탄의 고향과 이곳 언노운 월드는 서로 분리된 세계였다. 자연히 서로에 대한 정보가 오가는 것이 거의 불가능했다. 탑의 교관들은 그저 영혼을 통해 수집된 단편적인 정보들을 조합하여 언노운 월드에 대해서 추측할 뿐이었다.

게다가 이 단편적인 정보들 가운데는 별로 쓸 만한 것이 없었다. 망령목을 통해 언노운 월드로 넘어온 영혼들 대부분은 이곳 세상에서 힘을 가지지 못하고 하층민으로 꾸역꾸역 살아갈 뿐이었다. 그리고 그 영혼들이 수집한 저레벨의 정보들 가운데 고작 7퍼센트 가량이 싸이킥 에너지에 섞여서 간씨 가문에 전달되었다. 나머지 93퍼센트는 차원을 넘어 저쪽 세상으로 전달되는 도중에 변형되거나 누락되곤 했다.

따라서 탑에서 배운 정보들은 그다지 유용하지 않았다.

반면 정보창 기능은 정말 쓸모가 많았다. 이탄의 왼쪽 눈에 삽입된 정보창에는 망령목의 영혼들이 수집하는 모든 정보가 실시간으로 업데이트되었다. 이 정보들은 차원을 넘어가지 않고 언노운 월드 내부에서만 공유되는 것이라 도중에 변형되거나 누락될 염려가 없었다.

이탄은 정보창으로 유입되는 방대한 양의 정보들을 살펴보다가 몇 가지 도움이 될 만한 것들을 발견해 내었다.

정확하게 어떤 영혼이 수집한 정보인지는 알 수 없었다. 하지만 '화로의 덫'이라는 스킬이 백 성향의 신성력을 북돋아 준다고 정보창에 적혀 있었다.

이탄의 입장에서는 정말 귀가 번쩍 뜨일 만한 소식이었다.

3년 전, 모레툼 교단의 신관으로 계약을 맺으면서 이탄은 모레툼으로부터 네 가지 가호를 받았다.

첫째, 유척을 사용하여 상처를 치료하는 '치유의 가호'.

둘째, 몸을 투명화하고, 체취를 지우며, 체온까지도 주변과 동화시켜 적으로 하여금 기척을 느끼지 못하게 만드는 '은신의 가호'.

셋째, 신성력을 밀집하여 어둠의 힘을 물리치는 '방패의 가호'

넷째, 지금까지 그 어떤 신관도 받지 못했던 '연은의 가호'

모레툼은 짠돌이 신이라 보통은 한 가지의 가호만 내리기로 유명했다.

그런데 특이하게도 이탄에게는 4개나 되는 가호가 내려왔다.

더더욱 좋은 것은, 이 네 가지 모두 선호도가 높은 상위급 가호들이라는 점이었다. 특히 치유의 가호를 제외한 나머지 세 가지 가호, 즉 은신의 가호와 방패의 가호, 연은의 가호는 고정형 가호가 아니라 업그레이드가 가능한 진화형 가호라서 더더욱 희귀했다.

여기까지는 좋았다.

"쯧쯧쯧. 이게 문제지."

츠츠츠츠츳—

이탄의 손바닥 위로 시커먼 기운이 스멀스멀 뻗쳐 올라온다.

검은 기운이 아주 약간 방출된 것만으로도 탁자 위에 놓인 놋쇠막대기가 기괴한 색으로 물들었다.

이 놋쇠막대기는 모레툼 교단의 신성 아이템인 유척이었다. 유척은 이탄의 손에서 풀려나오는 시커먼 기운을 겁내어 달그락달그락 떨기 시작했다.

"휴우우."

이탄이 한숨과 함께 검은 기운을 봉쇄했다.

비로소 유척이 얌전해졌다.

이탄은 이맛살을 구겼다.

"제기랄. 데스나이트 듀라한의 힘이 갈수록 증식되고 있어. 지금까지는 어떻게든 이 어둠의 힘을 봉쇄하고 있지만, 이렇게 계속 증식되다 보면 결국은 내 정체가 발각될 거야."

이탄의 정체는 언데드.

이 비밀이 알려지는 즉시 이탄은 끝장이었다. 이탄이 살아남으려면—이미 죽어서 언데드가 된 처지에 살아남는다는 것이 어떤 의미인지는 모르겠으나─어떻게든 모레툼의 신성력을 강화시켜 어둠의 힘을 감춰야 했다.

"그러자면 헤스티아의 도움이 절실한데. 쯧쯧쯧."

이탄이 혀를 찼다.

아무래도 헤스티아를 쉽게 포기할 수는 없을 것 같았다. 이탄은 좀 더 방법을 강구해 보기로 마음먹었다.

어쨌거나 헤스타이의 도움은 나중 일이고, 우선 당장은 어둠의 힘을 봉쇄하기 위하여 미봉책이라도 사용해야만 하리라.

이탄은 신관복을 벗고 거울 앞에 섰다. 마른 듯하면서도 잔근육이 잘 발달한 이탄의 나체가 햇빛 아래 드러났다. 한데 그 피부가 핏기 하나 없이 창백하여 산사람의 신체 같지 않았다. 이탄이 쓴웃음을 지었다.

잠시 후, 놀라운 일이 벌어졌다.

샤라랑!

이탄의 몸에 희미하게 그려진 점과 선들이 햇빛을 받아 은은한 광채를 토한 것이다.

이 점과 선이 의미하는 바는 바로 마력순환로였다. 체내의 마나를 인도하여 강제로 순환시키는 마력순환로.

이곳 언노운 월드에는 마력순환로에 대한 지식이 없었다. 이건 쥬신 제국이 개발해 내고 간씨 가문이 이어받은 지식의 산물이었다. 3년 전, 트루게이스에 정착한 직후 이탄은 간씨 가문에서 배운 마력순환로를 자신의 신체에 그렸다.

당시 이탄은 어떻게든 어둠의 기운을 숨기려고 별짓 다 해보던 처지였다. 그러다 '이게 마지막이다.'라는 심정으로 마력순환로를 그려보았다.

희한하게도 이게 먹혔다. 언데드 특유의 검은 기운이 음차원의 마나로 전환되면서 마력순환로 속으로 스며들었다.

지금 이 순간에도 듀라한의 사납고 흉포한 기운은 마력순환로를 따라 순환하면서 점점 더 광대하게 불어나는 중이었다.

대신 순환에 전념하느라 그런지 어둠의 기운이 이탄의 몸 밖으로 풀려나오지는 않았다.

"덕분에 내가 언데드라는 사실을 숨길 수 있었지."

단지 숨기는 것뿐만이 아니었다. 어둠의 힘이 완벽하게 봉쇄되면서 이탄은 신관이 될 수 있었다. 언데드와는 완전 상극인 신관 말이다.

"이게 모두 마력순환로 덕분이었어."

그런데 이제는 이탄이 새로운 난관에 봉착했다.

Chapter 2

이탄이 마력순환로를 돌리면서 어둠의 힘을 감춘 것까지는 좋았다. 문제는 증식이었다. 음차원의 마나가 마력순환로를 한 바퀴 순환할 때마다 어둠의 힘이 더 점점 강하게 증폭되어 버리는 것 아닌가!

그렇게 일차적으로 증폭된 힘이 다시 마력순환로를 따라 재순환하면서 복리로 불어났다. 지난 3년간 꼬박 마력순환로를 돌린 결과, 이제 이탄이 보유한 어둠의 힘은 정상적인 듀라한의 범주를 몇 배나 뛰어넘었고, 급기야는 마력순환로가 감당할 수 있는 수준을 넘어버렸다. 어둠의 힘이 너무 강해진 것이 문제였다.

여기서 한 가지.

이탄이 놓치고 있는 것이 있었다.

간씨 가문의 마력순환로가 뛰어난 비법인 것은 사실이다. 약육강식의 세계에서 간씨 가문이 오대군벌 가운데 하나로 버티고 있는 데는 이 마력순환로도 한몫했다.

그러나 간씨 가문의 마력순환로는 이렇게 마나를 급속도로 증식시킬 정도로 효율이 뛰어나지는 않았다. 만약 마력순환로가 이토록 대단했다면 간씨 가문은 이미 나머지 군벌들을 굴복시키고 쥬신 제국의 자리를 대신 꿰찼을 것이다.

이탄은 아직 모르고 있었지만, 그의 힘이 이렇게 급증한 것은 이탄의 영혼에 안착된 붉은 침 덕분이었다.

붉은 침이 내포하고 있는 네 가지 효능, 즉 복리증식, 식심차력, 분혼기생, 적양갑주 가운데 첫 번째인 '복리증식'의 권능이 간씨 가문의 마력순환로를 완전히 새롭게 뜯어고쳤다.

그 영향 때문에 이탄의 마력순환로는 간씨 가문의 것과는 차원이 다른 특별한 비법이 되어 어둠의 기운을 무섭게 증식시켰다. 도저히 감추는 것이 불가능할 정도로 기운을 뻥튀기시킨 것이다.

이로 인한 범람의 위기가 1년 전에 찾아왔다.

정체가 발각될 처지에 몰린 이탄은 기존의 마력순환로 위에 또 다른 마력순환로를 겹쳐서 그려 넣어 보았다.

솔직히 이 방법이 먹힐 것이라고는 이탄도 기대하지 않았다. 그저 어둠의 기운이 범람할 지경이 되자 미친 척하고 한 번 시도해 본 것.

한데 놀랍게도 그 시도가 성공했다.

넘쳐서 범람한 기운이 새 마력순환로로 흘러들었다. 그리곤 새로운 순환을 시작했다. 이탄의 몸속에는 두 가지 흐름이 겹쳐서 생겼다.

이상이 1년 전의 일이었다.

이제는 그것도 한계에 다다랐다. 두 겹의 마력순환로는 해결책인 동시에 문제 덩어리였다. 일단 어둠의 기운을 숨길 수 있으니 해결책이기는 했다. 그러나 복리증식의 효과가 두 배로 발휘되면서 불과 1년 만에 새로운 범람이 발생하였다.

결국 이탄은 오늘 기존의 마력순환로 위에 세 번째 마력순환로를 그렸다.

삼중첩 완성!

콰콰콰콰콰—

성난 격류처럼 범람하던 음차원의 마나가 새로운 길을 만나 물꼬를 텄다.

쿠콰콰—, 쿠콰콰르— 콰르르르르—

이탄의 몸 안에 세 겹의 도도한 흐름이 형성되었다.

삼중첩의 마력순환로가 돌아가면서 이탄의 몸 밖으로 넘실넘실 표출되던 어둠의 기운이 싹 가셨다.

대신 음차원의 기운에 억눌려 있던 신성력이 다시 나타났다. 은은한 광휘에 휩싸인 이탄은 누가 봐도 언데드가 아니라 신관이었다. 성스러운 신관.

이탄이 거울 속 본인의 모습을 보면서 쓰게 웃었다.

"제장. 이게 얼마나 갈지 모르겠다."

삼중첩으로 버티지 못하면 사중첩을 그려야 할 것이고,

오중첩, 육중첩까지도 가야 할 텐데, 이탄으로써는 이런 편법이 언제까지 통할 것인지 짐작이 가지 않았다.

게다가 이탄의 신체 표면적에도 한계가 있는지라 마력순환로를 그릴 공간도 제한적일 수밖에 없었다.

"몸 구석구석 빠지지 않고 그리면 사중첩까지는 어떻게 될 것 같은데, 과연 오중첩은 가능할까? 휴우우우. 어렵구나."

이탄은 거듭 한숨을 내쉬었다.

신도들의 아침 식사가 끝날 즈음, 이탄은 길을 나섰다.

"어디 가시나 봐요?"

티케가 설거지거리를 한 대야 가득 안고서 식당에서 나오다가 이탄에게 아는 척을 했다.

이탄이 고개를 끄덕였다.

"그래. 오늘은 영주님의 성에 볼일이 있구나."

"잘 다녀오세요."

티케가 꾸벅 인사했다.

'붙임성이 좋은 아이구나. 앞으로 빚더미에 올라앉아도 꿋꿋이 잘 버티겠어.'

이탄은 속으로 이렇게 중얼거렸다. 그 속을 아는지 모르는지 티케는 콧노래를 부르며 설거지거리를 날랐다.

도개교를 건넌 이탄은 영주성을 향해 발걸음을 재촉했
다.

트루게이스 중심부에 위치한 영주성 앞에는 가로 10 미
터, 세로 8 미터나 되는 커다란 크리스탈 화면이 자리했
다.

트루게이스 시에는 이런 대형 화면들이 곳곳에 설치되어
있는데, 영주는 이 화면에 영상을 띄워 백성들에게 중요한
소식을 알렸다.

이를테면 중대 범죄자의 현상 수배.

영주성의 주요 행사 안내.

각종 재난 경보.

외적 침공 시 병사 차출 소식.

이런 것들이 영주가 크리스탈 화면에 띄우는 내용이었
다.

특별히 전달할 소식이 없을 때에는 크리스탈 화면에 광
고를 송출했다. 이탄이 지켜보는 가운데 라마 길드의 광고
가 큼지막하게 방영되었다. 라마에게 먹이를 줄 조합원들
을 모집한다는 광고였다. 수염이 하얀 길드장이 직접 광고
에 나와 라마 길드에 가입했을 때 받을 수 있는 혜택을 설
명했다.

이탄은 길드장의 얼굴에서 시선을 떼지 못했다.

'저 노친네가 트루게이스 시에서 몇 손가락 안에 꼽히는 거부란 말이지? 저런 거부에게 빚을 지워서 지부의 신도로 만들면 대박일 텐데. 어떻게 방법이 없을까?'

이런 사악한(?) 고민을 하는 사이, 이탄은 어느새 영주성의 정문에 도달했다.

이탄의 복장을 보고는 경비병이 아는 체를 했다.

"모레툼 님을 섬기시는 신관이시군요."

짠돌이 신, 고리대금 신, 갈취자의 신 등등 각종 비아냥거리는 소리를 듣고 있지만, 사실 모레툼 교단은 호락호락한 곳이 아니었다. 언노운 월드를 통틀어서 30위권 안에 든다는 것 자체가 모레툼 교단의 높은 위상을 말해주었다. 그럴 리는 없지만 만에 하나 모레툼 교단이 트루게이스에 전쟁을 선포한다면, 이 산악도시는 불과 한 달도 버티지 못할 것이다. 모레툼은 그만큼 강력한 곳이었다.

이탄이 오른 주먹에 왼손을 덮어 인사했다.

"모레툼."

"아, 네."

모레툼의 신도가 아닌 경비병은 떨떠름하게 그 인사를 받았다.

Chapter 3

"혹시 모르니까 신분을 증명할 증표를 보여주시겠습니까?"

경비병의 요구에 이탄이 유척을 꺼내들었다. 이탄이 신성력을 불어넣자 유척에 강한 성광이 어렸다.

"신관이 맞으시군요. 들어가십시오."

경비병이 턱짓을 하자 성문 옆의 조그만 보조문이 열렸다.

"고맙습니다."

이탄은 보조문을 통과해 영주성으로 들어섰다.

성 안은 이른 아침부터 분주했다. 그도 그럴 것이, 이 영주성에서 근무하는 사람들만 50,000명이 넘었다. 성 안 도로는 출근하는 사람들로 가득했다.

이탄은 인파에 묻혀 길을 걷다가 커다란 시계가 걸린 건물로 들어갔다.

트루게이스 행정처

건물 입구에는 이런 현판이 걸려 있었다. 행정처 건물 내부는 사람들로 북적거렸다.

지난 3년간 이곳에 몇 차례 드나든 덕분에 이탄은 익숙하게 길을 찾았다. 건물 7층으로 올라간 이탄은 복도 왼쪽 끝 방을 방문했다.

"어떻게 오셨죠?"

영주성의 행정관이 이탄에게 용무를 물었다. 이제 갓 부임한 듯한 젊은 행정관이었다.

이탄은 미리 작성해온 서류를 내밀었다.

행정관이 친절하게 서류를 받았다.

"아, 크리스틸 화면에 광고를 내시려고요?"

이탄이 고개를 주억거렸다.

"네. 새벽 5시부터 6시까지, 그리고 밤 11시부터 12시까지 두 타임 부탁합니다. 광고는 석 달간 내고 싶습니다."

"광고 영상은 가져오셨나요?"

행정관이 서류를 휘리릭 넘겨보며 물었다.

이탄은 턱 끝으로 행정관의 뒤쪽을 가리켰다.

"6개월 전에 냈던 광고가 있습니다. 그 영상을 다시 써주시지요."

"그런가요? 어디라고 하셨죠? 아! 모레툼."

서류 맨 앞에 박힌 '모레툼' 이라는 명칭을 보면서 행정관은 얼굴을 찌푸렸다. 크리스탈 화면에 방영될 광고 문구가 행정관의 눈앞에 빠르게 스쳐 지나갔다.

삶이 어려우신가요? 모진 세파에 버티기 힘들어서 길바닥에 쓰러지셨나요? 은혜로우신 모레툼 님께선 형제자매님들이 길바닥에 쓰러지실 때 그 앞에 은화 한 닢을 던져주시는 분이십니다. 모레툼 님의 은화를 꼭 쥐고 다시 일어서십시오. 저희 신관들이 형제자매님들과 함께하겠습니다.

"아우, 정말. 이런 고리대금업 광고는 내면 안 되는데."

젊은 행정관은 대놓고 이탄을 쏘아보았다.

옆에서 그 모습을 목격한 고참 행정관이 후다닥 달려왔다.

"아이고, 신관님 오셨습니까? 서류를 이리 주십시오. 이 광고 건은 제가 처리하겠습니다. 이쪽으로, 이쪽으로 오시죠."

고참 행정관은 소매로 진땀을 훔치며 이탄을 자기 자리로 데려갔다. 그 다음 내용도 읽어보지 않고 서류에 도장을 쾅쾅 찍었다.

"석 달 치 광고 두 타임에 은화 여섯 닢입니다."

고참 행정관의 말에 이탄이 품에서 주머니를 꺼냈다.

"여기 있습니다."

은화 6개가 땡그랑 떨어졌다.

고참 행정관이 냉큼 은화를 받았다.

"여섯 닢 모두 확인했습니다. 신관님, 광고는 오늘 밤부터 바로 방영될 것입니다. 제가 잘 처리할 것이니 안심하시고 돌아가십시오."

고참 행정관은 최대한 서둘러 이탄을 돌려보냈다.

이탄이 사라지자 고참 행정관이 젊은 행정관의 귀를 잡아당겼다.

"야 이 어리바리야, 너 미쳤어? 너 미쳤냐고?"

"아얏! 선배님, 왜 이러십니까?"

젊은 행정관이 펄쩍 뛰었다.

"이 미친놈아. 너 모레툼 교단이 얼마나 무서운 곳인지나 알아? 저 젊은 신관의 손에서 몇 명이나 죽어나자빠졌는지 아냐고?"

"주, 죽어요? 신관이 사람을 죽인단 말이에요?"

젊은 행정관의 안색이 해쓱해졌다.

고참 행정관이 버럭 소리쳤다.

"죽이지. 처참하게 찢어죽이고, 또 때려죽이지. 그렇게 죽여도 어느 누구 하나 찍소리 못하는 곳이야. 모레툼 교단은 그런 곳이라고. 너, 오늘 죽다 살은 줄 알아. 까딱 잘못하면 너뿐만이 아니라 너희 가족들도 다 죽어."

"으헉."

가족들까지 죽는다는 말에 젊은 행정관은 몸서리를 쳤다.

행정처 건물을 벗어난 이탄은 영주성의 중앙 건물을 힐끗 돌아보았다.

'저기에 헤스티아가 있겠지?'

아직까지도 이탄은 헤스티아와 연결될 방법을 찾지 못했다. 생각 같아서는 지금 당장 중앙 건물로 들어가 헤스티아를 만나고 싶었다.

하나 그건 안 될 일이었다. 냉철하게 마음을 가다듬은 이탄이 등을 돌렸다.

이탄이 영주성에서 벗어날 즈음, 시계는 오전 10시 20분을 가리키고 있었다. 이탄은 교단 지부가 위치한 남부지역으로 발걸음을 옮겼다.

'이른 새벽부터 마력순환로를 그린 탓인가? 좀 쉬고 싶네. 오늘은 포교 활동을 하지 말아야겠다.'

안타깝게도 이탄의 소박한 소망은 이루어지지 않았다. 중앙지역을 넘어 남부지역으로 들어설 무렵이었다. 이탄의 동공이 살짝 확대되었다.

'미행?'

이탄은 뒤를 돌아보지 않았다.

그래도 느낌이 왔다. 뒤에 꼬리가 붙었다.

'누구지? 강제적인 기부금 정책에 불만을 품은 신도의 짓인가? 아니면 적대 관계에 있는 다른 교단? 그것도 아니면 모레툼 교단 때문에 손해를 본 고리대금업자? 어쩌면 흑 성향의 단체가 모레툼 교단을 노리는 것일 수도 있겠구나.'

미행자를 특정 지을 수는 없었다. 모레툼 교단은 사방에 적이 넘쳐났다. 이탄은 감각을 바이올린의 가장 오른쪽 줄처럼 팽팽하게 당겨 놓았다. 그렇다고 과도하게 기합을 넣지는 않았다.

'이 근처 지리는 훤하지. 저 모퉁이만 돌면. 후후후.'

이탄이 입꼬리를 살짝 끌어올렸다. 이탄이 염두에 둔 곳은 붉은 벽돌로 이루어진 모퉁이였다. 번화한 골목 같지만, 저 모퉁이를 돌면 갑자기 인적이 뚝 끊기는 외진 공터가 나온다. 성인 남자보다 훨씬 더 키가 큰 갈대가 울창하게 우거진 공터였다.

이탄은 목표지점에서 갑자기 직각으로 방향을 꺾었다.

"이런."

이탄이 모퉁이로 사라지자 미행자가 화악 가속했다.

Chapter 4

질풍처럼 몸을 날려 눈 깜짝할 사이에 이탄을 따라잡은 미행자는 모퉁이를 돌지 않고 갑자기 허공으로 점프했다. 그리곤 단숨에 건물 지붕으로 뛰어올라 이탄의 행방을 찾으려고 들었다.

그 의도가 틀려졌다. 건물 지붕에서 내려다보는 풍경은 온통 황금빛으로 물든 갈대밭 천지였다. 어디에도 이탄은 보이지 않았다.

"이런 망할."

미행자가 입술을 꽉 깨물었다.

그때였다.

후왕─ 바람이 불면서 미행자의 옆에서 시커먼 그림자가 툭 튀어나왔다. '은신의 가호'로 몸을 투명하게 만들어 매복 중이던 이탄이었다.

턱.

한 손으로 미행자의 목을 낚아챈 이탄은 상대를 끌어안고 지붕에서 뛰어내려 그대로 갈대숲에 투신했다.

미행자가 곧바로 이탄에게 반격했다. 그는 허공에서 거꾸로 떨어져 내리면서 오른팔에 착용한 삼각방패를 짧게 휘둘렀다.

흥!

삼각방패의 뾰족한 모서리가 섬뜩한 살기와 함께 날아왔다. 이탄은 상체를 숙여 적의 공격을 피한 다음, 적의 옆구리에 주먹을 찔러넣었다.

"어딜."

미행자가 삼각방패를 회수하여 옆구리를 막았다. 이탄의 주먹과 미행자의 방패가 충돌하면서 둔탁한 파열음이 울렸다.

이번엔 미행자가 창대를 짧게 쥐고 이탄의 목을 찔렀다.

이탄이 상체를 부드럽게 좌우로 움직여 창을 피했다. 그러면서 상대의 복부에 다시 한 번 주먹을 쑤셔 박았다. 미행자는 이번에도 삼각방패로 이탄의 공격을 막았다. 둔탁한 파열음이 또 울렸다.

이상의 공격과 방어가 매우 짧은 시간 안에 이루어졌다. 두 사람이 지붕에서 몸을 투신하여 땅바닥에 떨어지는 동안에 벌써 몇 번의 공방을 주고받은 것이다.

이탄은 갈대숲에 떨어지는 것과 동시에 상대의 목을 바닥에 처박았다. 적의 목에서 우두둑 뼈 꺾이는 소리가 들렸다.

"큭."

미행자는 살쾡이처럼 가볍게 몸을 일으키더니, 이탄과

거리를 벌리려고 들었다. 창을 사용하는 그의 입장에서는 원거리를 유지하는 편이 싸우기 편했다.

이탄이 틈을 주지 않았다.

쉭―, 쉭―.

바짝 달라붙는 이탄을 향해 미행자가 삼각방패를 짧게 짧게 휘둘렀다.

원거리에서는 창.

근거리에서는 삼각방패.

이것이 미행자의 공격 조합이었다. 삼각방패가 날아들 때마다 피육― 피육― 공기 터지는 소리가 울렸다. 방패 휘두르는 속도가 어찌나 빨랐던지 미행자의 상체 주변으로 삼각방패의 잔영이 길게 늘어져 보였다. 그리고 그때마다 갈대가 뭉텅이로 잘려 허공에 휘날렸다.

적의 날카로운 반격에도 불구하고 이탄은 뒤로 물러서지 않았다. 흉흉하게 날아오는 방패 공격을 상체의 움직임만으로 모두 피해낸 뒤, 그대로 달려들어 적의 목을 붙잡았다.

"큭."

미행자가 또 신음을 흘렸다. 이탄의 손이 닿을 때마다 미행자는 살이 뭉그러지고 뼈가 으스러지는 듯한 고통을 느꼈다.

게다가 악력은 어찌나 센지.

미행자가 버티려고 했지만, 어느새 그의 몸이 휘익 딸려가 그대로 땅바닥에 처박혔다.

쿵!

땅바닥에 머리부터 거꾸로 박힌 미행자가 살쾡이처럼 빠르게 다시 튕겨 일어났다.

이탄이 곧장 따라붙었다. 이탄의 주먹이 상대의 오른쪽 옆구리에 쾅! 왼쪽 옆구리에 쾅! 두 방 연달아 박혔다.

상대가 아무리 방패로 막아도 소용없었다. 둔중한 충격이 미행자의 뼛속까지 파고들었다. 방패 표면은 완전히 우그러졌다.

"크윽. 큭."

미행자의 잇새로 연달아 신음이 터졌다. 벌써 갈비뼈가 여러 대 부러진 듯했다. 목뼈도 일부 부러진 것 같았다. 미행자는 허리가 욱신욱신 쑤시고 하늘이 노랬다.

'안 되겠다.'

수세에 몰린 미행자가 창을 휘릭 돌려 땅바닥에 꽂았다. 그다음 창대의 반동을 타고 멀리 도망치려고 했다.

"어딜 가려고?"

이탄이 바람처럼 달라붙어 미행자의 얼굴에 주먹을 꽂아 넣었다. 주먹이 날아오기 전에 강한 풍압이 밀려들어 미행자의 얼굴을 일그러뜨렸다. 사람이 이 주먹을 맞으면 그대로 피보라로 변할 것 같았다.

"크악."

미행자는 죽을힘을 다해 고개를 뒤로 젖혔다.

그 위로 이탄의 주먹이 아슬아슬하게 스쳐 지나갔다. 주먹 날아오는 속도가 어찌나 빨랐던지 미행자의 눈에는 이탄의 주먹이 제대로 보이지도 않았다. 그저 뭔가가 번쩍했는데 코끝이 베어져 날아가고 안면에서 피가 터졌다.

미행자가 얼굴에서 피를 줄줄 흘리며 뒷걸음질 쳤다.

어느새 접근한 이탄의 손이 미행자의 머리끄덩이를 붙잡아 아래로 눌렀다.

"끄윽."

미행자가 버티려고 애썼다.

그 전에 이탄의 손바닥이 미행자의 뒤통수를 내리찍었다.

빠각!

두개골 바스러지는 소리와 함께 미행자는 갈대숲에 얼굴을 처박았다.

축 늘어진 미행자를 굽어보면서 이탄이 목을 좌우로 한 번씩 꺾었다. 이탄의 왼쪽 눈에는 어느새 투명한 박스가 떠올랐다.

— 종족: 비치 일족 (무사 계열로 추정)

　— 주무기: 창, 삼각방패

　— 특성 스킬: 스네이크 샷(Snake Shot), 쉴드 스
매쉬(Shield Smash)

　— 성향: 흑

　— 레벨: B—

　— 주 출몰지역: 언노운 월드 강변, 혹은 해변

　— 출몰빈도: 중간

　이상의 기본 정보가 먼저 정보창에 떠올랐다. 이어서 그
아래 추가 정보란에도 글씨가 채워졌다.

　　— 추가정보: 창과 삼각방패로 유명한 단체에는
　야스퍼 전사탑이 있다. 야스퍼 전사탑은 언노운 월
　드에서 악명 높은 무사 집단으로 흑 진영에 속한
　다. 특징은 눈에서 노란 안광이 뿜어진다.

　이탄을 미행한 자도 눈에 노란 기운이 가득했다.

　"야스퍼 전사탑? 거기서 왜 나를 노리지? 설마 흑과 백
의 대전쟁이 다시 시작될 조짐인가?"

　이탄이 이마를 깊게 찌푸렸다.

이곳 언노운 월드의 역사는 흑과 백, 양진영의 충돌 기록이라고 표현해도 과언이 아니었다. 때로는 양 진영의 전쟁에 중립 진영까지 가세하면서 온 세상이 피로 물든 적이 한두 번이 아니었다. 언노운 월드의 역사가 곧 투쟁의 역사였다.

하지만 최근 60년간은 달랐다. 이 시기는 모처럼 흑과 백이 충돌을 자제하는 평화의 시기였다.

"언노운 월드의 역사를 통틀어서 60년의 평화란 참으로 드문 일이지."

빠악!

"그러니까 이제 슬슬 전쟁의 불꽃이 다시 점화될 때도 되었어."

빠악!

Chapter 5

"하지만 왜 하필 나야?"

빡!

"왜 하필 가만히 있는 나를 먼저 건드리느냐고? 그렇지 않아도 요새 머리가 복잡해 죽겠는데 말이야."

빡! 빡! 빡!

말을 한 번 할 때마다 이탄은 미행자의 머리통을 손바닥으로 내리쳤다. 그러다 마지막에는 화가 났는지 손을 연달아 휘둘렀다.

이탄의 손이 채찍처럼 날아와 머리를 때리고 지나갈 때마다 미행자의 머리가 벌겋게 부어오르고 피가 터졌다. 미행자는 이미 기절한 상태였지만 그래도 맞을 때마다 푸덕푸덕 몸을 경련했다.

이대로 몇 대만 더 맞으면 미행자는 뇌출혈로 죽었을지 몰랐다.

그 위기의 순간, 동료들이 나타났다.

사사삭―

벼락처럼 몸을 날려 갈대숲으로 떨어지는 자들이 총 9명.

"한 명이 아니었구나?"

이탄이 기절한 미행자를 손에서 놓고 몸을 스윽 일으켰다.

삼각방패와 창으로 무장한 적들이 이탄을 빠르게 에워쌌다. 9명 모두 눈에서 샛노란 안광을 뿜어대었다.

"10명인가?"

이탄이 모퉁이 건물의 지붕을 힐끗 곁눈질했다.

지금 이탄을 에워싼 9명 외에도, 지붕 위에서 팔짱을 끼고 있는 사람이 한 명 더 보였다. 그가 이 10명 중에 가장 안광이 강렬했다. 라마 길드의 간부 텡기스와 밀담을 나누던, 바로 그 전사였다.

"들어와."

이탄이 적들을 향해 손을 까딱였다.

처척!

9명의 적들이 삼각방패로 자신들의 가슴을 가렸다. 그리곤 방패 위쪽에 창을 올려 이탄에게 겨눴다.

이탄이 한 번 더 적들을 향해 손가락을 까딱거렸다.

"들어오라고."

그 오만한 도발에도 불구하고 적들은 움직이지 않았다. 이탄이 지붕 위로 힐끗 시선을 던졌다.

팔짱을 끼고 갈대밭을 내려다보던 사내가 오른쪽 주먹을 머리 높이로 들었다.

그게 신호였다.

9명의 눈에서 노란 안광이 빔처럼 뿜어졌다. 그 빔이 창날 끝부터 창대의 밑동까지 단숨에 훑고 지나갔다.

지이잉—

노란 안광에 닿은 창대는 눈 깜짝할 사이에 노란색으로 물들었다. 마치 노란 물감에 창을 푹 담갔다가 꺼낸 것처럼 샛노란 액체가 창끝을 타고 뚝뚝 떨어졌다.

참으로 특이한 현상이었다.

'뭐지? 눈에서 쏜 빔으로 무기를 강화하는 건가?'

이탄은 은근히 왼쪽 눈에 힘을 주었다.

아쉽게도 이탄의 정보창에는 아무런 정보가 뜨지 않았다. 간씨 가문의 망령들이 지금까지 이런 현상을 목격한 적이 없다는 뜻이었다.

어쨌거나 지금은 다른 생각을 할 때가 아니었다.

슈왁! 슈왁!

벼락처럼 날아든 샛노란 창이 이탄의 상체를 꿰뚫고 지나갔다. 적들과의 거리는 분명 20미터 이상이었는데, 지상에 노란 벼락이 친다 싶더니 어느새 야스퍼 전사탑의 창수들이 이탄의 심장과 머리통을 향해 창을 찔러넣었다.

허공에 노란 궤적이 번쩍 번쩍 형성되었다.

이탄이 손바닥으로 앞을 가렸다. 이탄의 손끝에서 피어오른 신성력이 휘황찬란한 빛의 방패가 되어 앞을 가렸다.

이것은 방패의 가호.

모레툼 신관의 상위권능 가운데 하나가 펼쳐졌다.

순백의 방패 표면에 노란 번개가 콰콰콱 작열했다. 빛과 빛이 충돌하면서 사방으로 광휘가 몰아쳤다.

충돌의 여파를 견디지 못하고 갈댓잎이 파스스 으스러져

가루로 휘날렸다. 땅바닥도 쩍쩍 갈라져 시커먼 속을 드러내었다. 땅의 균열은 이탄이 서 있는 곳을 중심으로 방사형으로 뻗어 나가 그 반경을 30 미터까지 키웠다.

"크윽."

"읍."

이탄을 공격했던 자들이 수십 미터 뒤까지 튕겨나가 침음을 흘렸다. 강한 반탄력에 충격을 받은 듯, 몇 명은 입에서 피를 토했다.

하지만 쓰러진 자는 아무도 없었다.

"버텨보겠다는 건가?"

이탄이 입꼬리를 한쪽으로 기울였다. 그 말이 끝나기도 전에 이탄이 유령처럼 사라졌다. 그리곤 30 미터 전면에 갑자기 나타났다.

"헉!"

깜짝 놀란 야스퍼 전사가 헛바람을 집어삼켰다. 전사는 황급히 삼각방패를 휘둘러 이탄의 목을 치려고 들었다.

그보다 한발 앞서 이탄의 손이 뱀처럼 교묘하게 뻗었다. 어느새 삼각방패 안쪽까지 파고든 다음, 이탄은 오른손으로 적의 안면을 움켜쥐었다.

그게 끝이었다.

퍼억!

이탄의 손에 잡힌 전사의 얼굴이 잘 익은 수박처럼 터져 나갔다. 시뻘건 피가 비산했다. 2개의 눈알은 이탄의 손가락 사이로 삐져나와 바닥에 데굴데굴 굴렀다. 와지끈 부서진 두개골 파편이 갈대숲에 우수수 떨어졌다.

　"앗!"

　"이런 잔인한 놈."

　동료를 도우러 달려들던 전사들이 흠칫 몸을 떨었다.

　퓩!

　이탄이 그 자리에서 다시 유령처럼 사라졌다. 그다음 두 번째 희생양의 등 뒤에서 불쑥 나타나더니 뒷목을 낚아챘다.

　"켁."

　이탄의 손에 붙잡힌 적은 단숨에 목의 4분의 3이 뜯겨나가 앞으로 고꾸라졌다. 갈대밭에 푹 쓰러진 희생자의 상처 부위로부터 벌건 선혈이 콸콸콸 쏟아졌다. 머리가 접힌 희생자는 코를 자신의 가슴에 박고 사망했다.

　"죽어랏."

　"죽어버렷."

　이탄의 양옆에서 2개의 창이 동시에 날아들었다. 샛노란 벼락이 이탄의 오른쪽 귀와 왼쪽 허벅지를 동시에 노렸다. 그 사이 이탄의 등 뒤로 파고든 세 번째 적이 이탄의 척추를 향해 창을 내질렀다.

츄화악—

그 창이 허공에서 세 갈래로 갈라졌다. 노랗게 물든 창날이 이탄의 목뼈와 등, 엉덩이를 한꺼번에 찔렀다.

이탄은 양손에 방패의 가호를 두른 다음, 몸을 한 바퀴 획 돌렸다.

콰직!

이 한 방에 적들의 합동 공격이 전부 다 막혔다.

만약 적들이 일반 창을 사용하였다면, 방패의 가호와 부딪치는 순간에 창대가 모두 부러졌을 것이다.

하지만 노랗게 물든 창은 방패의 가호와 부딪치고도 멀쩡했다. 그저 힘에서 밀려 사방으로 튕겨났을 뿐이다.

그게 비극의 시작이었다. 이탄을 공격했던 자들이 모조리 튕겨나가 갈대숲에 엉덩방아를 찧었다.

이탄이 독수리처럼 날아올라 쓰러진 적들을 덮쳤다. 무서운 속도로 몸을 날린 이탄은 손가락으로 상대의 복부를 긁었다.

Chapter 6

이탄의 양손이 퍼억 소리와 함께 적들의 뱃가죽을 꿰뚫

었다. 그다음 물컹한 내장을 지나 척추뼈를 그대로 움켜잡았다.

우적!

"케엑."

척추가 으스러진 전사 2명이 실 끊어진 인형처럼 맥없이 주저앉았다. 허리를 중심으로, 그들의 몸이 뒤로 완전히 접혔다. 그 증거로 그들의 뒤통수가 발뒤꿈치에 닿았다.

이탄은 적들의 척추를 쭉 잡아당겨 줄줄이 뽑았다.

"으으윽. 지독한 놈."

산 사람의 배를 찢고 척추를 강제로 잡아 뽑는 이탄의 무지막지함에 적들이 치를 떨었다.

보다 못해 적의 우두머리가 끼어들었다.

"이노옴, 당장 멈추지 못할까."

지붕 위에서 뛰어내린 우두머리는 이탄을 향해 샛노란 창을 집어던졌다. 그것도 하나가 아니라 수십 개의 창을 동시에 뿌렸다.

퓨퓨퓨퓨풋!

하늘에서 소나기가 퍼붓는 것처럼 창들이 떨어졌다.

이탄은 방패의 가호를 몸 앞에 둘렀다. 광휘에 휩싸인 방패가 적의 공격을 막아냈다.

적 우두머리는 이탄의 행동을 예측이라도 한 것처럼 지

상에 안착하더니, 낮은 자세로 몸을 빙글빙글 회전했다.

회전축을 중심으로 주변 갈댓잎이 푸스스 날아올랐다. 흙먼지도 뿌옇게 솟구쳤다. 동시에 40 센티미터 길이의 노란 빛들이 투창처럼 쏘아져 이탄의 급소를 노렸다.

아니, 이것은 투창과는 격이 달랐다. 영활하게 방향을 틀면서 이탄을 공격하는 이 노란 빛들은 마치 살아 있는 뱀장어를 연상시켰다.

이탄은 이번에도 방패의 가호로 적의 공격을 받아내었다.

몇몇 빛살들이 가호를 피해 이탄에게 달려들었다.

덥석.

이탄은 그 노란 빛들을 직접 손으로 붙잡았다. 노란 빛들이 이탄의 손아귀 안에서 거칠게 퍼덕거렸다. 이탄의 손바닥이 순식간에 노랗게 물들었다.

적의 우두머리가 쾌재를 불렀다.

"옳거니. 저주에 걸렸구나."

이 노란 빛은 임산부 뱃속의 태아를 삶아서 연성해낸 원혼들이다. 어지간히 정신력이 강한 무사나 법사들도 원혼과 접촉하는 즉시 생명력이 말라붙는다. 태아의 원혼은 모든 살아있는 생명체를 저주하기 때문이다.

한데 웬걸?

이탄은 생명력을 잃기는커녕 더욱 생생한 모습으로 손을
뻗었다.

"앗!"

깜짝 놀란 우두머리가 상체를 뒤로 확 젖혔다.

그보다 한발 앞서 이탄의 손이 우두머리의 어깨를 붙잡
았다.

"크악."

스치듯이 붙잡혔을 뿐인데 우두머리의 어깨가 통째로 뜯
겨나갔다. 그 바람에 오른팔까지 잡아 뽑혔다. 우두머리는
이탄의 괴력에 혼이 쏙 빠질 지경이었다.

이탄이 혀를 찼다.

"쳇. 제법 빠르군."

이탄이 적의 오른팔을 뒤로 휙 던졌다.

원래 이탄은 상대의 어깨가 아니라 머리를 붙잡아 뽑을
요량이었다. 한데 상대의 반응이 예측보다 빨라 팔 하나만
뽑는 데 그쳤다.

"또 피해 봐라."

이탄이 다시 손을 뻗었다.

"우힉?"

기겁을 한 우두머리가 신체의 중심을 낮추고 뱅글뱅글
회전하여 이탄의 공격을 회피했다.

이탄이 지그재그로 쫓아오면서 우두머리를 공격했다.

우두머리는 몇 번은 이탄의 공격을 피했다. 하지만 결국 왼쪽 발목이 이탄의 손에 걸렸다. 살짝 스친 것처럼 보였는데 뼈 으스러지는 소리가 났다. 힘줄 끊어지는 소리가 울렸다. 우두머리의 왼쪽 발목 전체가 순식간에 뜯겨나갔다.

"끄악."

우두머리가 창을 지팡이처럼 짚으며 더 멀리 도망쳤다.

"후퇴. 후퇴. 모두 산개해서 도망쳐라. 이자는 우리가 상대할 수 없는 괴물이닷."

우두머리가 악을 썼다.

"후퇴. 후퇴."

야스퍼 전사탑의 전사들이 복창과 함께 각기 다른 방향으로 산개했다. 그렇게 부하들이 사방팔방으로 도망치는 사이 우두머리는 방향을 바꿔 이탄의 품속으로 파고들었다. 어떻게든 부하들이 도망칠 시간을 벌겠다는 것이 우두머리의 생각이었다.

"이 괴물 같은 놈아, 같이 죽자."

우두머리의 눈에서 노란 안광이 수 미터 길이로 뿜어졌다. 그 빛이 우두머리의 온몸을 뒤덮었다.

이탄은 샛노랗게 변해서 달려드는 적을 향해 주먹을 마주 질렀다.

퍼억.

단숨에 적의 머리통이 깨졌다.

하지만 적은 머리가 날아간 뒤에도 끝까지 포기하지 않고 달려들어 온몸으로 이탄을 껴안았다. 죽은 우두머리의 몸속으로부터 태아의 원혼들이 빛살처럼 터져 나와 이탄의 몸 전체를 뒤집어씌웠다.

이 노란 빛살 하나하나가 원혼이었다. 살아있는 모든 생명체를 저주하여 생명력 자체를 말려버리는 원혼들.

이 원혼들이 겹겹이 에워싸 한꺼번에 저주를 걸어대면 어지간한 대신관이나 수도승들도 감당하기 어려웠다.

이탄은 예외였다.

비록 지금은 그가 신관의 탈을 쓰고 있지만, 이탄의 본래 속성은 어둠의 족속인 언데드다. 이탄의 신체 내부로 파고들려 시도했던 태아의 원혼들은 이탄에게 저주를 걸기는커녕 오히려 이탄의 피부 밑에서 도도하게 순환 중인 음차원 마나에 빨려 들어가 그대로 녹아버렸다.

[끄어어어어—.]

원혼들이 마지막으로 내뱉은 비명이 이탄의 뇌 속에서 아스라이 울렸다.

마지막 자폭공격까지 실패했으니 이제 우두머리가 얻어갈 것은 전무했다. 축 늘어져 살가죽만 남은 우두머리의 신체가 이탄의 손가락 사이로 주르륵 흘러내렸다.

그렇게 우두머리가 시간을 버는 동안, 5명의 부하들은 이미 사방으로 흩어진 뒤였다.

"이미 늦었네. 하지만 한 놈이라도 잡아야겠지?"

이탄은 그중 한 방향을 선택했다.

Chapter 7

"헉, 헉, 헉."

야스퍼 전사탑의 전사가 미친 듯이 도로를 내달렸다.

"비켜. 죽고 싶지 않으면 비키라고. 썅!"

전사는 시장 상인들을 온몸으로 부딪쳐 튕겨내었다. 길바닥에 나동그라진 어린아이를 발로 밟아서 타넘었다. 심지어 가판대까지 뒤집어엎으며 기를 쓰고 도망쳤다.

그래도 소용없었다. 결국 이탄이 상대를 따라잡았다. 바짝 달라붙은 이탄은 전사의 허리춤을 뒤에서 잡아 옆으로 패대기쳤다.

"크억."

수평으로 부우웅 날아가 건물 벽을 들이받은 전사가 신음 소리와 함께 땅바닥에 코를 처박았다. 어느새 가까이 다가온 이탄이 전사의 앞에 섰다.

시장 상인들은 멀리 떨어진 곳에서 이 싸움을 지켜보고 있었다.

저벅.

이탄이 한 걸음 더 다가왔다.

"으으으윽."

자존심이 강하기로 유명한 야스퍼 전사탑의 전사가 자신도 모르게 벌벌 떨었다.

이탄이 그 앞에 쪼그려 앉았다.

"왜 나를 습격했습니까?"

"으으으."

전사가 모른다는 의미로 고개를 가로저었다.

이탄이 다시 물었다.

"내가 개인적으로 야스퍼 전사탑과 원한이 있지는 않거든요. 그러니까 이건 개인적 용무라기보다는, 야스퍼 전사탑에서 우리 모레툼 교단에 전쟁을 건다는 뜻이겠지요?"

"으으으으."

전사가 또 도리질을 했다.

이탄이 한 발 더 나갔다.

"그것도 아니라고요? 하면 야스퍼 전사탑의 수준을 넘어섰다는 뜻인가요? 흑과 백이 편을 갈라서 다시 한 판 거나하게 붙자는 뜻? 어디 한번 이 땅을 피범벅으로 물들여 볼까요? 그걸 원합니까?"

이탄의 목소리는 까마귀가 우는 것처럼 거칠었다. 그런 탓인지 작게 말하는 것 같았는데 멀리 떨어져 있는 상인들의 귀에도 잘 들렸다.

"헉? 흑과 백의 전쟁이라고?"

"60년 전에 체결된 휴전협정이 깨어진다는 말인가?"

상인들의 안색이 하얗게 질렸다. 특히 60년 전의 피바람을 경험했던 노인들은 사시나무처럼 몸을 떨었다.

이탄은 상인들의 웅성거림에 신경 쓰지 않았다. 그저 무감정한 눈으로 적만 내려다보았다. 전사는 대답이 없이 도리질만 반복했다.

사실 그와 같은 말단 조무래기가 자세한 속사정을 알 리 없었다. 그저 위에서 명이 내려와서 이탄을 공격했을 뿐이다.

이탄도 그 점을 이해했다.

"하아. 그렇겠죠. 너 같은 조무래기가 뭘 알겠습니까?"

이탄의 손바닥이 상대의 얼굴을 뒤덮었다.

"히익."

전사가 두 눈을 질끈 감았다.

와그작 소리와 함께 전사의 안면이 그대로 박살 났다. 이탄의 옷과 얼굴에 피가 퍽 튀었다. 전사의 두 눈알이 이탄의 손가락 사이로 삐져나와 바닥에 굴렀다. 이탄은 피범벅이 된 손을 죽은 자의 옷에 슥슥 닦았다. 그리곤 최대한 밝은 표정으로 뒷짐을 지고 일어섰다.

"헉."

상인들이 움찔했다.

이탄이 가까이 다가오자 상인들 사이에 길이 쩍 열렸다. 이탄은 오른 주먹 위에 왼손을 덮고 공손하게 인사했다.

"반갑습니다. 저는 모레툼 교단의 신관입니다."

"네에, 네. 신관님이셨군요."

상인들이 어정쩡한 자세로 이탄의 인사를 받았다.

이탄은 이 짧은 틈을 놓치지 않고 영업을 시도했다.

"혹시라도 여러분 가운데 삶이 힘들어 길바닥에 쓰러질 지경이 되신 분이 계십니까?"

아무도 대답하지 않았다.

"만약 그런 분이 계시면 주저하지 마시고 모레툼 님을 찾으십시오. 은혜로우신 모레툼 님께선 모든 쓰러지신 분들에게 은화 한 닢을 던져주시는 분이십니다."

"아아, 네네."

"저희 교단에서 오늘 아침에 광고도 냈거든요. 도시 곳곳에 걸린 크리스털 화면을 통해서 곧 보시게 될 겁니다.

그 광고를 보시면 모레툼 님의 은혜에 대해서 보다 자세히 아실 수 있습니다."

"네. 신관님, 꼭 보겠습니다."

상인들은 꼬박꼬박 대답은 하면서도 아무도 이탄과 시선을 마주치려 하지 않았다. 상인들의 이마에 식은땀이 흘렀다. 그도 그럴 것이, 이탄의 뒤에는 머리통이 으스러진 채 나뒹구는 시체가 보였다. 그 끔찍한 살해현장을 목격하고도 겁을 내지 않을 상인은 없었다.

사람들의 반응이 떨떠름하자 이탄이 가볍게 목례를 했다.

"그럼 저는 이만 가보겠습니다."

상인들은 비로소 안도의 한숨을 내쉬었다.

그렇게 자리를 뜰 것처럼 보였던 이탄이 다시 뒤를 돌아보았다.

"저기요."

"아, 네?"

상인들이 화들짝 놀랐다.

이탄이 손가락으로 시체를 가리켰다.

"혹시 영주성에서 치안병들이 나오면 저 시체를 인계해주시기 바랍니다."

"네네, 여부가 있겠습니까."

"저희가 치안병에게 인계하겠습니다."

상인들이 허리를 굽실거렸다.

"고맙습니다. 모레툼 님의 은총이 여러분과 함께 하시기를 기원합니다."

이탄은 끝까지 공손하게 인사를 하고 자리를 떴다.

남은 상인들은 이탄이 사라진 뒤에도 한동안 진정하지 못했다. 다들 가슴이 벌렁벌렁 뛰고 식은땀으로 등판이 축축해졌다.

Chapter 8

아시아의 일각.

간씨 가문의 영토에는 비밀스러운 탑이 하나 세워져 있었다. 그 탑의 지하 가장 깊숙한 곳으로 꼽추 노인이 걸어 내려갔다.

꼽추 노인이 도착한 곳은 말라비틀어진 머리통들이 주렁 주렁 걸려 있는 괴기스러운 망령목 군락지였다. 꼽추 노인 은 그중 하나의 망령목 앞에 서서 누런 이빨을 드러내었다.

"훌훌훌. 역시 기대를 저버리지 않는구나. 언노운 월드 에 무사히 정착한 것만으로도 대견한데, 벌써 이렇게나 많 은 에너지를 보내주었어. 훌훌훌."

꼽추 노인이 손가락으로 더듬는 대상은 다름 아닌 간세진의 망령목이었다. 그중에서도 특히 꼽추 노인은 망령목의 가지 왼쪽 상단부에 매달린 이탄의 머리통을 정성껏 쓰다듬었다.

간세진의 망령목은 다른 망령목들에 비해 나뭇가지의 수가 적고 빈약해 보였다. 하지만 이탄의 머리통이 매달린 가지만큼은 은은한 청색으로 싱싱하게 빛이 났다. 이탄이 망령이 타차원에서 채굴하여 보내주는 에너지가 유난히 강렬하고 질이 좋다는 의미였다. 꼽추 노인은 그 점이 정말 기뻤다.

"흘흘흘. 세진 도련님이 약하게 성장하실까 봐 마음을 졸였건만, 네 녀석이 정말 큰 역할을 해주는구나. 망령목 가지에 이렇게 청색 기운이 감도는 것을 보니 조만간 새싹이 트고 가지 수가 늘어나겠어. 흘흘흘흘."

간씨 가문의 직계혈통들은 망령목을 통해 싸이킥 에너지를 채굴하였다. 그리고 그 에너지를 이용하여 범인의 수준을 뛰어넘는 초인적인 무력을 발휘하곤 했다. 예를 들어서 간씨 가문의 당대 가주인 간성주는 총 38마리의 망령을 언노운 월드로 보내 에너지를 채굴하고 있으며, 차기 가주인 간철호는 무려 56개의 망령을 부렸다. 간철호의 장남인 간민수도 망령이 34마리였다.

한데 간철호의 손자인 세진은 고작 16개의 망령에 한정되었다. 세진의 망령목이 16개의 나뭇가지만 가졌기 때문이다.

그런데 지금 그 나뭇가지의 개수가 늘어날 조짐을 보였다. 꼽추 노인은 덩실덩실 춤이라도 추고 싶은 심정이었다.

"홀홀홀. 이대로 몇 년이 지나면 세진 도련님께서 열일곱 마리의 망령으로 에너지를 채굴하실 수 있을 게야. 그리고 다시 몇 년이 흐르면 열여덟, 열아홉, 점점 더 늘어날 테지. 홀홀홀홀. 이탄이라는 녀석이 정말 복덩어리라니까."

꼽추 노인이 한참 기뻐하고 있을 때였다. 그의 등 뒤에서 기척이 발생했다. 꼽추 노인은 등을 휙 돌렸다.

"누구냣?"

망령목 가지에 매달린 머리통들이 훼손이라도 되는 날에는 그것으로 끝장. 그 즉시 망령과 연결이 끊어지고 에너지 채굴이 중단된다. 그런 관점에서 보면 이 망령목 군락지야말로 간씨 가문의 급소나 마찬가지였다.

따라서 이 비밀스러운 장소에 들어올 수 있는 사람은 극히 제한되었다. 간씨 가문의 직계혈통들도, 그리고 탑의 교관들도 이곳까지는 접근이 허용되지 않았다. 심지어 그들은 탑의 지하에 망령목 군락지가 있다는 사실도 알지 못했다.

그 비밀스러운 장소에 누군가 접근했다. 꼽추 노인이 바짝 긴장했다.

"날세."

나직한 음성이 꼽추 노인의 경계를 풀어주었다.

"아! 의장님."

꼽추 노인이 황급히 무릎을 꿇었다.

간씨 가문을 상징하는 주홍색 갑옷을 입고 주홍색 망토를 두른 사내가 꼽추 노인의 앞에 섰다. 그의 정체는 바로 차기 가주가 될 간철호였다. 이미 가주를 뛰어넘는 무력을 보유한 간씨 가문의 최강자, 간씨 군벌이 아시아 지역에 펼쳐 놓은 모든 사업체를 관장하는 실질적인 권력자, 간성주 가주의 차남 간철호 말이다.

간철호의 나이는 올해로 74세.

하지만 외모로만 따지면 간철호는 30대 중반 정도로밖에 보이지 않았다. 간철호의 서늘한 눈이 꼽추 노인을 떠나 세진의 망령목에 머물렀다.

"세진이의 망령목에 새싹이 틀 기미가 보인다지? 그래서 와봤네."

망령목의 나뭇가지는 처음에 개수가 정해지면 늘어나는 경우가 드물었다. 늘기는커녕 언노운 월드에서 망령이 급사를 할 경우 망령목의 나뭇가지도 함께 말라붙어 죽는 상황이 가끔 발생하곤 했다.

그런데 간세진의 망령목은 가지의 수가 늘어날 기미를 보였다. 간철호는 반짝거리는 눈으로 이탄의 머리통을 응시했다.

"허허허. 처음엔 믿지 않았지. 망령목에 새싹이라니? 그건 정말 드문 일이잖나? 그런데 진짜였어. 진짜로 새싹이 틀 것 같아."

꼽추 노인이 히죽 웃었다.

"흘흘흘흘. 정말 기적입니다. 간씨 가문의 선조께서 세진 도련님을 보우하신 것 같습니다. 흘흘흘."

"그거 잘되었군. 그런데 운보."

간철호가 꼽추 노인에게 시선을 돌렸다.

꼽추 노인 운보가 공손히 머리를 조아렸다.

"말씀하십시오."

"전에 내게 보고했던 건은 어찌 되었나?"

"어떤 보고 말씀이십니까?"

"망령목에 매달은 망령을 다른 망령목으로 옮겨 붙이는 것 말이야. 그 연구는 성공하였나?"

백태가 낀 것처럼 흰자위만 남은 운보의 눈이 좌우로 파르르 흔들렸다.

몇 년 전에 운보가 '망령의 접붙이기'를 연구한 것은 사실이었다. 운보는 간씨 가문 선조들의 망령들 가운데 아직 싱싱한 것들을 골라서 간세진의 망령목에 붙여주려고 그 연구를 시작했었다.

그런데 다행히 간세진의 망령 열여섯 마리가 모두 다 언노운 월드에 잘 정착하여 더 이상 연구를 지속할 필요가 없어졌다.

"의장님, 송구스럽지만 그 연구는 중단되었습니다. 그런데 그건 갑자기 왜 하문하시는지요?"

운보가 불안한 표정으로 물었다.

간철호는 손을 휘휘 내저었다.

"아니. 별 뜻은 없네. 그저 궁금해서 물었을 뿐이야."

말은 이렇게 하였지만, 간철호의 눈길은 이탄의 머리통에 착 달라붙어서 떨어질 줄을 몰랐다.

그도 그럴 것이, 망령목의 나뭇가지 개수가 곧 힘이었다. 그 개수가 많고 적음에 따라 발휘할 수 있는 무력이 극도로 차이 나기 때문이다.

'만약 저 기특한 망령을 내 망령목으로 이전할 수만 있다면?'

그럼 간철호의 나뭇가지가 56개에서 57개로 늘어날 것이다. 그리고 앞으로도 그 개수는 점점 더 증가할 가능성이 다분했다. 간철호의 이글거리는 눈동자에는 그런 탐욕스러운 의도가 노골적으로 엿보였다.

운보가 그 의도를 읽었다.

"중단된 연구를 계속해 보게."

간철호가 은근히 연구의 재개를 권했다.

운보는 고개를 설레설레 저었다.

"하오나 의장님, 망령의 접붙이기가 그렇게 쉬운 일은 아닙니다. 자칫하다가 망령과의 연결이 끊기기라도 하면 에너지 채굴만 망칠 수 있습니다."

"나도 알아. 하지만 의미 있는 연구라면 계속해야 하지 않겠나? 비록 그 과정에 약간의 희생이 따른다고 하더라도 말일세."

말을 하는 내내 간철호는 이탄의 머리통만 주시했다.

운보가 손바닥으로 얼굴을 쓸어내렸다.

"왜 대답이 없나?"

간철호의 음성이 갑자기 싸늘하게 변했다.

운보는 서둘러 대답했다.

"알겠습니다. 명하신 대로 중단되었던 연구를 재개하겠습니다."

"그래. 잘 생각하였어."

간철호는 운보의 어깨를 툭툭 두드린 다음, 자리를 떴다.

나선형 계단을 따라 탑을 올라오는 동안 간철호는 손에

쥐고 있던 보고서 한 장을 펼쳐들었다.

　언노운 월드 수집 정보 80,421호
　— 야스퍼 전사탑의 비결 : 눈에서 발산되는 노
란색 빔으로 무기를 강화함.
　— 상세 정보 : 강화 성공 시 무기의 강도 급증,
예리함 급증.

언노운 월드의 망령들은 에너지 채굴의 용도만 있는 것
이 아니었다. 아주 가끔이기는 하지만 이렇게 언노운 월드
에 대한 정보들도 보내왔다.

간철호는 잠시 발걸음을 멈추고 보고서를 지그시 내려다
보았다. 이윽고 간철호의 입술이 열렸다.

"이건 여태까지 내가 보았던 저레벨의 정보와는 격이 달
라. 대체 어떤 망령이 이 정보를 수집한 것인지는 모르겠지
만, 내 짐작에 이 정보를 수집한 망령은 최소한 야스퍼 전
사탑의 전사와 맞부딪쳐 싸웠을 게야. 그러니까 무기 강화
시에 나타나는 상세한 정보까지 수집할 수 있었을 테지."

간철호가 머릿속으로 세진의 망령목을 떠올렸다.

"그 아이의 이름이 이탄이라고 했던가? 어쩐지 그 어린
망령이 큰 건을 해낸 것 같구나. 후후후. 언노운 월드에 보

내진 지 불과 3년 만에 야스퍼 전사탑의 전사와 맞서 싸울 정도로 성장했단 말이지? 후후후. 그래. 그 정도는 되어야지. 망령목에 새싹을 틔우려면 그 정도로 성장해야 하고말고. 후후후."

간철호의 두 눈이 진한 주홍빛으로 번들거렸다. 간세진이 비록 그의 장손자이기는 하지만, 그건 간철호의 염두에도 없었다. 간철호에게는 무수히 많은 손자가 존재했다. 세진은 고작 그 손자들 가운데 한 명에 불과했다.

"그 기특한 망령은 내가 가져와 주지. 후후후, 세진아, 이 할아비에게 효도한다고 생각하면 마음이 편할 게다. 후후후후후."

섬뜩한 말을 아무렇지도 않게 뇌까린 다음, 간철호는 잠시 멈췄던 발걸음을 다시 옮겼다. 나선형 계단 벽에 드리운 그의 그림자가 불길하게 일렁거렸다.

제4화
의뢰

Chapter 1

야스퍼 전사탑에서 모레툼의 신관을 급습했다. 그러다 역으로 처참하게 박살 났다.

야스퍼 전사탑은 흑 계열.

이탄이 속한 모레툼 교단은 백 계열.

흑과 백이 정면으로 충돌했으니 곧 무시무시한 보복전이 뒤따라야 정상이었다. 그런데 산악도시 트루게이스는 이상할 정도로 조용했다. 야스퍼 전사탑은 트루게이스에 추가 병력을 파견하지 않았다. 모레툼 교단에서도 야스퍼 전사탑에 항의서를 발송하지 않았다. 심지어 당사자인 이탄도 잠잠했다.

이탄은 사건이 벌어진 이후에도 평소와 똑같이 지냈다. 며칠 전 갈대숲에서 포로로 붙잡은 야스퍼 전사도 지부 지하의 독방에 처박아놓고 그대로 방치했다. 포로를 고문하여 배후를 캐묻는 행동도 없었다.

하지만 이런 평온한 모습은 겉포장일 뿐, 실제로 이탄은 무척 곤혹스러운 상태였다.

"제기랄."

거울 앞에 나체로 선 이탄이 얼굴을 구겼다. 그의 신체에 빼곡하게 그려진 삼중첩의 마력순환로가 점점 더 진한 광채를 뿌려대는 탓이었다.

"전투 중에 방패의 가호를 남발한 탓인가? 신성력이 좀 약해졌어. 반면 오염된 원혼들을 받아들이면서 어둠의 기운은 더 강해졌고. 하아아."

이탄의 입에서 절로 한숨이 나왔다. 그도 그럴 것이, 이대로 갔다간 그동안 숨겨왔던 정체가 발각될 판국이었다. 이탄이 아무리 포교 활동을 열심히 하여도 신성력을 강화하는 데는 한계가 있었다. 신성력을 단숨에 증식시키려면 헤스티아의 도움이 절실했다.

"대책을 세워야 하는데 뾰족한 수가 보이지 않네. 복면을 쓰고 영주성에 침투하여 헤스티아를 납치라도 해야 하나?"

이탄은 최후의 방법까지 고민했다.

그런데 사람이, 아니 언데드가 죽으라는 법은 없는 모양이었다.

띠링!

경쾌한 소리와 함께 이탄의 개인용 크리스털 단말기에 메시지가 도착했다.

"총단에서 온 연락인가?"

이탄이 성큼 걸어가 크리스털 단말기를 확인했다.

메시지를 뿌린 곳은 모레툼 총단이 아니라 영주성이었다. 이탄은 별 기대 없이 메시지를 열었다.

영주 직할 산악기사단의 부단장인 루크가 보낸 메시지였다.

　

　**** [긴급 의뢰] ****

　1. 의뢰 등급: A—

　2. 의뢰 내용: 헤스티아 영애의 호위

　이탄 신관님,

　의뢰를 받아들이시려면 내일 오전까지 직접 산악기사단으로 방문해주기 바랍니다. 자세한 내용은 의뢰 계약 성립 후에 설명드리겠습니다.

　산악기사단 부단장, 루크 다이퍼

메시지를 보자마자 이탄의 얼굴에 웃음꽃이 폈다.

"하하, 헤스티아를 호위해달라고?"

그렇지 않아도 이탄은 헤스티아에게 접근할 방법을 찾기 위해서 요리조리 머리를 굴리던 참이었다. 그런데 이렇게 자연스럽게 접촉할 기회가 생기다니, 이건 모레툼 님이 그를 보우하신 것이 분명했다.

"당연히 호위해드려야지. 어디까지 호위를 하면 될지 모르겠으나, 세상 끝까지라도 안전하게 모셔다드려야 하고말고."

이탄은 후다닥 신관복부터 챙겨 입었다.

이런 긴급 의뢰를 이탄에게만 보냈다는 보장은 없었다. 루크 부단장이 이 의뢰를 트루게이스의 주요 길드와 무력 단체에 골고루 뿌렸다면? 그런데 만약 경쟁자가 많아 자리가 다 차버린다면?'

그런 경우는 생각하고 싶지도 않았다. 서둘러 의복을 입은 뒤, 이탄은 허리춤에 유척을 푹 꽂아 넣었다.

"경쟁자가 많을 것 같으면 미리 미리 제거를 해놓아야지. 내 자리를 빼앗으려는 자가 있으면 조용히 파묻어 주겠어."

이탄의 의지는 굳건했다.

이탄이 찾아간 곳은 영주성의 내성과 외성 사이에 위치한 나이트 홀(Knight Hall: 기사의 전당)이었다. 나이트 홀 입구를 지키는 경비병들이 창을 X자로 막아 이탄의 출입을 제지했다.

"무슨 용무십니까?"

선임 경비병이 이탄을 위아래로 훑어보았다. 그러다 모레툼의 신관복을 알아보고는 흠칫했다. 며칠 전의 살인사건 이후로 모레툼의 신관은 장안의 화제였다.

이탄이 순순히 방문 목적을 밝혔다.

"저는 모레툼의 신관입니다. 루크 부단장님을 뵈러 왔습니다."

선임 경비병은 동료들과 몇 마디를 주고받더니 답했다.

"알겠습니다. 저희가 부단장님께 기별을 넣을 것이니 신관님께선 잠시만 여기서 기다려주십시오."

"그러겠습니다."

경비병이 안에 연락을 취할 동안, 이탄은 나이트 홀 입구에서 뒷짐을 지고 대기했다.

잠시 후, 건물 안에 들어갔던 경비병이 다시 밖으로 나왔다.

"들어오시지요. 부기사단장님께서 신관님을 모셔오라고 하셨습니다."

"감사합니다."

이탄이 정중하게 목례를 했다.

선임 경비병은 이탄을 나이트 홀 3층으로 안내했다. 경비병이 단풍나무로 짠 문 앞에서 노크를 하자 안에서 목소리가 들렸다.

"안으로 모셔라."

"넵, 부단장님."

경비병이 이탄에게 손짓을 했다.

이탄이 방에 들어가자 루크 부단장이 그를 반겨 맞았다.

"허허허허. 신관님, 오랜만에 뵙소이다."

루크는 불곰처럼 덩치가 크고 꼬불꼬불한 갈색 수염을 배꼽까지 기른 모습이었다. 별명은 게으른 불곰.

하지만 별명과 달리 루크는 게으른 편이 아니었다. 그 누구보다도 바지런하게 이 도시를 지키는 수호자가 바로 루크였다.

이탄이 오른 주먹 위에 왼손을 덮어 인사했다.

"모레툼 님의 가호가 늘 함께하시기를."

"어어어, 그런 말씀 마시오. 나는 땅바닥에 쓰러져서 은화를 받고 싶지 않소이다. 허허허."

루크가 익살스레 손사래를 쳤다.

"하하하. 꼭 땅바닥에 쓰러져야만 은화를 받는 것은 아닙니다. 그저 은화가 필요할 때 모레툼 님께서 손을 내밀어 주실 뿐이지요."

"아아, 글쎄. 나는 좀 빼달라니까."

루크는 짐짓 울상을 지어 보인 뒤, 이탄을 소파로 안내했다.

"자아, 이쪽에 앉으시구려."

이탄이 자리에 착석할 즈음, 루크의 시종이 차를 두 잔 내왔다. 루크가 차를 한 모금 마시고 물었다.

"그래, 모레툼의 신관님께서 여기까지 어쩐 일이시오? 며칠 전의 사건을 고백이라도 하려고 오신 게요?"

루크의 말에 뼈가 담겼다.

이탄이 어깨를 으쓱했다.

"며칠 전 일이요? 그게 고백할 것이 뭐 있겠습니까? 이미 앞뒤 정황을 파악하셨겠지만, 며칠 전의 사건은 정당방위였습니다. 그리고 제가 아는 트루게이스는 정당방위에 대해서는 아무런 추궁을 하지 않는 정의로운 도시지요."

Chapter 2

루크가 다시 한마디를 던졌다.

"허허허. 그거야 뭐 신관님 말씀이 옳다고 칩시다. 하지만 여러 백성들이 보는 앞에서 그렇게 사람의 머리통을 부순 것은 좀 너무하셨소. 허허허."

"송구합니다. 제가 마법을 할 줄도 모르고 검사도 아닌지라 무식하게 힘으로 처리할 수밖에 없었습니다."

"허허, 어련하시겠소."

루크가 의자에 상체를 푹 파묻고는 깍지를 꼈다.

이탄이 그런 루크를 물끄러미 바라보았다. 이탄의 얼굴에 늘 드리워 있는 영업용 미소도 어느새 싹 가셨다.

"부단장님, 말씀이 좀 묘하십니다. 트루게이스는 중립 도시 아닙니까? 그런데 부단장님의 어투는 마치 모레툼과 야스퍼 사이에서 야스퍼 쪽으로 살짝 기울어진 것 같습니다."

말을 하면서 이탄은 뜨거운 찻잔을 위에서 덮어 움켜쥐었다. 여차하면 이 잔으로 루크의 머리라도 찍어버릴 기세였다.

"응?"

루크가 흠칫했다.

루크는 모레툼 교단이 얼마나 살벌한 곳인지 누구보다도 잘 알았다. 전 세계에 퍼져 있는 백 계열의 무력단체들 가운데 모레툼 교단은 10위권 안에 드는 곳이었다. 만약 모레툼 교단이 본격적으로 나선다면 트루게이스 영주성을 싹 쓸어버리는 데 불과 3일도 걸리지 않을 것이다.

게다가 모레툼의 신관들은 능히 그런 짓을 저지르고도 남을 만큼 과격한 편이었다. 이곳 언노운 월드에서는 꼭 흑 계열이라고 해서 나쁘고 백 계열이라고 착한 것은 아니었다. 백 계열의 무력단체들 가운데 몇몇 곳들은, 적 한 명을 잡기 위해서라면 인구 천만 명의 대도시 상공에 광역필살마법을 마구 퍼부을 만한 살의를 지녔다. 물론 이것은 흑 계열도 마찬가지였다.

"허허허. 오해하지 마시구려. 우리 트루게이스는 어디까지나 중립이오. 중립."

루크의 변명에도 불구하고 이탄의 굳은 표정은 그대로였다. 손에 꽉 움켜쥔 찻잔도 내려놓지 않았다. 루크는 남몰래 식은땀을 흘렸다.

방 안에 잠시 어색한 침묵이 흘렀다.

"휴우, 그 말씀을 믿겠습니다."

한참 만에 이탄이 다시 찻잔을 내려놓았다.

루크는 재빨리 화제를 돌렸다.

"그나저나 우리 신관님께서 여기까지 어쩐 일이시오?"

이탄은 품에서 크리스털 단말기를 꺼냈다.

"모르는 척하시깁니까? 여기 이렇게 제게 메시지를 보내셨지 않습니까. 이 의뢰, 받아들이겠습니다."

"어허허. 신관님께서 이렇게 빨리 응답을 주실 줄은 몰랐구려."

루크가 슬그머니 이탄의 기색을 살폈다.

'모레툼 교단에서 이렇게 적극적으로 나오는 이유가 뭐지?'

루크의 눈에는 이런 의구심이 어려 있었다.

이탄이 준비해온 답을 했다.

"모레툼 님께서 지난밤 제 꿈에 나타나 신탁을 내리셨습니다."

이건 나름 배수진을 친 셈이었다. 신관들에게 신탁은 절대적 명령이나 다름없었다. 만약 신탁이 내려왔는데 이행하지 않는다면 그건 신관도 아니었다.

루크가 눈을 동그랗게 떴다.

"허어, 신탁이 내려왔다고? 그게 참말이오?"

"저는 감히 모레툼 님의 이름을 걸고 거짓말을 하지 않습니다."

이탄의 표정은 진지했다.

상대가 이렇게까지 나오니 루크도 더는 할 말이 없었다.

"그야 그렇겠지. 어쨌거나 신탁까지 받으셨다니 이번 의뢰에 꼭 참여하시겠구려?"

"물론입니다."

이탄이 루크에게 바짝 다가앉았다.

루크는 부담스러운 듯 상체를 뒤로 뺐다.

"후우우. 좋소."

이탄의 초롱초롱한 눈을 들여다보던 루크가 한숨과 함께 자리에서 일어났다.

이윽고 루크는 집무책상 위에서 서류를 하나 가져와 이탄 앞에 놓았다.

"계약서입니까?"

이탄이 서류를 뒤적였다.

루크가 테이블 옆의 펜을 가리켰다.

"읽어보고 서명하시구려."

이탄은 맨 위에서부터 쭉 훑어 읽었다.

루크가 던져준 서류는 내용이 많았지만, 그중 핵심은 딱 세 가지였다.

첫째, 헤스티아 영애는 이틀 뒤에 트루게이스를 출발하여 퍼듐 시 영주성을 방문할 예정임.

둘째, 보름이라는 기한 안에 영애를 목적지까지 무사히 호위하면 의뢰는 성공임.

셋째, 영애가 트루게이스로 돌아올 때도 호위를 해야 함. 다만 복귀 시에는 정해진 기한이 없음.

이 정도면 그렇게 난관이 예상되는 의뢰는 아니었다. 이탄은 펜을 들고 계약서에 서명했다. 이어서 루크가 빈 자리에 싸인을 넣었다. 서명 완료 뒤에는 이탄과 루크가 계약서를 각자 한 부씩 나눠 가졌다.

"그럼 사흘 뒤에 봅시다."

루크가 서류를 세워 테이블에 탁탁 두드리며 말했다. 그만 나가보라는 뜻이었다.

이탄이 손가락 3개를 폈다.

"알겠습니다. 사흘 뒤 저희 모레툼에서는 저를 포함하여 3명이 참여하겠습니다."

이탄은 리리모와 티케를 염두에 두었다. 이번 의뢰를 맡으면 장기간 지부를 비워야 하는데, 그 2명을 두고 갔다가 적에게 납치라도 당하면 곤란했다.

'모레툼 교단은 사방에 적이 널렸지. 게다가 나는 중요한 것들은 몸 가까이에 지녀야 안심이란 말이야.'

이것이 이탄의 생각이었다.

루크가 되물었다.

"3명? 신관님 외에 2명을 더 데려오겠다는 뜻이오?"

"그렇습니다. 물론 머릿수가 늘어났다고 해서 비용을 더 받지는 않습니다."

이탄이 재빨리 말을 덧붙였다.

"알겠소. 그건 신관님께서 알아서 하시구려."

루크는 별 생각 없이 승낙했다.

이탄이 싱긋 웃었다.

Chapter 3

사흘 뒤인 11월 10일, 나이트 홀에 14명의 사람이 모였다.

이번 영주성의 의뢰에 참여할 인사들의 상견례 자리였다. 이 14명 중에는 산악기사단의 부단장인 루크도 들어 있었다.

루크를 포함하여 산악기사단 소속 기사가 7명.

외부에서 섭외한 사람이 7명.

루크가 외부인들을 둘러보았다.

"자, 상견례를 시작합시다. 누가 먼저 자기소개를 하겠소?"

외부인들이 한 사람씩 일어나 이름과 소속을 밝혔다.

"모레툼 교단의 신관 이탄입니다. 여러분께 모레툼 님의 은총이 비추기를 기원합니다."

이탄이 먼저 선수를 쳤다.

'에이 씨. 재수 옴 붙게.'

모레툼의 은총이라는 말에 사람들이 얼굴을 찌푸렸다.

다음은 리리모의 차례였다. 주방 아줌마처럼 평범하게 생긴 리리모가 쭈뼛쭈뼛 일어나 이름과 소속을 밝혔다.

"저는 리리모고요, 모레툼 교단의 신도예요."

긴장을 했는지 리리모의 목소리가 살짝 떨렸다.

이어서 티케가 씩씩하게 일어나 고개를 꾸벅했다.

"제 이름은 티케입니다. 잘 부탁드립니다. 아 참, 저도 리리모 아주머니처럼 모레툼의 신도입니다."

사람들의 표정이 좋지 않았다.

'이 중요한 의뢰에 펑퍼짐한 중년 아줌마와 어린 소녀라니?'

'미친 거 아냐?'

사람들은 황당한 표정으로 이탄을 바라보았다. 그러다 결국 선발권을 쥐고 있는 루크에게 원망의 화살을 던졌다.

루크는 속으로 이탄에게 쌍욕을 퍼부었다.

'이런 쌍놈의 신관놈. 2명을 더 데려오겠다고 했으면 제대로 구성을 해야지, 어디서 저런 펑퍼짐한 여편네와 애새끼를 데려왔어?'

하지만 이미 물은 엎질러진 뒤였다. 루크가 재빨리 다음 사람을 가리켰다.

"험험, 이제 그쪽이 소개할 차례요."

루크의 지목을 받은 사람은 키가 220 센티미터나 되는 거구 노인이었다. 루크도 덩치가 범상치 않지만, 이 거구에 비하면 귀여워 보일 정도였다.

게다가 노인의 뒷목에 돋아난 뿔은 마치 수사슴의 그것처럼 좌우로 갈라져 머리 위 20 센티미터까지 솟구쳐 있었다. 마운틴족 가운데 이렇게 위엄 넘치는 뿔을 가진 사람은 드물었다. 노인의 머리카락은 잡티 하나 없는 호호백발이었으며, 왼쪽 눈에는 깊은 흉터가 자리했다.

거구의 노인이 산악이 융기하는 것처럼 스윽 일어나 자기소개를 했다.

"바이칼이오."

이 한 마디면 족했다.

이름은 바이칼.

소속은 머천트 길드.

바이칼은 트루게이스의 양대 조합 가운데 하나인 머천트 길드의 무력을 대표하는 최강자였다. 이 산악도시에서 바이칼에 대해서 모르는 사람은 없었다.

'이 건장한 노친네가 바로 바이칼이구나.'

이탄이 바이칼을 물끄러미 보았다. 이탄의 왼쪽 눈에 몇 가지 불완전한 정보가 떠올랐다.

— 종족: 마운틴 일족 (무사 계열)

— 주무기: 대검

— 특성 스킬: ?

— 성향: 중립

— 레벨: B0

— 주 출몰지역: 언노운 월드 산악지대

— 출몰빈도: 중간

레벨이 B0라면 갈대숲에서 이탄을 공격했던 야스퍼 전사탑의 전사들보다 한 단계 위였다.

'그 녀석들이 B— 레벨이었지? 바이칼은 그보다 한 단계 위네.'

물론 정보창을 얼마나 신뢰할 수 있을지는 의문이었다. 설령 정보창이 정확하다고 할지라도, 싸움이라는 것은 저마다 상성이 있고 환경에 좌우되는 면도 많아 B 레벨이 꼭 B— 레벨보다 강하다는 보장은 없었다.

'그래도 대충의 수준은 짐작할 수 있지.'

야스퍼 전사탑의 전사들보다 한 단계 윗줄이라면 꽤 괜찮은 무사였다. 아마도 머천트 길드장이 외손녀인 헤스티아를 위해서 바이칼을 보낸 모양이었다.

이탄은 다음 사람에게 시선을 돌렸다.

바이칼의 옆에서 일어난 사람은 175 센티미터의 중키에 눈매가 칼날처럼 날카롭게 사선 방향으로 찢어진 노인이었다. 머리카락은 짙은 회색.

"스얌이라고 불러주시오. 바이칼 선배와 같은 곳에서 왔소."

스얌의 소개에 사람들이 고개를 갸웃했다. 바이칼은 머천트 길드의 무력을 대표하는 유명인인데 비해, 스얌이라는 이름은 생소한 까닭이었다.

하지만 곧 사람들이 스얌을 인정해주었다.

'이름이 알려지지 않았으면 어때? 머천트 길드 출신인데.'

'머천트 길드에서 어련히 알아서 보내주었으려고.'

머천트 길드의 무력부대가 영주성의 기사들보다 한 수 위라는 사실은 공공연한 비밀이었다. 다들 스얌을 바라보는 동안 이탄도 상대를 주의 깊게 살폈다.

— 종족: 필드 일족 (무사 계열)
— 주무기: 검
— 특성 스킬: ?
— 성향: 중립
— 레벨: B0

— 주 출몰지역: 언노운 월드 평야
— 출몰빈도: 중간

이탄의 정보창에는 별다른 내용이 뜨지 않았다. 다만 스얌이 마운틴 일족이 아니라 필드 일족이고, 그의 레벨이 B0라는 점이 특기할 만했다.

'동일 레벨이라? 그렇다면 스얌이 바이칼과 비슷한 무력을 지녔다는 뜻인가?'

이탄은 정보창의 신뢰도에 대해서 한결 궁금해졌다.

어쨌거나 이제 남은 사람은 2명.

"우리 차례군."

등에 커다란 나무문짝을 짊어지고, 양손에 짧은 메이스 2개를 나눠 든 대머리 쌍둥이가 동시에 자리에서 일어났다.

2명 모두 뒷목에 돋은 뿔이 양 갈래로 분화하여 귀 뒤로 살짝 드러난 모습이었다. 쌍둥이 형제의 나이는 대략 50대 초반으로 보였다.

"나는 킬리용."

"나는 틸리용."

대머리 쌍둥이의 소개는 황당할 정도로 짧았다.

바이칼이 쓴웃음과 함께 보충설명을 했다.

"둘 다 내 동료들이오."

이제 보니 머천트 길드에서만 4명이 파견을 나온 거였다. 이탄이 쌍둥이 형제의 정보를 확인했다.

— 종족: 마운틴 일족 (주술사 계열로 추정)

— 주무기: 메이스, 나무문짝

— 특성 스킬: ?

— 성향: 중립

— 레벨: ?

— 주 출몰지역: 언노운 월드 산악지대

— 출몰빈도: 희귀

'어? 주술사라고? 마운틴족 주술사는 보기 드문데.'

아직 특성을 개화시키지는 못했지만, 사실 티케도 주술사의 재질을 타고 태어났다. 이탄이 티케를 모레툼 교단으로 데려온 이유도 바로 이 재질 때문이었다.

하지만 티케는 필드 일족이었다. 그들은 다른 종족에 비해 감각이 유난히 예민하여 법사나 주술사를 심심치 않게 배출하곤 했다.

반면 마운틴족에는 법사나 주술사가 드물었다. 이탄은 특히 케이스들, 즉 쌍둥이 형제들을 좀 더 신중하게 관찰했다.

그러다 이탄의 눈길이 그들의 무기에 닿았다.

Chapter 4

'오호라!'

이제 발견한 점인데, 쌍둥이의 메이스 표면에는 섬세한 그림들이 양각 기법으로 정교하게 새겨져 있었다.

'저런 메이스로 치고받고 싸웠다가는 표면의 조각들이 다 뭉개져 버리겠지? 역시 이들이 들고 있는 것은 타격 무기가 아니야. 아마도 주술용 법기겠지.'

이탄이 이런 생각을 할 때였다.

짝짝짝.

루크가 손뼉을 쳐서 사람들의 주의를 환기시켰다.

"이만하면 상견례는 된 것 같소이다. 그럼 이제 구체적인 의뢰 내용을 공유하겠소. 다들 아시다시피 이번 의뢰는 헤스티아 영애님을 퍼듐 시까지 호위하는 것이외다."

보름 안에 헤스티아 영애를 퍼듐 시까지 호위하라.

이것이 의뢰의 주 내용이었다.

지도를 펼쳐보면, 트루게이스는 대륙 동남부에 치우친 변두리 산악도시였다. 반면 퍼듐은 대륙 중부에 떡하니 자리를 잡은 대도시였다. 두 도시 사이의 간격은 직선거리로만 따져도 장장 35,000 킬로미터가 넘었다.

도시 밖으로 나가면 무법천지나 다름없는 이곳 언노운 월드에서 수만 킬로미터의 여정을 무사히 호위한다는 것은 결코 만만한 일이 아니었다.

하지만 참석자들은 별로 놀란 기색이 없었다. 그저 묵묵히 팔짱을 끼고 루크의 설명을 들을 뿐이었다.

'다들 의뢰 내용을 미리 알고 있었구나. 하하.'

이탄이 속으로 웃음을 삼켰다.

반면 리리모와 티케는 눈만 멀뚱거렸다. 트루게이스에서 태어나서 평생을 이곳에서 살아온 두 사람은, 퍼듐이 얼마나 먼 곳인지 알지 못했다.

티케가 리리모에게 작게 속삭여 물었다.

"퍼듐이라는 곳까지 라마를 타고 가나요? 저는 탈 줄 모르는데요."

딴에는 작게 속삭인다고 속삭였는데, 참석자들의 귀에는 티케의 천진한 물음이 그대로 들렸다.

"풉."

틸리융이 자신도 모르게 웃음을 터뜨렸다.

티케의 얼굴이 새빨갛게 물들었다.

동생을 대신하여 킬리융이 사과했다.

"아, 꼬마 아가씨, 미안. 내 동생이 모레툼 교단을 무시해서 웃은 것은 아니야. 하지만 퍼듐 시까지 라마를 타고 갈 수는 없어. 거기는 까마득히 먼 곳이라 라마를 타면 보름 안에 도착할 수 없거든. 그래서 우리가 이 자리에 있는 거지."

말을 하면서 킬리융은 가슴을 탕탕 두드렸다. 동생인 틸리융도 어깨에 힘을 빡 주었다. 자부심의 표현이었다.

'오호라, 이들이 바로 점퍼구나.'

이탄이 눈을 반짝 빛냈다.

점퍼(Jumper).

공간을 뛰어넘어 먼 거리를 단숨에 이동하거나, 이송시키는 능력자.

뛰어난 점퍼들은 단숨에 수천 킬로미터를 뛰어넘는다고 한다. 또한 일부 점퍼들은 한 번에 1,000명 단위의 병력을 이송시킬 수도 있다고 했다.

조금 전 이탄의 정보창에는 킬리융, 틸리융 형제의 특성 스킬이 물음표로 떴었다. 한데 알고 보니 이들 쌍둥이 형제의 특성 스킬이 바로 '공간이송'이었다.

'하긴, 머천트 길드라면 점퍼가 있을 만하지. 상인에게는 물건 배송이 무엇보다 중요하니까 말이야.'

고개를 주억거리던 이탄이 킬리융 형제에게 물었다.

"초면에 실례지만, 혹시 최대 이동 거리를 물어도 되겠소?"

만약 킬리용 형제가 퍼듐 시까지 단번에 이동 가능하다면 굳이 호위를 모집할 필요는 없었다. 헤스티아 영애를 그냥 최종 목적지까지 보내주면 그만이니까.

킬리용 대신 루크 부단장이 대답했다.

"하루에 1,500 킬로미터. 그게 한계요."

"점퍼가 2명이니까 하루에 3,000 킬로미터씩 날아갈 수 있겠군요. 그럼 목적지까지 대략 12일이 걸릴 테고요."

이탄이 셈을 했다.

루크가 그 말에 동의했다.

"신관님의 말씀이 맞소. 최대한 일직선으로 이동하면 퍼듐 시까지 12일이 걸리겠지. 3일은 여분으로 잡은 것이고."

"그럼 중간 기착지도 이미 정해져 있겠네요. 첫날은 어디서 묵고, 둘째 날은 어느 도시에 도착하고. 이런 일정표 말입니다."

"물론 있소. 여기, 이것들을 보시구려."

루크가 눈짓을 주자 기사 한 명이 자리에서 일어났다. 그는 참석자들에게 일정표를 나눠주었다.

이탄이 확인해 본 결과, 일정표에 적힌 기착지(목적지로

가는 도중에 잠시 들르는 곳)들은 모두 중립 성향의 산악도시들이었다. 이동 경로는 완전 직선은 아닌지라 총 14일이 소요되었다.

"여유가 하루밖에 없네."

티케가 무의식중에 중얼거렸다.

이탄이 루크에게 물었다.

"출발일은 언제입니까?"

"이번 주에 각자 짐을 꾸리시고, 출발은 다음 주 월요일 새벽 6시에 이곳에 모여서 합시다."

루크가 달력을 보고 출발시각을 정했다.

이탄이 다시 질문했다.

"14일의 일정 중에 특별히 신경을 써야 할 날이 있습니까?"

중간에 들릴 산악도시들 가운데는 트루게이스와 우호적인 곳도 있겠지만, 비우호적인 곳도 있을 법했다. 이탄은 바로 그 점을 지적했다.

루크가 짧게 고개를 가로저었다.

"신관님께서 뭘 묻고 싶으신지 알겠는데, 그냥 14일 모두 신경을 곤두세워 주시구려. 혹여라도 영애님께 문제가 발생하면 안 되오."

"지당한 말씀. 영애님께 문제가 생기면 안 되지."

지금까지 침묵하던 바이칼이 불쑥 대화에 개입했다.

이것으로 상견례는 종료되었다. 이탄도 더는 묻지 않고 나이트 홀을 빠져나왔다. 티케와 리리모가 어정쩡한 얼굴로 이탄의 뒤를 졸졸 따랐다. 그들은 이탄에게 묻고 싶은 것이 많은 표정이었으나 차마 입술을 떼지는 못했다.

Chapter 5

11월 14일 새벽 6시.

이탄 일행이 나이트 홀에 도착했을 때, 이미 그곳엔 11명의 호위와 헤스티아 영애, 그리고 영애를 보필하는 시녀 한 명이 기다리는 중이었다.

"모두 모였군. 자, 이제 출발합시다."

루크가 출발을 서둘렀다.

이탄이 헤스티아를 힐끗 관찰했다.

붉은 머리카락을 허리까지 기른 헤스티아는 키 170 센티미터의 늘씬한 체형에 얼굴에 주근깨가 살짝 박힌 미인이었다. 이탄은 이전에 헤스티아를 먼발치에서 한 번 보았었고, 이번이 두 번째였다.

따가운 시선을 느꼈는지 헤스티아도 이탄을 슬쩍 돌아보았다.

"모레툼 님의 은총이 가득하시길 빕니다."

이탄이 오른 주먹 위에 왼손을 덮어 인사했다.

"흥."

헤스티아가 고개를 휙 돌렸다.

이탄은 쓴웃음을 지었다.

그러는 사이 킬리융이 등에 짊어진 나무문짝을 바닥에 세워놓고 양손에 메이스 두 자루를 나눠 들었다.

파창!

킬리융이 두 팔을 좌우로 뻗자 그를 중심으로 둥그런 띠가 생겨났다. 직경 3미터 크기의 띠 위에서 화염이 솟구쳐 30센티미터 높이로 일렁거렸다.

[스와아아아앙—.]

킬리융은 고개를 하늘로 들고 입을 크게 벌려 함성을 질렀다. 킬리융의 눈에선 어느새 동공이 사라지고 흰자위만 남았다.

이건 귀로 들리는 함성이 아니었다. 사람의 영혼을 직접 뒤흔드는 샤머니즘적 함성이었다.

함성과 동시에 킬리융의 뒷목에 돋아난 양 갈래 뿔이 붉은빛을 발했다. 킬리융의 손에 들린 두 자루 메이스도 붉게 달아올라 뿔과 공명했다.

웅웅웅— 웅웅웅웅웅—

지진이라도 난 듯 땅이 흔들렸다. 직경 3미터의 원 안쪽이 온통 붉은 광채에 휩싸였다.

덜컹!

바람도 불지 않았는데 킬리융의 나무문짝이 활짝 열렸다.

동생 틸리융이 사람들을 재촉했다.

"어서 저 문 안으로 들어가시죠. 점퍼의 유지시간이 그리 길지 않습니다."

"제가 앞장서겠습니다."

바이칼이 먼저 움직였다.

스얌이 검자루를 손에 쥐고 바이칼의 뒤를 따랐다.

루크가 헤스티아를 돌아보았다.

"영애님."

"네."

짧게 고개를 끄덕인 헤스티아가 시녀의 손을 꼭 잡고 나무문 안으로 들어갔다.

뒤이어 루크와 6명의 기사, 이탄 일행의 차례였다.

"형, 먼저 갈게."

틸리융까지 공간을 이동하고 나자, 비로소 킬리융도 문안으로 뛰어들었다.

파악!

땅바닥 위에 세워져 있던 나무문짝이 거짓말처럼 그 자

리에서 사라졌다. 바닥에 남은 3미터 크기의 그을음만이
점퍼의 흔적을 드러낼 뿐이었다.

점핑 시에 이탄이 느낀 것은 약간의 현기증이었다. 그리
고 몸과 영혼이 살짝 분리되었다가 다시 합쳐지는 듯한 느
낌을 미세하게 받았다.

이탄이 다시 정신을 차렸을 때, 빠아아아앙— 하고 이명이
울렸다. 뒤이어 "막앗!"이라는 고함 소리가 뒤따랐다.

이탄은 반사적으로 양손을 좌우로 뻗었다. 오른손으로
리리모를 보호하고, 왼손으로는 티케의 앞을 막아주었다.

이탄의 전면에서 새하얀 빛이 터졌다.

크기는 대략 6미터.

너울거리는 빛의 날개를 활짝 펴고, 빛으로 뭉쳐진 아가
리를 쩍 벌리며 달려든 괴물이 이탄의 머리를 집어삼키려
고 들었다.

이탄이 방패의 가호를 형성하여 괴물의 공격을 막았다.

빛으로 뭉쳐진 괴물이 빛의 방패를 물어뜯으며 달려드는
장면이 참으로 섬뜩하였다. 괴물이 날개를 너울거릴 때마
다 섬뜩한 빛이 사방으로 터져나갔다.

이탄은 방패의 가호를 하나 더 형성하여 괴물의 공격을
차단했다.

그제야 비로소 주변 환경이 눈에 들어왔다.

이탄의 앞쪽 10 미터 지점, 헤스티아가 시녀의 손을 꼭 잡고 몸을 웅크린 상태였다. 그 주변을 산악기사단의 기사들이 둘러싸서 방패로 막아주었다. 루크도 그곳에서 고래고래 악을 쓰는 중이었다.

루크의 앞에는 바이칼이 버티고 서서 대검을 풍차처럼 휘둘렀다. 한 번 대검이 공간을 가를 때마다 질풍이 일고 공기가 빵빵 터져나갔다.

바이칼의 대검은 말이 검이지 사실은 널빤지나 다름없었다. 길이는 3 미터나 되었고 폭은 50 센티미터에 달했다. 바이칼은 이 어마어마한 중병기를 마구 휘두르며 빛의 괴물들을 물리쳤다.

헤스티아 일행의 후방은 스얌이 맡았다.

풋! 풋! 풋! 풋!

스얌은 폭이 좁고 끝이 뾰족한 검을 간헐적으로 휘둘렀는데, 그가 한 번 검을 그을 때마다 검로(검이 지나가는 길) 주변에서 녹색의 물이 튀었다. 빛의 괴물들은 이 녹색의 물이 닿는 것을 두려워하는 듯, 스얌의 근처에는 접근도 하지 않았다.

그렇게 스얌에게 멀어진 빛의 괴물들이 새로운 먹이, 즉 이탄을 향해 달려들었다.

"아악!"

그 광경을 목격한 리리모와 티케가 소스라치게 놀랐다.

이탄은 방패를 가호를 하나 더 둘러 주변을 물샐 틈 없이 막았다. 빛의 괴물들은 미친 듯이 홰를 치고 아가리를 놀렸지만 방패의 가호를 뚫지는 못하였다. 이탄은 가호 안쪽에서 괴물들의 모습을 유심히 살폈다.

— 종족: 벤시
— 주무기: 정신적 쇼크, 영혼 찢기
— 스킬: 물리적 타격 면제
— 성향: 흑
— 레벨: D—에서 B—
— 주 출몰지역: 오래된 성, 폐허, 묘지
— 출몰빈도: 자주

이상이 정보창에 뜬 내용이었다.

"흐음."

이탄이 묘한 눈으로 바이칼의 뒷모습을 더듬었다.

정보창에 표시된 바이칼의 레벨은 B0였다. 한편 벤시의 레벨은 D—에서 시작하여 B—로 나타났다.

'역시 이 레벨이라는 것은 믿을 수가 없구나. 레벨이 절대적인 지표라면 바이칼이라는 노친네가 저렇게 열심히 대검을 휘두르는데 벤시가 썽둥썽둥 썰려 나가야 정상 아닌가? 아니면 상성에 따라 편차가 큰 것일까?'

예를 들어 바이칼은 물리적 공격이 주력인데, 실체가 없이 영혼만 있는 벤시의 특성상 바이칼의 공격이 통하지 않는 것일 수도 있었다.

이탄의 눈길이 스얌에게 멎었다.

'바이칼과 같은 B0 레벨이지만 스얌은 한결 수월하게 벤시를 상대하는 것 같거든.'

어쨌거나 이 교착상태는 정리해야만 했다. 이탄이 입술을 동그랗게 오므렸다가 폭! 터뜨리는 시늉을 했다.

그 즉시 빛으로 뭉쳐진 방패가 폭발했다. 모레툼으로부터 하사받은 방패의 가호는 방어 기능만 있는 것이 아니었다. 방패를 폭사시켜 적을 공격하는 광역공격기술도 그 안에 내포하고 있었다.

Chapter 6

투확!

빛의 파편이 벤시 무리를 휩쓸었다.

[끄아아아악!]

악다구니를 쓰며 달려들던 벤시들이 아찔한 절규와 함께 소멸했다.

이탄은 바이칼 앞쪽에도 방패의 가호를 하나 만들었다. 그다음 벤시들이 와락 달려드는 타이밍을 노려 방패를 폭발시켰다.

[끄아아악!]

벤시들 대여섯 마리가 한꺼번에 떼소멸을 당했다.

"후우—."

바이칼이 숨을 크게 내쉬곤 이탄을 돌아보았다. 미세하게 고개를 끄덕이는 바이칼을 향해 이탄이 어깨를 으쓱해 보였다.

루크가 투구를 위로 들고 엄지를 내밀었다.

"아이고, 역시 우리 신관님이 큰 도움이 되었구려. 이런 어둠의 마물들에게는 신관님이 상극이라니까. 허허허."

"부단장님, 다른 때는 저를 고리대금업자 취급하더니 이럴 때만 우리 신관님입니까?"

상대의 칭찬을 이탄은 농으로 받아쳤다.

루크가 펄쩍 뛰었다.

"어이쿠, 무슨 큰일 날 말씀을. 저는 평소에도 신관님을 존경해왔소이다."

"그럼 다행이고요."

이탄도 더는 따지지 않았다.

"그나저나 놀랐습니다. 점프와 동시에 마물들의 공격을 받을 줄은 몰랐거든요."

말을 하면서 이탄이 킬리융을 돌아보았다.

킬리융이 미안한 듯 뒤통수를 긁었다.

"어어, 그거 미안하외다. 사실 우리는 공간과 공간을 연결하여 뛰어넘기만 할 뿐, 도착지에 누가 매복 중인지는 알수가 없거든. 사실 이곳도 외진 평야라 안전할 줄 알고 선택한 곳인데……."

동생 틸리융이 곧바로 형의 편을 들었다.

"그렇지. 외진 평야라 선택한 거지. 그런데 여기에 이렇게 묘지가 형성되어 있을 줄 누가 알았겠소?"

헤스티아 일행이 도착한 곳은 불운하게도 묘지 한복판이었다. 주위를 둘러보니 비석도 없이 반쯤 붕괴된 묘지가 100여 개가량 되었고, 그 둘레에 기분 나쁘게 생긴 고목들이 몇 그루 자리했다.

루크가 킬리융 형제를 재촉했다.

"벤시는 소멸되어도 시간이 지나면 또 재생한다고 들었소. 그 전에 1차 기착지까지 빨리 갑시다."

"알겠소."

에너지가 고갈된 형을 대신하여 이번에는 동생이 나섰다. 틸리융은 묘지 한복판에 나무문짝을 세워놓고는 양손에 메이스를 나눠 들었다.

틸리융의 눈이 흰자위만 남았다. 틸리융의 뿔이 발갛게 발광했다.

[스와아아아앙—.]

사람들의 영혼에 함성이 들렸다. 나무문짝을 중심으로 직경 3미터 크기의 원이 돌아나고, 그 원을 따라 화염이 솟구쳤다. 원 안쪽은 온통 붉은 광채로 뒤덮였다.

"어서 갑시다."

킬리융이 사람들을 재촉했다.

이번에도 바이칼과 스얌이 선봉에 섰다. 그 뒤를 헤스티아가 쫓았다.

두 번째 점프였다.

빠아아앙—

목표지에 도착할 즈음, 긴 이명이 울렸다. 이탄은 현기증을 애써 참으며 두 눈을 부릅떴다. 벤시에게 한 번 당했던 경험 탓인지 리리모와 티케는 이케의 허리춤을 꼭 잡고 바들바들 떨었다. 리리모의 입에서 "모레툼 님이시여." 소리가 절로 나왔다.

점프가 완료된 것과 동시에 이탄의 귀에 바람 소리가 들렸다.

슈왁—

이탄은 반사적으로 방패의 가호를 펼쳤다. 이탄의 몸 앞에 형성된 빛의 방패 위로 시커먼 벼락이 떨어졌다.

쾅!

둔중한 충격과 함께 이탄의 발이 땅속으로 조금 파고들었다.

쾅! 쾅! 쾅!

벼락이 연달아 세 번 떨어졌다. 이탄은 방패의 가호에 의지하여 한 발 뒤로 물러섰다. 양손은 좌우로 쫙 벌려 리리모와 티케를 보호했다.

그제야 이탄의 시력이 정상으로 돌아왔다.

"이건 또 뭐야?"

이탄은 눈을 가늘게 좁혀 공격자의 정체를 살폈다.

— 종족: 회귀병(Returned Soldier)

— 주무기: 녹슨 칼

— 특성 스킬: 벼락 떨구기(공격속도 x66), 무력 x6, 방어력 x6

— 성향: 흑

— 레벨: C+에서 B+

— 주 출몰지역: 지역을 가리지 않음

— 출몰빈도: 희박

이탄의 왼쪽 눈에 적에 대한 정보가 떴다.

회귀병이란, 전쟁터에서 살해당한 병사가 어둠의 마력에 의해 이 세상으로 되돌려 보내진 경우를 의미한다. 일종의 언데드라고 할 수 있다.

하지만 일반 언데드와 달리 회귀병은 아무 시체나 될 수 있는 것이 아니었다. 최소한 500명 이상의 적군을 죽여 살업을 잔뜩 쌓은 베테랑 병사들이 전쟁터에서 처참하게 살해당했을 경우에만 비로소 회귀병이 될 조건을 만족하기 때문이다.

성립 조건이 까다로운 만큼, 그에 대한 보상도 상당했다.

일단 회귀병이 되면 죽기 전보다 무력이 6배나 강화되었다. 방어력도 죽기 전보다 6배 강화되는 것이 일반적이었다.

거기에 더해서 공격속도가 엄청나게 급증하게 되는데, 이는 회귀병에게 '벼락 떨구기'라는 특성 스킬이 부여되는 탓이었다.

그렇지 않아도 회귀병들은 살아생전에 전쟁터를 휘젓고

다니던 베테랑들이었다. 그런데 무력과 방어력이 각각 6배씩 증가하고, 공격속도는 66배나 증가했다. 이런 회귀병들을 적으로 맞닥뜨린다는 것은 악몽이나 다름없었다.

그 증거로, 머천트 길드의 무력을 대표한다는 바이칼이 얼굴을 악마처럼 일그러뜨리고 미친 듯이 대검을 휘둘렀다. 그 옆에서 스얌도 함께 검을 섞었다. 이렇게 둘이 협공을 하고도 회귀병 여덟 구를 물리치지 못하고 가열찬 공방이 지속되었다.

Chapter 7

'그나마 바이칼 정도 되니까 네 구의 회귀병을 감당한다는 건가?'

이탄이 눈에 이채를 띠었다.

한편 루크 부단장도 혼이 쏙 빠진 표정이었다.

"막앗. 어떻게든 버티라고."

루크가 악을 썼다.

루크의 부하들은 방패를 밀집대형으로 쌓아 헤스티아를 보호했다. 그러면서 짬짬이 방패 틈새로 창을 찔러 회귀병들을 공격했다.

하지만 회귀병들은 꿈쩍도 안 했다. 두 구의 회귀병이 산악기사단에게 달라붙어 녹슨 검을 벼락처럼 휘둘렀다.

그때마다 산악기사단의 방패에서 불똥이 튀었다. 기사들의 억눌린 신음 소리가 터졌다.

"크악, 젠장. 이게 대체 어떻게 된 게야? 왜 여기서 언데드형 마물들이 나타나느냐고."

루크가 고래고래 소리를 질렀다.

점프를 통해 도착한 곳은 트루게이스 시로부터 3,000 킬로미터 북서쪽에 위치한 산악도시의 성문 앞이었다. 들판이나 산속이 아니라 도시 입구라 안전할 것으로 생각했는데 헤스티아 일행은 점프를 하자마자 강력한 언데드와 마주치게 되었다.

이탄이 주변을 둘러보았다.

이 일대는 온통 폐허였다. 반쯤 박살 나서 너덜너덜해진 도개교와, 시커멓게 그을린 성벽. 그 성벽 상단에 축 늘어진 수비병들의 시체, 시체, 시체!

하룻밤을 숙박하기 위해 들린 기착지가 완전히 전쟁터로 변해 있었다. 그리고 성문 안쪽에서 회귀병들이 몇 구 더 기어 나왔다.

"신관님, 신관님."

루크가 목에 핏대를 세워 이탄을 찾았다.

적이 언데드라면, 신관이 답이었다.

마침 이탄은 회귀병 한 구와 맞서 싸우는 중이라 루크를 도울 입장은 아니었다. 거기에 더해서, 성에서 막 기어 나온 네 구의 회귀병들이 빛의 방패를 목격하고는 이탄에게 다가왔다.

'젠장. 왜 다 이쪽으로 오는 거야?'

이탄이 입술을 꽉 깨물었다.

총 다섯 구의 회귀병들에게 둘러싸이면 이탄도 대응하기가 쉽지 않았다. 리리모와 티케를 보호하면서 싸워야 하니 더더욱 답이 없었다.

'안 되겠다. 루크 부단장과 합류하여 집단전으로 유도해야지.'

이탄은 방패의 가호를 유지한 채 슬금슬금 산악기사단 쪽으로 자리를 옮겼다. 그 순간에도 빛의 방패 위로 시커먼 벼락이 쾅쾅쾅 연달아 떨어졌다.

"신관님."

처음에 루크는 이탄의 접근을 반겼다.

그러다 이탄이 다섯 구의 회귀병을 끌고 오는 것을 발견하고는 저도 모르게 욕설을 퍼부었다.

"어우, 썅! 이리 오지 마. 이 미친 신관놈아, 이쪽으로 오지 말라고."

상대가 욕을 하건 말건 이탄은 발걸음을 멈추지 않았다. 그것도 리리모와 티케라는 군식구까지 데리고 산악기사단과 합류했다.

2명의 군식구를 산악기사단의 방패 속으로 욱여넣은 뒤, 이탄이 본격적으로 전면에 나섰다.

이탄이 어그로를 끌어서 데려온 회귀병이 다섯 구.

원래 산악기사단이 맞서 싸우던 회귀병이 두 구.

총 일곱의 회귀병들이 이탄을 향해 벼락을 떨궜다. 그들의 녹슨 칼이 눈에 보이지도 않을 속도로 날아와 방패를 후려치고 뒤로 튕겨 나갔다. 칼이 한 번 번뜩일 때마다 허공에서 시커먼 벼락이 떨어지는 것 같았다.

쾅! 쾅! 쾅! 쾅! 쾅! 쾅! 쾅! 쾅! 쾅!

충돌음이 귀청을 찢었다. 시퍼런 불똥이 시력을 마비시켰다.

"크윽."

이탄은 흔들리는 방패를 계속 유지하며 어금니를 꽉 물었다.

방패의 가호가 타격을 입을 때마다 이탄의 신성력도 뭉텅뭉텅 소모되었다. 이탄이 이빨을 꽉 문 것은, 타격을 받아서가 아니었다. 신성력이 줄어들면서 이탄의 뽀얀 피부가 서서히 빛을 잃어가고, 대신 언데드의 창백한 피부가 언뜻언뜻 드러나려 했다.

'제기랄.'

이탄은 양손을 현란하게 휘저어 방패의 가호를 유지하는 한편, 얼굴과 손에도 신성력을 계속 투입했다. 그러는 짬짬이 여우 목도리를 얼굴 쪽으로 끌어올려 창백한 피부가 드러나는 것을 최대한 막으려고 애썼다.

하지만 이대로 조금 더 시간이 흐르면 결국 신성력이 다 떨어지고 이탄의 본모습이 만천하에 드러날 판국이었다.

'다 버리고 도망칠까?'

이탄의 머릿속에 얼핏 이런 생각이 들었다. 모레툼이 이탄에게 내려준 '은신의 가호'라면 얼마든지 여기서 몸을 빼내는 것이 가능했다.

'아니면 정체가 발각되기 전에 회귀병 몇을 끌어안고 저 성 안으로 들어가? 그다음은? 산속에라도 숨어서 신성력이 회복되기를 기다려야 하나?'

이탄은 머리가 복잡하여 판단이 잘 서지 않았다. 이탄의 머리 위에선 연신 시커먼 벼락이 떨어졌다.

'에라 모르겠다.'

이탄은 자포자기하는 심정으로 방패의 가호를 더 강하게 유지했다.

'이대로 신성력을 소진한 뒤, 정체가 발각되는 날에는

다 죽는 거다. 이 빌어먹을 회귀병 놈들도 모조리 찢어 죽이고, 내 정체를 눈치챈 목격자들도 모두 파묻어 버리는 수밖에 없지.'

살기를 품은 이탄이 입술을 움찔거려 허연 이빨을 드러내었다.

그때 등 뒤에서 캐스팅 소리가 들렸다.

이어서 퍼엉! 소리와 함께 이탄의 전면 회귀병들 사이에 청록색 불꽃이 피어올랐다. 화로 모양으로 둥글게 솟구친 청록색 불꽃은 회귀병 세 구를 안에 가두고 맹렬히 타올랐다.

움찔 놀란 회귀병들이 자리를 피하려 들었다.

한데 불꽃이 그리 뜨겁지 않았다. 약간 따뜻한 온천에 몸을 담근 정도라고나 할까?

[크캬캬캬.]

고개를 한 번 갸웃한 회귀병들이 청록색 불꽃을 비웃었다.

"크윽."

기사들 뒤에서 보호를 받던 헤스티아가 수치심에 얼굴이 빨개졌다.

이 청록색 불꽃은 헤스티아의 특성 스킬이었다. 그런데 불꽃이 뜨겁지 않아 종이 한 장 제대로 태우지 못하였다.

공격력은 당연히 0에 가까웠다. 극단의 마술쇼나 아이들을 놀리는 용도로나 써먹으면 딱 좋은 수준.

헤스티아는 이런 엉망진창 특성이 발현된 것이 망신스러워서 지금까지 다른 사람들 앞에서 이 스킬을 보여준 적이 없었다.

한데 지금 상황이 너무 다급하다 보니 무턱대고 마법을 구현하여 회귀병들에게 날려 보냈다. 속으로는 살짝 기대하는 마음도 있었다.

'내 마법이 비록 뜨겁지는 않지만 언데드나 마물에게는 통할지도 몰라. 이를테면 신성한 불길 같은 거 말이야.'

한데 웬걸?

결과는 형편없었다. 마물들에게 비웃음을 받는 마법이라니 헤스티아는 부끄러워서 콱 죽어버리고 싶은 심정이었다.

반면 이탄은 눈이 번쩍 뜨였다.

'헉! 화로의 덫이다.'

헤스티아의 스킬은 아무런 쓸모도 없는 쓰레기처럼 보이지만, 사실 그 속에는 백 계열의 신성력을 북돋아주는 특성이 숨어 있었다.

이탄은 가뭄에 단비를 만난 심정이었다. 그렇지 않아도 신성력으로 조작한 피부가 괴사하고 그 속에서 언데드 특유의 피부가 막 드러나려는 찰나였다.

이탄은 앞뒤 가리지 않고 헤스티아가 던진 화로의 덫 속으로 뛰어들었다. 붕괴 중인 피부를 손바닥으로 감싸고 휘익—.

후웅!

청록색 불꽃에 온몸을 던진 순간, 바닥을 보이던 이탄의 신성력이 화악 차올랐다.

등 뒤의 기사들에게는 보이지 않지만, 창백하게 변해가던 이탄의 피부가 다시 뽀얗게 살아났다. 가뭄 날 땅바닥처럼 바짝 말라붙었던 신성력도 출렁출렁 차올랐다.

'오오오, 은혜롭구나.'

이탄은 눈물이 날 것 같았다.

Chapter 8

'은혜롭다. 은혜로워.'

이 기쁨을 살육으로 표현하고 싶어진 이탄이 오른손에 방패의 가호를 구현하여 회귀병 하나의 얼굴에 쑤셔 박았다.

콰앙!

빛의 방패가 회귀병의 얼굴 앞에서 폭발하면서 그 파편이 사방으로 휘몰아쳤다. 이탄을 향해 녹슨 칼을 내리꽂던 회귀병이 얼굴이 통째로 뜯겨나갔다. 머리를 잃은 회귀병의 몸이 뒤로 비척비척 물러났다.

빛의 방패 하나를 날려 먹으면서 소모된 신성력은 청록색 불꽃이 닿자마자 다시 만땅으로 차올랐다.

이탄은 빠르게 떨어지는 적의 공격을 막아내면서 지세를 바짝 낮추었다. 그다음 태클이라도 걸듯이 적들의 하체로 파고들었다.

후웅—

지상에 질풍이 불었다. 이탄의 속도가 어찌나 빨랐던지 그의 몸이 순간적으로 쭈욱 늘어나는 것처럼 보였다. 그것도 직선으로 태클을 거는 것이 아니라 뱀처럼 중간에 S자를 그리며 적들 사이로 파고들어 갔다.

이탄이 회귀병 한 구의 허리를 붙잡아 바닥에 메치는 것과, 이탄의 등짝으로 검은 벼락이 우르르 떨어지는 것이 거의 동시에 이루어졌다.

이탄은 등 위에 방패의 가호를 둘러 적의 공격을 튕겨내었다. 그리곤 바닥에 쓰러뜨린 회귀병의 몸에 올라타 주먹을 퍽퍽 내리꽂았다.

이탄의 주먹 주변에 형성된 조그만 빛의 방패가 회귀병의 얼굴 부위에서 폭발하면서 큰 타격을 선사했다. 안면이 통째로 날아가 너덜너덜해진 회귀병에게 연신 주먹을 꽂아 넣으면서 이탄은 숨을 훅 들이켰다.

청록색 불꽃이 이탄의 코로 확 빨려들어 왔다. 소모되었던 신성력이 다시 끝까지 충전되었다. 이탄의 몸 전체가 밝게 빛났다.

눈 깜짝할 사이에 회귀병 두 구를 박살 낸 이탄이 천천히 자리에서 일어났다.

뚜둑, 뚜둑.

목을 좌우로 한 번씩 꺾은 이탄이 회귀병들에게 손가락을 까딱였다.

"들어와."

그런 이탄의 등 뒤로 신성력이 넘실넘실 뻗쳐올랐다. 후광과도 같은 기세가 상공 십여 미터까지 잠식했다.

기세에서 눌린 회귀병들이 주춤주춤 뒷걸음질 쳤다.

"들어오라니까."

이탄이 성큼 또 한 발을 내디뎠다.

회귀병들이 그만큼 더 뒤로 후퇴했다.

"안 들어와? 그럼 내가 가지."

말이 떨어지기 무섭게 이탄이 슈욱 가속했다. 허공에 S 자의 잔영이 일렁거린다 싶더니, 어느새 15 미터가량을 이동한 이탄이 적의 얼굴을 다섯 손가락으로 우악스레 붙잡았다.

회귀병과 같은 언데드들은 신체가 반쯤 썩은 상태여서 보기에 끔찍한 데다 신체 접촉을 통한 감염의 우려도 커서 어지간히 담이 큰 사람들도 언데드를 맨손으로 직접 만지는 행동은 삼가는 편이었다. 특히 언데드의 입 근처는 물릴 수 있어서 더더욱 조심했다.

이탄은 전혀 신경 쓰지 않았다. 입을 쩍 벌린 회귀병의 얼굴을 거리낌 없이 붙잡았다.

회귀병이 반사적으로 칼을 휘둘러 이탄의 가슴을 쪼갰다.

콰창!

이탄의 가슴 앞에 소환된 빛의 방패가 회귀병의 공격을 튕겨내었다. 그 사이 이탄은 손가락에 힘을 꽉 주어 회귀병의 안면을 그대로 짓뭉개버렸다.

손으로 언데드의 살을 뭉개고 눈알을 쥐어짜 버리는 이 압도적인 폭력 앞에 다들 입을 쩍 벌렸다.

이탄이 왼손을 뻗어 또 다른 회귀병을 붙잡았다. 이탄은 상대의 머리를 괴력으로 잡아끌어 가지고 놀 듯 좌우로 흔들더니, 오른손을 아래서 위로 훅 쳐올렸다.

퍼억!

이탄의 주먹이 회귀병의 얼굴에 쑤셔 박혔다. 이탄의 오른손 주변에 형성된 조그만 빛의 방패가 회귀병의 얼굴을 뚫고 들어가 그대로 폭발했다.

이로써 회귀병 네 구가 머리통을 잃고 박살 났다. 이탄을 공격하던 나머지 세 구의 회귀병들이 비척비척 뒷걸음질 치더니 아예 성문 안으로 도망쳐 버렸다.

언데드가 두려움을 느끼고 도망치다니!

보기 드문 괴사에 루크 부단장이 입을 쩍 벌렸다.

"허어어. 대단하구려."

루크가 놀랄 만도 했다. 회귀병은 언데드들 중에서도 상대하기 까다롭다고 알려진 족속들이었다. 특히 회귀병들의 스킬인 벼락 떨구기는 웬만한 수준의 기사들은 감히 막을 엄두도 내지 못한다고 알려져 있었다.

그런데 방패의 가호를 받는 이탄에게는 회귀병의 벼락 떨구기가 통하지 않았다. 거꾸로 이탄의 무지막지한 악력은 회귀병의 머리를 단숨에 짓뭉갤 정도로 무지막지했다.

이탄이 발군의 활약을 펼칠 동안, 바이칼도 나름 제 실력을 뽐냈다. 길이 3 미터에 폭이 50 센티미터나 되는 거대한 대검을 풍차처럼 휘둘러 회귀병들의 벼락 떨구기를 막아내던 바이칼은, 짧은 순간 발생한 적의 빈틈을 노려 대검을 휘둘렀다. 이 한 방으로 회귀병 두 구의 허리가 한꺼번에 끊겼다. 상체와 하체가 분리된 회귀병들의 잔해가 땅바닥에 우당탕 나뒹굴었다.

스얌도 녹색의 물이 뚝뚝 떨어지는 듯한 뾰족한 검으로

회귀병 한 구의 이마에 바람구멍을 내주었다.

[크와―.]

나머지 다섯 구의 회귀병들이 더욱 무섭게 바이칼과 스얌을 공격했다. 그러다 이탄이 다가올 기색이 보이자 뒤도 돌아보지 않고 성문 안으로 도망쳐 버렸다.

헤스티아 일행에게는 겨우 한숨을 돌릴 여유가 생긴 셈이다. 사람들은 그제야 주변을 둘러보게 되었다.

까아악, 까아아악.

하늘 높은 곳에서 잿빛 까마귀들이 빙글빙글 선회하며 듣기 싫게 울어댔다. 성문 안쪽 도시에서는 스산한 기운이 물씬 풍겨 나왔다. 도시의 상공 전체가 시커먼 먹장구름으로 뒤덮인 상태였다.

음산한 분위기에 짓눌린 탓일까? 헤스티아 일행 가운데 그 누구도 입을 열지 않았다.

Chapter 9

한참 만에 루크 부단장이 침묵을 깼다.

"어찌 하는 것이 좋겠습니까? 처음 계획한 대로 도시 안에서 숙박할 곳을 찾아보는 것이……."

루크의 태도는 실로 교묘하여, 얼핏 보면 헤스티아 영애의 의견을 묻고 있는 것처럼도 보이고, 다른 한편으로는 바이칼에게 묻는 것도 같으며, 은근히는 이탄에게 질문하는 것처럼도 느껴졌다.

"제게 물으시는 건가요?"

헤스티아가 반문하였다.

루크가 답을 얼버무렸다.

"그거야 뭐. 하여간 오늘 숙박할 곳을 정해야 하지 않겠습니까? 공간을 다시 점프하려면 에너지를 충전할 시간이 필요하니까요."

루크의 말처럼 오늘 밤은 이 근처에서 숙박해야만 했다. 헤스티아가 이탄을 돌아보았다. 때마침 바이칼과 루크도 이탄에게 시선을 던지는 중이었다. 좌중의 이목이 온통 이탄에게 쏠렸다.

"일단 도시로 들어가 보시죠. 그 다음 상황 판단을 하는 것이 좋겠습니다."

이탄의 의견이었다.

사람들은 군소리 없이 그 의견을 따랐다.

이번에도 바이칼이 대검을 어깨에 척 걸쳐 메고 척후를 자처했다. 스얌이 두 번째, 산악기사단은 헤스티아 주변에 딱 달라붙어서 함께 움직였다. 후방은 모레툼 교단과 킬리융 형제가 맡았다.

성문 안으로 들어가자마자 헤스티아가 헛구역질을 했다.

"우웩, 우웨엑."

구토를 할 만도 한 것이, 눈에 보이는 모든 곳이 다 시체 천지였다. 도시의 백성들은 머리가 반으로 쪼개지고 팔다리가 잘린 모습으로 도로에 널브러져 있었다. 도로 옆 하수구에는 핏물이 철철 흘렀다. 군데군데 보이는 병사들의 시체는 더욱 처참하여, 목이 잘리고 땅바닥에 내장을 줄줄 쏟아낸 상태였다.

까아악—

헤스티아 일행이 접근하자 시체의 눈알을 파먹던 까마귀 떼가 푸드덕 날아올랐다.

이탄이 루크에게 물었다.

"이 도시의 규모가 어떻게 됩니까?"

"행정 서류에 기입된 것이 정확하다면, 인구 삼십만 안팎의 소규모 도시외다."

루크가 기억을 더듬어 대답했다.

트루게이스의 인구가 백팔십만이니 거기에 비하면 6분의 1 수준의 소규모 도시였다. 하지만 사실 삼십만도 그리 무시할 만한 숫자는 아니었다.

"삼십만이나 되는 도시라면 병력도 꽤 많고 기사단까지

갖추었을 텐데요. 그래도 마물들의 공격을 막지 못했나 보네요. 쯧쯧쯧."

이탄이 혀를 찼다.

루크가 은근한 목소리로 물었다.

"어쨌거나 신관님. 최악의 경우에 이 도시가 이미 마물들에게 점령을 당했다고 칩시다. 그래도 신관님의 탁월한 능력이라면 마물들의 접근을 막을 성력 결계 같은 것을 칠수 있겠죠? 허허허."

"결계는 무슨. 저는 그런 거 할 줄 모릅니다."

이탄이 딱 잘라 말했다.

둘의 대화를 엿듣던 사람들이 얼굴을 확 구겼다.

루크가 이탄에게 따져 물었다.

"아니, 성력 결계 같은 것은 신관의 기본 아닙니까? 모레툼 교단에도 당연히 마물들의 접근을 막아낼 결계가 있을 텐데요?"

"뭐, 모레툼 님으로부터 결계의 가호를 부여받은 신관도 있기는 하죠. 하지만 제 신성력은 방어와 치유에 특화되어 있거든요."

"크흠. 그래도 신관님이 무슨 수를 내주셔야죠. 마물들이 득실거리는 이 도시에서 결계도 없이 밤을 날 방도가 있겠소?"

"그래도 없는 것을 어떻게 합니까? 왈가왈부할 것이 아니라 일단 거처부터 확보하시죠. 그 다음 돌아가면서 불침번을 설 수밖에요."

이탄의 말이 최선이었다. 루크는 기사들을 지휘하여 빈집을 하나 확보했다. 사방으로 시야가 탁 트였고, 2층으로 올라가는 계단의 폭이 좁은 저택이었다.

"산악기사단은 건물 옥상에서 야영한다. 2인 1조로 돌아가면서 불침번을 서라."

"넵, 부단장님."

루크의 명령에 기사들이 바로 답했다.

바이칼이 뒷말을 이었다.

"부단장님, 우리는 1층 메인 홀에 자리를 잡겠소."

만약 오늘 밤 언데드들이 쳐들어온다면 메인 홀을 통해 들어올 가능성이 가장 높았다. 결국 바이칼과 스얌이 가장 위험한 지점을 떠맡은 셈이었다.

킬리용 형제와 이탄은 1층 뒷문 쪽을 전담했다.

여성들, 즉 헤스티아와 그녀의 시녀, 그리고 리리모와 티케에게는 가장 안전한 2층이 배정되었다.

사람들이 짐을 풀고 숙박할 준비를 하는 동안, 이탄은 유척을 허리춤에 꽂고 주변 정찰에 나섰다.

"제가 한 바퀴 돌아보고 오겠습니다. 간단한 마물들을

발견하면 미리 정리도 좀 해놓고요."

이탄의 말에 바이칼이 반응을 보였다.

"신관님, 내가 같이 가드릴까?"

이탄을 바라보는 바이칼의 시선은 처음 트루게이스에서 만났을 때보다 한결 우호적이었다.

이탄이 고개를 가로저었다.

"아니. 괜찮습니다. 제가 정찰을 다녀올 동안 마물들이 이곳을 습격할지도 모르잖습니까? 바이칼 님께선 영애님을 지켜주셔야죠."

"흠. 그건 그렇소."

이탄의 말이 맞았다. 바이칼은 그냥 이곳에 남기로 했다.

저택을 나와 언덕배기로 난 오르막길을 따라 걸으며 이탄은 몸 상태를 꼼꼼하게 점검하였다.

첫째, 신성력이 피부에 골고루 스며들었는지.

둘째, 창백한 살갗이 노출된 곳은 없는지.

셋째, 신성력은 얼마나 남았는지.

이런 점들을 우선적으로 체크한 뒤, 이탄은 겨우 가슴을 쓸어내렸다.

"후우, 다행이다. 하마터면 들킬 뻔했잖아."

마음이 놓이자 곧바로 습관이 튀어나왔다. 이탄은 여우 목도리를 끌어올려 입까지 가리고는 "어, 춥다."라는 말을 내뱉었다.

꼬불꼬불한 오르막길을 오르면서 이탄은 가끔씩 코를 벌름거려 냄새를 맡았다.

"킁킁킁, 이쪽인가?"

실제로 길에서 냄새가 나는 것은 아니었다. 하지만 이탄에게는 언데드 특유의 아릿한 기운이 후각을 통해 느껴지는 것 같았다.

"이놈들이 오밤중에 갑자기 쳐들어오면 곤란하단 말이야. 헤스티아 님에게 의존하는 것도 한계가 있고, 괜히 신성력을 남발하다가 내 정체가 발각되면 낭패지."

이탄은 최악의 사태가 발생하지 않도록 미리 적진을 정찰할 요량이었다.

Chapter 10

잠시 후, 이탄이 도착한 곳은 웅장한 건물 앞이었다.

마운틴 일족 특유의 고풍스러운 양식으로 건축된 건물은 이 도시에서 가장 오래된 도서관이었다. 건물 지붕에는 끔찍할 정도로 많은 수의 까마귀들이 앉아서 이탄을 내려다보는 중이었다.

이탄은 건물 입구 50미터 앞에서 은신의 가호를 펼쳤다.

사르륵.

이탄의 몸이 마치 녹아 없어지는 것처럼 서서히 투명하게 변했다. 기척이나 체취도 완전히 차단되었다.

모레툼이 내려준 은신의 가호가 펼쳐진 것.

물론 이 가호는 완벽하지 않았다. 이탄이 앞으로 한 걸음 내디딜 때마다 허공에서 투명한 물 같은 것이 꾸물꾸물 움직이는 듯한 모습이 보였다. 하지만 이탄이 움직임을 멈추면 눈에 잘 띄지 않는 것도 사실이었다.

이탄은 최대한 조심스럽게 도서관으로 접근했다.

무방비 상태로 활짝 열린 도서관 문 안쪽에는 마물들에게 반쯤 뜯어 먹히다 만 시체가 무질서하게 널브러져 있었다. 이탄은 시체들 사이로 사박사박 들어갔다.

제1서실

이렇게 적힌 간판이 보였다. 이탄은 1층의 제1서실부터 둘러보기로 했다.

이탄이 서실 안으로 들어가자 두런두런 말소리가 들렸다. 마물이 아닌, 인간의 목소리였다.

'생존자가 있나?'

와르르 쓰러진 책장을 타넘어 이탄은 소리가 들린 곳으로 침투했다.

'정말 생존자가 있구나.'

쇠파이프를 구부려 만든 철장 안에 마운틴족 한 명이 감금된 모습이 보였다. 철장 앞에는 빛의 날개를 너울거리는 벤시 두 마리와 온몸이 시뻘건 불길에 휩싸인 스켈레톤 한 구가 자리했다.

이탄의 왼쪽 눈에 정보창이 떴다.

— 종족: 화염의 스켈레톤(Flamed Skeleton)

— 주무기: 없음

— 특성 스킬: 플레임(Flame: 화염)

— 성향: 흑

— 레벨: B—

— 주 출몰지역: 지역을 가리지 않음

— 출몰빈도: 희박

이탄이 쓰게 웃었다.

'쩌업. 벤시에, 회귀병에, 불 붙은 뼈다귀까지. 온갖 종류의 언데드들이 다 등장하는구먼. 이게 대체 무슨 일이래?'

이어서 이탄의 시선이 철창 안으로 향했다. 정보창의 내용이 새로 바뀌었다.

— 종족: 마운틴 일족 (점퍼형 주술사)
— 주무기: 메이스, 나무문짝
— 특성 스킬: 점프
— 성향: 중립
— 레벨: C+
— 주 출몰지역: 언노운 월드 산악지대
— 출몰빈도: 희귀

이탄의 눈이 번쩍 빛났다.

'점퍼구나!'

얼마 전 킬리웅 형제를 처음 만났을 때, 이탄의 정보창에는 물음표만 가득했었다. 그런데 킬리웅 형제에 대한 정보가 입력된 덕분인지, 지금 이탄의 정보창에는 상대에 대한 정확한 정보가 게시되었다.

'점퍼만 있으면 언데드들로 우글거리는 이 도시를 떠날 수 있어.'

이 생각이 이탄의 뇌리에 팍 꽂혔다.

그렇지 않아도 언데드들은 야밤에 활동성이 더 강화되곤

했다. 오늘 밤 언데드들이 우르르 달려들면 헤스티아 일행은 큰 위기에 빠질 것이 분명했다.

'저 마운틴족 점퍼를 구출해야겠다.'

이탄이 결심을 굳혔다.

사실 이탄은 대표적인 행동파였다. 머리보다 손이 먼저 나간다는 뜻이었다.

슈웅—.

마음의 결정을 내리는 것과 동시에 이탄의 몸이 화염의 스켈레톤을 향해 쏘아졌다.

크르르르.

화염의 스켈레톤의 입에서 낮은 포효가 울렸다. 뼈다귀 마디마디에서 시뻘건 불길이 화락 치솟아 주변을 열탕으로 만들었다.

이탄은 방패의 가호를 믿고 불길 속으로 뛰어들었다. 벤시 두 마리가 이탄을 향해 와락 달려들었다.

이탄은 벤시의 공격을 무시했다. 대신 화염의 스켈레톤만 집중적으로 노렸다.

불길을 뚫고 달려든 이탄이 상대의 갈비뼈를 손으로 움켜잡았다.

"크윽!"

강한 열기에 이탄의 손바닥이 지글지글 타들어 갔다. 이

탄은 고통을 꾹 참고 손에 힘을 주었다. 스켈레톤의 갈비뼈
여러 가닥이 우두둑 부러졌다. 그러면서 스켈레톤이 이탄
쪽으로 와락 끌려왔다.

화염의 스켈레톤이 활활 타오르는 손으로 이탄의 머리를
붙잡으려고 들었다.

그보다 한발 앞서 이탄의 주먹이 적의 안면 두개골에 꽂
혔다.

콰직 소리와 함께 뼈 으스러지는 소리가 났다. 스켈레톤
의 두개골 속에서 방패의 가호가 강하게 형성되었다가 그
대로 폭발했다.

두개골이 으스러진 화염의 스켈레톤은 힘을 잃고 와르르
무너졌다. 이탄은 불이 붙은 정강이뼈 하나를 움켜쥐고는
벤시를 향해 휘둘렀다.

벤시에게는 물리적인 공격은 통하지 않았다. 대신 정강
이뼈에 붙은 불길이 벤시를 위협했다.

[끄라아아악—.]

[꾸라꾸라악.]

벤시 두 마리가 뇌파로 악다구니를 쓰면서 이탄을 공격
했다.

이탄은 한 손에 불붙은 뼈다귀를 들고, 다른 손에 방패의
가호를 두른 채 두 마리의 벤시를 몰아쳤다.

그러다 벤시들이 주춤거리는 틈을 노려 철장으로 확 달려갔다.

콰득.

이탄의 악력을 견디지 못하고 쇠파이프 철장이 엿가락처럼 휘었다.

"어서 나오시오."

이탄이 손을 뻗었다.

마운틴족 점퍼는 눈을 껌뻑이다가 후다닥 이탄의 손을 맞잡았다. 이탄은 휘청거리는 점퍼 노인을 등에 들쳐 업고는 도서관 밖으로 냅다 달렸다.

은신의 가호는 이미 해제한 지 오래였다. 이탄의 능력으로는 이 점퍼까지 투명하게 만들 수 없으므로 은신의 가호는 의미가 없었다.

[꾸라악!]

벤시들이 미친 듯이 날뛰었다.

기척을 감지한 언데드들이 도서관 곳곳에서 와르르 튀어나왔다. 덜그덕 덜그덕 뼈를 휘청거리며 달려드는 화염의 스켈레톤이 열 구가 넘었다. 너울너울 비행하는 벤시들은 정확한 수를 헤아리기 어려웠다. 도서관 계단 2층에서는 회귀병까지 하나 튀어나왔다.

"젠장. 뭐가 이렇게 많아?"

이탄은 뒤도 돌아보지 않고 뛰었다.

지붕 위의 까마귀들이 푸드덕 날아올랐다. 그 지붕 꼭대기에서 시커먼 로브가 풀쩍 뛰어내려 지팡이로 땅바닥을 때렸다.

로브 속은 텅 비어 있었다. 형체도 없이, 로브와 지팡이만 남은 유령 일족. 즉 '뭉'의 등장이었다.

제5화
구울 군단의 습격

Chapter 1

이탄이 재빨리 적의 정체를 파악했다.

— 종족: 뭉

— 주무기: 지팡이

— 특성 스킬: 각종 마법

— 성향: 흑

— 레벨: B0에서 A0

— 주 출몰지역: 오염된 도시

— 출몰빈도: 희귀

'회귀병보다 강하구나.'

이탄의 뇌리에 경고등이 켜졌다. 이탄은 반사적으로 몸을 직각으로 꺾었다.

직후, 이탄이 달려가던 도주로 전방에 뾰족하고 시뻘건 가시 다발이 화악 솟구쳤다가 다시 사라졌다. 마치 던전 안에서 가시형 트랩이 대규모로 발동한 듯한 현상이었다.

이탄은 뭉의 옆을 스쳐 지나가며 더 빨리 가속했다.

뭉이 한 번 더 지팡이로 땅을 내리찍었다.

"이크."

이탄이 반사적으로 방향을 틀었다. 이탄이 머물렀던 자리 근방 20 미터가량이 시뻘건 가시 다발로 뒤덮였다가 다시 정상으로 돌아왔다.

연달아 두 번 적의 공격을 피한 뒤, 이탄은 무서운 속도로 도서관에서 벗어났다.

벤시들이 너울너울 날갯짓을 하며 이탄을 추적했다. 회귀병들은 녹슨 칼을 꼬아 쥐고 이탄을 뒤쫓았다. 화염의 스켈레톤 무리도 추적에 합류했다.

다행히 뭉은 이탄에게 별 관심이 없는 듯했다. 시커먼 로브가 도서관 지붕 위로 휙 올라가 버렸다.

점퍼 노인을 등에 업고 내리막길을 내달리는 이탄과, 그 뒤를 쫓아 우르르 달려오는 언데드 무리가 주변을 시끌벅

적하게 만들었다.

이탄이 달리면서 물었다.

"노인장, 점프 능력을 쓸 수 있으십니까?"

"헉. 내가 점퍼라는 사실을 어찌 아셨소?"

"저는 모레튬 님을 섬기는 신관입니다. 그러니 알 수 있지요."

이건 거짓말이었다. 이탄은 모레튬 덕분에 노인의 능력을 간파한 것이 아니었다.

하지만 점퍼 노인은 이탄의 말을 믿을 수밖에 없었다.

"이제 보니 모레튬 교단의 신관님이셨구려. 하지만 안타깝게도 나는 지금 주술 도구가 없어서 점프를 할 수 없소이다. 만약 내가 점프를 할 수 있었다면 그 마물들에게 붙잡혀 있지도 않았겠지. 에효오."

점퍼 노인이 한숨을 뱉었다.

이탄이 되물었다.

"주술 도구라고 하면, 메이스 두 자루와 나무문짝을 말씀하시는 겁니까?"

"엇? 그걸 어찌 아셨소?"

점퍼 노인이 깜짝 놀랐다.

이탄이 바쁘게 되물었다.

"길게 말할 시간이 없습니다. 마물들이 더 몰려오기 전에 어서 탈출해야 한단 말입니다. 결론만 말씀하시죠. 점프를 할 수 있습니까?"

"있소. 주술 도구만 있으면 가능하외다."

노인의 장담에 이탄의 얼굴이 밝아졌다. 이탄은 곧장 헤스티아 일행을 향해 내달렸다.

물론 그 짧은 와중에도 영업(?) 뛰는 것을 잊지 않았다.

"노인장, 모레툼 님은 땅바닥에 쓰러진 자에게 은화 한 닢을 던져주시는 은혜로우신 분이십니다. 노인장께서는 지금 땅바닥에 쓰러진 것이나 다름없는 상태. 모레툼 님께서 주시는 은화를 받으시겠습니까?"

"뭐뭣? 지금 뭐라고 했소?"

점퍼 노인의 동공이 좌우로 흔들렸다. 이탄의 목을 감싼 노인의 손에 힘이 바짝 들어갔다.

이탄이 했던 말을 되풀이했다.

"모레툼 님께서 던져주시는 은화를 받고 다시 일어서시겠느냐고 물었습니다."

"은화를 받지 않겠다고 하면, 어떻게 할 게요? 나를 여기에 내팽개치기라도 하겠다는 게요?"

노인이 불안한 눈빛으로 물었다.

이탄은 기다렸다는 듯이 답했다.

"제가 뭘 어찌하고 말고는 없습니다. 하나 모레툼 님의 도움을 거절하신 분을 제가 굳이 업고 뛸 필요가 있겠습니까? 은화를 줍지 않으시려면 제 등에서 내려서 직접 뛰시지요."

교단 입교 거절?

그럼 너님은 알아서 너 갈 길 가셈.

속된 말로 이탄의 말뜻은 바로 이거였다.

이탄은 단지 말로만 협박하는 것이 아니었다. 이탄이 달리는 속도를 살짝 늦추자 회귀병의 썩는 냄새가 바로 등 뒤에서 풍겼다. 벤시도 가까이 따라붙었다. 벤시의 너울거리는 날개가 점퍼 노인의 뒤통수에 돋아난 뿔을 살짝 스치고 지나갔다.

"으헉!"

점퍼 노인이 펄쩍 뛰었다.

이탄이 물었다.

"어떻습니까? 삶을 포기하고 그냥 쓰러져 뒈지시겠습니까? 아니면 모레툼 님께서 던져주시는 은화 한 닢을 쥐고 다시 일어서시겠습니까?"

때마침 회귀병이 휘두른 칼이 점퍼 노인의 등을 살짝 베고 지나갔다. 노인이 반사적으로 소리를 질렀다.

"일어나리다. 은화를 들고 일어날 테니 이 늙은이 좀 구해주쇼."

"그거 다행이군요. 모레툼 님께서 기뻐하십니다."

이건 그냥 날리는 멘트가 아니었다. 실제로 신도의 수가 하나 늘어나자 이탄의 신성력도 조금 증가했다.

이탄이 다시 속도를 높였다. 그렇게 언데드 무리를 떼어 놓은 다음, 이탄은 헤스티아 일행의 은신처로 뛰어들었다.

"누구냣?"

저택 문을 박차고 들어온 이탄에게 환영 인사로 대검이 날아들었다. 이탄은 허리를 앞으로 휙 굽혀 바이칼의 공격을 회피했다.

"접니다. 공격을 멈추시죠."

그 한 마디에 바이칼의 연속 공격이 멈췄다. 길이가 3 미터나 되는 대검을 자유롭게 휘둘렀다가 자유롭게 다시 멈추는 솜씨가 보통 능숙한 것이 아니었다.

"등에 업힌 노인은 뭐요?"

바이칼이 눈을 찌푸렸다.

이탄이 빠르게 말을 이었다.

"마물들의 소굴에서 점퍼를 구출했습니다. 이분이 공간 점프가 가능하시다고 합니다. 어서 사람들을 모으십시오."

"뭣?"

바이칼은 곧바로 상황을 파악했다.

이윽고 헤스티아를 비롯한 여자들이 내려왔다. 루크 부

단장과 산악기사단 6명, 그리고 킬리융 형제도 모습을 보였다.

"엇? 모드융 님?"

킬리융이 점퍼 노인을 알아보았다.

"자넨 킬리융이 아닌가?"

"네. 맞습니다."

킬리융이 모드융의 손을 반갑게 맞잡았다.

이탄이 두 주술사를 재촉했다.

"지금 회포를 풀 시간이 없습니다. 뒤에서 엄청난 수의 마물들이 쫓아오고 있다니까요. 어서 이분께 주술 도구를 넘겨주십시오. 이분이 다음 장소로 우리를 점프시켜줄 겁니다."

"헉, 마물들이 쫓아온다고요?"

루크의 안색이 하얗게 질렸다.

모드융이 킬리융의 주술 도구를 서둘러 넘겨받았다. 나무문짝을 바닥에 세워놓은 모드융은 메이스 두 자루를 양손에 쥐고 점프를 시작했다.

파창!

모드융을 중심으로 바닥에 둥그런 띠가 생겨났다. 그 띠 위에서 화염이 춤을 추었다.

[스와아아아앙—.]

모드융이 영혼의 함성을 질렀다. 모드융의 뒤통수에 돋은 양 갈래 뿔이 발갛게 발광했다.

드디어 점퍼의 능력 발휘.

바닥에 세워둔 나무문짝이 덜컹 열렸다.

Chapter 2

콰앙!

저택의 앞문이 박살 나면서 회귀병 한 구가 뛰어들었다.

이탄이 방패의 가호로 회귀병의 공격을 막았다.

"어서 넘어가십시오. 어서."

창문이 와장창 깨지면서 벤시들이 들이닥쳤다.

"어서요. 오래 못 버팁니다."

이탄이 한 번 더 악을 썼다.

"알겠소."

바이칼과 스얌이 동시에 문 안으로 뛰어들었다. 나머지 사람들도 거의 시간 차를 두지 않고 뒤를 따랐다.

이탄은 빛의 방패를 폭발시켜 언데드들을 밀쳐낸 다음, 온몸을 날려 문 안으로 슬라이딩했다. 점퍼인 모드융이 마지막으로 들어가 문을 쾅 닫았다.

일행이 공간을 뛰어넘어 도착한 곳은 사방이 탁 트인 황무지였다. 뒤늦게 합류한 이탄이 주변을 휙 둘러보았다.

"여긴 어딥니까?"

"모르겠어요. 세 번째 기착지에 안착할 것으로 예상했는데, 막상 와보니 전혀 다른 곳이네요."

헤스티아가 낮게 투덜거렸다.

모드융이 검지로 관자놀이를 긁적였다.

"어, 죄송하외다. 미리 좌표를 뽑아놓지 않고 급하게 점프하다 보니 좀 어긋난 것 같소."

검지와 중지를 붙여 이마 양쪽에 대고 중얼중얼 주문을 읊던 틸리융이 고개를 번쩍 들었다.

"좌표를 파악했습니다. 당초 목표로 했던 세 번째 기착지보다 훨씬 더 북쪽으로 날아왔네요. 여기서 북서쪽으로 600킬로미터만 더 가면 네 번째 기착지입니다."

이탄이 반색했다.

"그렇다면 모드융 님은 2,400킬로미터가량 점프한 것 아닙니까? 점퍼마다 한 번에 뛰어넘을 수 있는 거리가 다른가 보죠?"

"당연히 점퍼마다 능력 차이가 납니다. 저희는 1,500킬로미터가 한계지만, 모드융 님은 다르죠."

"와아, 이거 반가운 소식이네요."

헤스티아가 손뼉을 쳤다. 뛰어난 점퍼가 일행에 합류한다는 것은, 그만큼 빠르고 안전하게 최종목적지에 도착한다는 것을 의미했다.

'그 뛰어난 점퍼가 우리 지부의 신도가 되었다는 거지? 후훗.'

이탄이 한쪽 입꼬리를 비스듬하게 끌어올렸다.

마운틴족은 필드족에 비해 힘이 강할 뿐 아니라 야영 및 사냥에도 능숙했다. 이탄과 바이칼, 스얌이 주변 정찰을 다녀올 동안, 기사들은 뚝딱뚝딱 천막을 치고 야영 준비를 끝마쳤다. 천막들 중간에 모닥불도 지펴놓았다. 일부 기사들은 근처에서 야생 토끼 몇 마리를 잡았다.

루크가 토끼의 껍질을 벗기고 내장을 발라냈다. 모닥불 위에서 토끼가 기름을 지글지글 떨어뜨리며 익어갔다.

"내가 둘러본 곳엔 아무것도 없소."

북쪽을 둘러보고 온 바이칼이 이렇게 말했다.

"서쪽과 남쪽도 안전한 것 같소."

스얌의 정찰 결과도 바이칼과 다를 바 없었다.

마지막으로 이탄이 입을 열었다.

"동쪽도 별 이상 없습니다."

루크가 비로소 마음을 놓았다.

"휴우, 다행이군요. 일단 오늘은 여기서 야영을 하고, 내일 아침 에너지 충전이 완료되는 대로 다시 점프를 하시죠."

사람들이 모닥불 가에 빙 둘러앉았다. 루크가 잘 익은 토끼 뒷다리를 뜯어 헤스티아에게 건넸다.

"이걸로 요기 좀 하시지요."

"고마워요, 부단장님."

헤스티아 영애가 먼저 한 입을 먹자 사람들이 각자에게 배당된 몫을 입에 넣고 뜯기 시작했다. 이탄은 본인 몫을 리리모에게 양보하고 천막 주변을 점검하러 나갔다.

"아니, 신관님은 왜 안 드시나?"

루크가 고개를 갸웃했다.

티케가 불쑥 답했다.

"신관님은 원래 무식주의자세요."

"무식주의?"

"음식을 먹지 않는 주의요. 아마도 모레툼 교단 사제들의 관습인가 봐요."

"허어, 무슨 그런 관습이 다 있담? 나는 때려죽여도 모레툼 교단의 사제는 되지 못하겠군. 허허허."

루크가 너스레를 떨었다.

사람들이 그렇게 이야기꽃을 피울 때였다. 뒷짐을 지고 천막 주변을 산책하던 이탄이 두 눈을 부릅떴다.

"저, 저, 저!"

이탄의 눈에 들어온 것은, 땅거미가 내려앉기 시작한 황무지를 가로질러 이곳을 향해 해일처럼 밀려드는 구울 무리였다.

'뭔가 있구나.'

순간적으로 이탄의 뇌리에 이런 의구심이 깃들었다.

의뢰 첫날, 일행은 첫 번째 점프를 했다. 그리곤 벤시와 맞닥뜨렸다.

바로 이어서 두 번째 점프를 했더니 이번엔 회귀병과 벤시, 화염의 스켈레톤, 그리고 뭉이 종합세트로 등장했다.

일행은 세 번째 점프를 통해 겨우 위기에서 벗어났다. 그런 줄만 알았다.

"그런데 아직도 위기를 벗어난 게 아니란 말이지? 무려 2,400 킬로미터나 점프를 하였건만, 여전히 언데드들이 우리를 노리고 있어."

이건 범상치 않은 일이었다.

'젠장. 이번 의뢰에 무언가 구린 구석이 있구나.'

이탄의 뇌에 경고등이 켜졌다.

Chapter 3

의심하고 따져 묻는 것은 나중 일이었다. 우선은 새까맣게 몰려드는 구울 무리를 피하고 봐야 했다.

"비상! 비상! 마물들이 쳐들어온다."

이탄이 소리를 질렀다. 이탄의 칼칼한 목소리가 사람들의 휴식을 깨뜨렸다.

"뭣이?"

바이칼이 대검을 쥐고 벌떡 일어섰다.

루크와 헤스티아의 안색은 하얗게 질렸다.

"점프는? 점프는 아직도 사용 불가요?"

"그 빌어먹을 에너지는 대체 언제 다 차는 게요?"

루크가 킬리용의 소매를 붙잡고 늘어졌다. 화가 잔뜩 난 탓인지 킬리용을 다그치는 루크의 목소리가 곱지 않았다.

"저기 저……."

킬리용이 바이칼을 돌아보며 난감한 표정을 지었다.

바이칼의 커다란 손이 루크 부단장의 손목을 꽉 잡았다.

"부단장님, 킬리용은 부단장님의 부하가 아니라 우리 길드 사람입니다."

바이칼이 주는 위압감에 루크가 찔끔했다.

"어어, 미안하오. 내가 그걸 모르는 바는 아닌데, 또 마물들이 쳐들어온다고 하니까 마음이 급했소이다."

루크가 곧바로 사과했다.

바이칼은 그 사과를 귓등으로 흘려넘기고 전장에 나섰다. 스얌도 검을 뽑아들고 바이칼의 뒤를 따랐다.

기사들은 후다닥 짐을 정리했다. 루크가 헤스티아를 밀착 호위하여 도망칠 채비를 했다. 리리모와 티케는 불안한 듯 서로의 손을 맞잡았다.

"빌어먹을. 정말이었구나."

황무지 저편에서 새까맣게 밀려오는 구울 무리를 보면서 바이칼이 욕지거리를 내뱉었다. 스얌이 검자루를 꽈악 움켜쥐었다.

두 사람을 발견한 이탄이 큰 목소리로 외쳤다.

"나무 위. 저 나무 위로 여자들을 올려보내시오."

이탄이 지목한 것은 황무지 벌판에 우뚝 서 있는 커다란 나무였다. 그 소리를 들은 헤스티아가 뒤도 돌아보지 않고 나무를 향해 뛰었다.

"티케야, 우리도 어서 가자."

리리모도 티케의 손목을 붙잡고 나무를 향해 달렸다.

기사들이 우르르 그 뒤를 쫓았다.

여자 4명과 주술사 3명이 모두 나무 위로 피신하고, 루크를 비롯한 기사들이 창과 방패를 들고 나무 밑동을 지켰다. 바이칼, 스얌, 이탄은 그보다 한 발짝 앞에 서서 사람들을 보호했다. 새까맣게 몰려드는 구울 무리를 보면서 바이칼이 침을 탁 뱉었다.

"제기랄. 오늘 여기서 죽을지도 모르겠구면."

"그러게 말입니다."

스얌도 죽음을 각오한 듯 땅바닥에 검집을 버렸다.

"아아아. 이럴 수가."

해일처럼 밀려드는 구울을 바라보면서 여자들의 얼굴에 절망이 어렸다. 루크와 기사들도 반쯤은 삶을 포기했다.

이탄이 나무 위를 힐끗 돌아보았다.

'쳇. 싸울 때까지는 싸워보겠지만, 결과는 정해졌네. 아무리 화로의 덫이 신성력을 북돋아 준다고 해도 저 많은 구울들을 다 상대할 수는 없겠어.'

결국 신성력이 고갈되고 나면 이탄은 마력순환로를 개방하여 어둠의 기운을 끌어다 쓸 수밖에 없었다. 그동안 숨겨왔던 정체가 그 즉시 탄로 날 상황이었다.

'이번 의뢰는 완전 실패야. 이걸 수습할 길은 이제 하나뿐.'

살.인.멸.구.

자신의 정체를 눈치챈 목격자들을 모두 죽여서 입을 막은 다음, 트루게이스의 지부에 홀로 복귀하거나 아예 다른 지방으로 떠나는 수밖에 없겠노라고 이탄은 생각했다.

'혹시 리리모와 티케는 살려둘 수 있을까? 그녀들을 어디까지 믿을 수 있지? 아, 젠장. 이번 의뢰를 괜히 맡았어. 헤스티아를 욕심내다가 리리모와 티케까지 잃을 판이잖아?'

이탄은 욕심을 부린 자기 자신이 너무나도 미웠다.

이탄이 땅을 치고 후회하는 와중에도 구울 군단은 점점 더 가까워졌다. 이제는 구울 특유의 썩는 냄새가 코끝에 진동했다. 이탄의 왼쪽 망막에는 원치도 않는 정보가 자동으로 떠올랐다.

— 종족: 구울
— 주무기: 손톱, 이빨
— 특성 스킬: 물리적 접촉을 통한 감염
— 성향: 흑
— 레벨: D+
— 주 출몰지역: 지역을 가리지 않음
— 출몰빈도: 자주

구울은 스켈레톤과 함께 가장 자주 목격할 수 있는 최하급 언데드였다. 어지간한 기사라면 구울을 두려워하지 않

앗다. 심지어 일반 병사들도 구울과 1 대 1로 싸워서 이기
는 경우가 종종 발생했다.

하지만 그것은 구울이 소수일 때 이야기였다. 구울은 멀
쩡한 사람을 깨물거나 할퀴어서 동료로 감염시키는 특성을
지녔다. 따라서 구울 발생 초기에 잘 수습하지 못하면 그
수가 감당하기 힘들 정도로 불어나게 마련이었다.

"으으으, 뭐가 저렇게 많아?"

루크가 진저리를 쳤다.

"간다아―."

바이칼이 대검을 양손으로 꽉 움켜쥐고 몸을 날렸다.

퍼버버버벅!

해일처럼 달려들던 구울들이 바이칼의 대검에 갈려 어육
이 되었다. 바이칼은 구울 무리 깊숙이 파고들며 대검을 풍
차처럼 휘둘렀다. 바이칼의 대검 날에서 언뜻언뜻 푸른 빛
무리가 터졌다. 그 날이 스칠 때마다 구울의 목이 날아가고
팔다리가 잘렸다.

스얌도 전투에 돌입했다. 스얌의 검이 공간을 가를 때마
다 허공에 녹색 물이 뿌려졌다. 그 물에 닿은 구울들이 비
명과 함께 쓰러졌다.

이탄도 구울 무리와 맞닥뜨렸다.

퍼억!

이탄이 오른손으로 구울 한 마리의 머리통을 붙잡아 곤죽으로 만들었다. 이탄의 왼손은 또 다른 구울의 어깨를 으깼다.

　이탄은 방패의 가호를 두르지 않았다. 벤시나 회귀병이라면 방어가 필요하지만, 구울 따위는 군이 방어에 신경 쓸 필요가 없었다. 이탄은 신성력은 최대한 자제하고, 오직 체술만 사용하여 구울들을 하나씩 쳐죽였다.

Chapter 4

　'이미 죽었다가 되살아난 구울이 다시 죽을 수 있는지는 모르겠다만, 어쨌거나 땅에 드러누워라.'

　이렇게 주문하는 이탄을 향해 구울들이 떼거리로 달려들었다.

　"크우워어—."

　괴성을 지르는 구울의 아가리에 이탄의 주먹이 틀어박혔다. 구울의 목젖을 지나 목 뒤까지 단숨에 관통해 버린 이탄의 손이 피와 살점 범벅이 되어 다시 회수되었다.

　대검을 풍차처럼 휘두르며 전진하는 바이칼.

　녹색 물을 뚝뚝 떨어뜨리며 날뛰는 스얌.

이 두 사람에 비해 이탄의 공격은 지루할 정도로 진도가 나가지 않았다. 점점 더 많은 수의 구울들이 이탄에게 달라붙었다. 이탄은 특별히 신성력을 사용하지 않고 구울 하나하나를 힘으로 쳐냈다.

이게 사달을 일으켰다.

바이칼과 스얌은 광범위하게 움직여서 주변 구울들의 이목을 본인들에게 잡아끌었다.

반면 이탄은 소극적으로 대응했다. 이탄이 화려하게 날뛰지 않자 몇몇 구울들이 이탄을 지나쳐서 나무로 다가갔다.

이탄의 등을 보고 있던 기사들이 기겁했다.

"아, 젠장."

"저 마물들을 저렇게 흘려보내면 어떻게 하라는 거야."

"젠장. 젠장. 온다. 와."

기사들이 방패 뒤에서 창을 곤두세웠다.

이탄을 지나친 구울들이 기사들을 향해 우르르 달려들었다. 기사들은 바짝 달라붙는 구울을 방패로 밀치고 창으로 찔렀다.

구울 한 개체 한 개체는 그다지 강하지 않았다. 하지만 그들은 창에 찔리고도 고통을 느끼지 않았다. 두려움도 전혀 없었다. 구울들은 자신의 배를 뚫은 창을 두 손으로 꽉 붙잡고 점점 더 가까이 접근했다. 그 뒤쪽의 구울들이 꾸역꾸역 밀려들어 기사들을 압박했다.

기사들이 방패로 밀쳐내는 것에도 한계가 있었다. 구울 수십 마리, 수백 마리가 밀려들자 기사들은 더 이상 구울을 밀쳐내지 못했다.

콱!

구울 하나가 방심한 기사의 귀를 물어뜯는 데 성공했다.

"어엇?"

기사의 머리가 핑 돌았다. 기사의 눈알이 시뻘겋게 물들었다. 기사의 핏줄이 보기 싫게 두드러졌다. 기사의 피부는 푸석푸석하게 썩어들었다.

"안 돼."

그 모습을 목격한 루크가 검으로 부하의 목을 베었다. 구울로 변해가던 기사가 목이 잘린 채 바닥에 나뒹굴었다.

루크는 검날에 묻은 피를 털어낸 다음, 부하들에게 경고했다.

"모두 조심해라. 감염된 자는 내 손에 죽는다."

부하들이 흠칫 놀라 입을 다물었다.

루크는 벌겋게 달아오른 얼굴로 검을 휘둘렀다. 루크의 검에 열댓 마리의 구울이 쓰러졌다.

하지만 시간이 갈수록 상황은 절망적이었다. 꾸역꾸역

밀려드는 구울을 감당하지 못하고 기사 또 한 명이 바닥에 쓰러졌다. 구울들의 손톱이 기사의 목을 할퀴고 지나갔다.

감염이 곧 진행되었다.

루크는 눈물을 머금고 감염자를 처단했다.

그 결단을 비웃기라도 하듯이 세 번째 희생자가 나왔다. 루크가 처리하려 달려들었다. 그보다 한발 앞서 네 번째 희생자가 발생했다.

루크의 부하들은 점점 손발이 어지러워졌다.

"이런 씨발. 모두 정신 똑바로 차렷."

루크가 악을 썼다.

그런 루크의 등 뒤에서 창날이 파고들었다.

푹!

"크헉."

루크가 입에서 시뻘건 핏물을 뿜었다.

어느새 감염이 된 부하가 구울로 변해 루크를 기습한 것이다.

"너어, 너."

이글거리는 눈으로 뒤를 돌아본 루크는, 검으로 부하의 창대를 자르고, 이어서 부하의 목까지 날렸다.

그때 또 다른 감염자가 옆에서 달려들어 루크의 옆머리를 방패로 찍었다.

"컥."

피투성이가 된 루크가 한쪽 무릎을 꿇었다.

나무 위에서 헤스티아가 화로의 덫 스킬을 사용했다. 청록색 불꽃이 툭 떨어져 구울들을 공격했다.

처음에 움찔 놀랐던 구울들이 이내 비웃음을 흘렸다. 청록색 불꽃은 뜨겁지도 않고 위협적이지도 않았다.

"아아아."

헤스티아가 절망했다.

그 사이 루크의 몸 위에 수십 마리의 구울들이 올라탔다.

"으악, 으아악, 안 돼."

구울들 밑에 깔려서 루크가 발악했다.

"크헝! 이놈들."

멀리서 그 모습을 본 바이칼이 호랑이처럼 달려들었다. 거구를 날려 구울들 한복판으로 뛰어든 바이칼은 대검을 좌우로 휘둘러 구울 수십 마리의 허리를 끊었다.

그렇게 파편이 되어 날아간 구울들 틈새에서 루크가 비척비척 일어났다.

"이런."

시뻘겋게 변한 루크의 눈을 보고는 바이칼이 탄식했다.

"크와아─."

루크가 입을 쩍 벌리고 바이칼에게 달려들었다.

"부단장님, 미안하오."

바이칼이 대검을 세로로 휘둘러 루크의 머리를 쪼갰다.

루크가 바이칼을 향해 손을 뻗은 채로 툭 쓰러졌다.

"스얌."

바이칼이 동료를 불렀다.

저 멀리서 구울들을 학살하던 스얌이 바이칼의 부름에 응했다. 바이칼과 스얌은 나무에 등을 붙이고 접근하는 구울들을 상대했다. 특히 나무로 기어오르려는 구울들에게 집중적으로 철퇴를 날렸다.

"신관님."

바이칼이 이탄도 불렀다.

이탄은 답하지 않았다.

"신관님, 신관님."

바이칼이 대검을 휘두르는 와중에 거듭 이탄을 찾았다.

이탄은 일부러 듣지 못한 척했다. 지금 바이칼과 합류해 봤자 해일처럼 밀려드는 구울들을 막아내는 데는 한계가 있었다. 게다가 이탄은 조금씩이나마 신성력을 사용할 수밖에 없었고, 그게 지속되면서 뽀얗던 피부가 다시 창백한 빛깔로 변해갔다.

'나도 바이칼의 부름에 응하고 싶지만, 그건 안 되지. 지금 내 모습을 보여줄 순 없어.'

이것이 이탄의 속마음이었다.

혼전의 와중이라 당장은 정체를 숨기는 것이 가능할지도 몰랐다. 하지만 끝도 없이 밀려드는 구울들과 싸우다가 결국엔 신성력이 바닥날 것이 분명했다. 헤스티아가 아무리 신성력을 충전시켜 준다고 해도 한계는 분명히 있었다.

'이 많은 언데드를 감당하기엔 역부족이지.'

이탄은 냉정하게 상황을 판단했다.

또 한 가지.

이탄은 헤스티아와 루크에 대한 믿음이 없었다.

'분명히 뭔가 있어. 루크 부단장, 이 개자식이 나를 속인 것이 분명해. 그렇지 않고서는 언데드들이 이렇게 가는 곳마다 미친 듯이 달려들 리 없다고.'

고집스레 입술을 깨문 뒤, 이탄은 점점 더 나무에서 멀어지는 방향으로 발걸음을 옮겼다.

Chapter 5

"크룩."

"크룩, 크룩."

구울 무리들이 그런 이탄을 향해 불나방처럼 덤볐다. 이

탄은 구울들을 하나하나 패죽이고, 뭉개 죽이고, 밟아 죽였
다.

그 와중에 몇 번이고 구울의 손톱이 이탄의 피부를 긁었
다. 구울의 이빨이 이탄의 어깨와 팔뚝을 깨물기도 했다.

이탄은 개의치 않았다. 구울 따위의 공격력으로는 이탄
에게 타격을 줄 방도가 없기 때문이었다.

감염?

이딴 것은 더더욱 신경 쓸 필요 없었다.

감염은 사람에게나 통하는 것. 이탄은 이미 인간이 아니
었다.

"너네들 뭐야?"

퍼억.

"뭐 때문에 이렇게 필사적인데?"

퍼억.

"답답하니까 누가 대답 좀 해봐라."

퍼억, 퍽, 퍽 퍽.

어깨에 올라탄 구울을 끌어내려 주먹으로 머리통을 부수
고, 전면에서 달려드는 구울을 발로 걷어차 배를 터뜨리고,
좌우에서 합공하는 구울 세 마리를 팔꿈치로 연달아 찍어
버리면서 이탄이 물었다.

물론 구울들에게 답을 기대하고 물은 것은 아니었다.

그러는 사이 이탄은 헤스티아 일행으로부터 꽤 멀어졌다. 어느 정도 거리를 벌리자 희한한 현상이 발생했다.

"어라?"

이탄에게 달려드는 구울들의 수가 점점 줄었다. 구울들은 이탄의 곁을 그냥 지나치더니, 오로지 나무를 향해서만 달려들었다.

"허어, 신성력을 뿜어내는 나보다 저 나무가 더 우선이란 말이지? 언데드 주제에 목적의식 하나는 또렷하다는 거냐? 너희들과 상극인 나보다 저 나무가 더 중한 이유가 뭔데?"

이탄이 구울 한 마리의 어깨를 붙잡아 물었다.

"크와."

구울이 이탄에게 포효했다.

"이게 어디서 더럽게 침을 튀겨?"

이탄은 구울의 머리를 양손으로 잡아당기며 무릎을 차올렸다. 쩌억, 소리와 함께 구울의 머리통이 으스러졌다. 피범벅이 된 손을 옷에 슥슥 닦아낸 뒤, 이탄은 나무가 서 있는 방향을 돌아보았다.

이제 더 이상 이탄에게 신경 쓰는 구울은 없었다. 다들 뭔가에 홀린 것처럼 나무를 향해서만 달려갔다.

"역시 수상하단 말이지?"

이탄이 은신의 가호를 펼쳤다.

사르륵.

이탄의 몸이 공기 중에 녹아드는 것처럼 사라졌다.

"캬오."

신성력이 발휘되자 이탄 주변의 구울 몇 마리가 신경질적인 반응을 보였다. 이탄은 그런 구울들을 붙잡아 차례로 목뼈를 꺾어주었다.

그렇게 몇 놈을 처치하자 더 이상 이탄에게 반응하는 구울은 없었다. 이탄은 투명 상태를 유지한 채 나무를 향해 접근했다.

"허억, 헉, 헉, 헉."

스얌이 나무에 등을 기댔다. 스얌의 입에서 단내가 풍겼다. 거칠게 헐떡이는 스얌의 숨소리가 이탄의 귀에까지 생생하게 들리는 듯했다.

바이칼의 표정도 썩 좋지 않았다. 대검 휘두르는 속도는 아직 그대로였으나, 검의 궤적이 깔끔하지 못하였고, 검날에 어린 빛무리도 확연히 약해졌다.

'둘 다 힘이 빠졌구나.'

그럴 만도 했다.

바이칼과 스얌의 발밑에 쓰러진 구울의 잔해는 헤아릴 수 없이 수북했다. 이 많은 언데드들을 해치우다 보니 지치는 것이 당연했다. 두 사람의 몸 곳곳엔 상처가 나고 핏물이 얼비쳤다. 옷도 엉망으로 찢겼다.

그래도 두 사람은 아직까지 구울에게 감염되지 않은 듯했다.

바이칼과 스얌은 이탄과 달리 인간족이었다. 그런데 구울에게 상처를 입고도 감염되지 않는 것을 보면, 혈관 속에 마나를 투입하여 감염체가 퍼지는 것을 차단 중인 것 같았다.

"싸우는 것만으로도 벅찰 텐데, 감염까지 막으려니 쉽지 않지. 쯧쯧쯧."

이탄이 혀를 찼다.

솔직히 이탄은 저들을 도와주고 싶었다. 스얌은 잘 모르겠지만, 바이칼은 나름 존경할 만한 무사였다.

'하지만 저들을 돕다가 내 정체가 발각되면? 아마도 저들은 그 즉시 나를 죽이려고 들 테지? 어쩔 수 없어.'

이탄이 방치하는 가운데 스얌이 먼저 무릎을 꿇었다.

"크루룩."

구울들이 괴성과 함께 스얌을 덮쳐갔다.

"스얌, 정신 차렷!"

바이칼이 몸을 날려 동료를 도왔다. 바이칼이 휘두른 대검이 스얌을 덮치던 구울들을 낙엽처럼 날려버렸다.

대신 바이칼의 등에 창이 푹 꽂혔다.

구울들은 원래 무기가 없었다. 하지만 구울에게 감염된 기사가 문제였다.

"으윽, 이 빌어먹을 놈이."

바이칼이 한 손으로 대검을 번쩍 들더니, 구울로 변한 기사의 머리를 투구째 쪼갰다.

그 사이 구울들 몇 마리가 더 달려들어 바이칼의 등판을 할퀴었다.

"이런 개자식들."

바이칼이 몸을 팽이처럼 돌려 주변의 구울들을 도륙했다. 대검에 갈린 구울들이 사방으로 살점을 휘날렸다.

바이칼은 그렇게 잠깐 시간을 벌은 듯했지만, 죽은 동료의 등을 밟고 새로운 구울들이 우르르 달려들었다.

구울들은 한도 끝도 없었다. 무수히 많은 언데드들이 바이칼을 향해 꾸역꾸역 밀려들었다. 바닥에 쓰러진 스얌에게도 수십 마리의 구울들이 올라탔다.

"안 돼. 흐흐흑. 저리 가. 제발 저리 가라고."

나무 위에서 헤스티아가 울음을 터뜨렸다. 헤스티아는 우르르 달려드는 언데드들을 향해 화로의 덫을 날렸다.

퍼엉! 펑!

청록색 불꽃이 땅에 떨어져 이글이글 타올랐다.

구울들은 눈 하나 깜짝하지 않았다. 그들은 그저 전력을 다해 바이칼과 스얌을 거꾸러뜨리는 일에만 집중했다. 풀밭에 번진 청록색 불꽃은 구울 무리에게 전혀 타격을 입히지 못했다.

헤스티아가 눈물을 펑펑 쏟았다.

"으흐흐흑, 제발 누가 좀 도와줘요. 제발요."

이탄이 눈을 찌푸렸다.

나무로 돌아와 보니 루크는 이미 죽은 상태였다. 바이칼과 스얌마저 이제 곧 고꾸라질 듯했다. 이대로 이탄이 외면하면 헤스티아와 리리모, 티케는 모두 죽은 목숨이었다.

이탄은 주먹으로 자신의 머리를 콩 쥐어박았다.

'아, 멍청하게. 이렇게 위험한 의뢰인 줄 알았으면 받아들이지 않는 것인데. 설령 의뢰를 받았다고 해도 리리모와 티케는 데려오지 말았어야 했건만. 바보같이.'

이건 이탄의 잘못은 아니었다. 이탄은 이번 의뢰가 이렇게 위험할 줄은 꿈에도 몰랐다.

'제기랄. 지난 3년간 구축한 기반이 다 날아가는구나. 리리모와 티케도 잃고, 헤스티아 영애마저 죽고 나면 나 혼자 트루게이스로 돌아갈 수는 없지. 분명히 영주가 나를 붙잡아 심문하려 들 거야.'

이탄이 절망감에 눈을 질끈 감았다.

그때였다. 나무 위에서 모드웅이 소리를 질렀다.

"3분. 딱 3분만 버텨주시오. 내 마나홀이 깨져서 점퍼의 능력을 잃어버리는 한이 있더라도 한 번 더 점프를 해보겠소."

Chapter 6

이탄의 귀가 번쩍 뜨였다.

'뭐? 그게 가능하다고?'

희망이 생기자 없던 힘까지 솟구치나 보다. 다 쓰러져가던 스얌이 몸 위에 올라탄 구울들을 강제로 밀쳐내고 다시 일어섰다. 스얌은 후들거리는 다리를 손으로 붙잡고 서더니 나무에 등을 기댔다.

"으흐흐. 다 덤벼. 다 덤비라고, 이 개자식들아."

피범벅이 된 스얌이 덜덜 떨리는 손으로 검자루를 꽉 움켜쥐고는 독하게 눈을 빛냈다.

"오냐. 이 바이칼도 있다. 내가 버티고 있는 한 너희 언데드들은 단 한 놈도 못 지나간다."

바이칼도 양손으로 대검을 꽉 쥐고 구울들의 앞을 막았다.

"크루룩."

구울들이 바이칼과 스얌을 사방에서 덮쳤다.

이탄도 은신의 가호를 풀고 전력을 다해 달렸다.

"크룩?"

주변의 구울들이 갑자기 등장한 이탄에게 손톱을 휘둘렀다. 이탄은 무지막지한 힘으로 구울들을 팅겨내고 달려가부응 도약했다.

무려 3미터 높이까지 뛰어오른 이탄이 포물선을 그리며 스얌 바로 앞에 뛰어내렸다.

쿠왕!

스얌에게 달려들던 구울 몇 마리가 이탄의 발에 밟혀 곤죽이 되었다. 이탄은 빛의 방패를 연달아 5개나 소환하여 장갑처럼 온몸에 두른 다음, 그 방패로 구울들을 퍼버버버벅! 후려치며 주변을 휩쓸었다.

빛의 방패에 강한 회전력까지 더해지자 그 위력이 장난이 아니었다.

대신 이탄의 신성력이 썰물처럼 빠져나갔다. 순간적으로 이탄의 창백한 낯빛이 세상에 드러났다.

물론 나무를 등지고 있어 아무도 이탄의 변화를 눈치채지 못했다. 그저 이탄 앞에 서 있던 구울들이 흠칫했을 뿐이다.

이탄은 빛의 방패를 얼굴까지 끌어올려 주변의 시선을 차단한 다음, 풀밭을 뒹굴었다.

후오옹!

헤스티아가 지펴놓은 청록색 불꽃이 이탄의 소모된 신성력을 다시 채워주었다. 이탄은 충전된 신성력을 방패 5개에 주입하여 그대로 폭발시켰다.

콰창!

강렬한 빛이 사방으로 터졌다. 그 빛에 쪼인 구울들이 "끄어어어—." 소리를 내면서 가루가 되어 부서졌다.

이탄은 청록색 불꽃 위를 한 바퀴 더 굴렀다. 소모된 신성력이 빠르게 차올랐다. 이탄은 그 신성력을 투입하여 빛의 방패를 다시 소환했다.

이번에는 신성력이 살짝 부족하여 방패가 4개만 소환되었다. 이탄은 방패들을 몸 주변에 두르고 팽이처럼 회전하여 구울들을 박살 냈다.

주변에서 타오르던 청록색 불꽃이 이탄에게 빨려들어 신성력을 다시 북돋아 주었다. 소모된 신성력이 다시 회복될 때 이탄은 일종의 오르가즘을 느꼈다.

'아아아, 좋구나.'

하지만 화로의 덫이 만능은 아니었다. 세 번 정도 신성력을 충전하자 청록색 불길이 급격히 사그라들었다.

이제 더 이상 방패의 가호를 남발할 수 없었다. 이탄은 신성력에 의존하지 않고 우격다짐으로 구울들을 상대했다. 신성력에 밀려서 멀찍이 물러났던 구울들이 이탄을 겹겹이 둘러싸고 듣기 싫은 괴성을 질렀다.

이탄이 소리를 질렀다.

"모드용. 어서 점프를 서두르시오. 더는 버티기 어렵습니다."

"빨리요. 빨리."

여자들이 나뭇가지 위에서 발을 동동 굴렀다. 모드용이 땀을 비 오듯이 흘렸다. 어찌나 애를 썼는지 모드용의 얼굴은 폭삭 늙어버린 듯했다. 모드용의 뒷목에 돋은 양 갈래 뿔이 새빨갛게 달아올랐다.

"아 진짜. 빨리하라니까."

어깨에 올라탄 구울을 바닥에 패대기친 다음, 이탄이 버럭 화를 냈다.

그 와중에도 무수히 많은 구울들이 손을 뻗어 이탄을 할퀴고 몸에 달라붙어 쓰러뜨리려고 애썼다. 그 끔찍한 장면에 사람들이 몸서리를 쳤다.

마침내 에너지를 긁어모으는 것이 끝났다. 모드용이 나무에서 풀쩍 뛰어내렸다. 바닥에 나무문짝부터 세운 다음, 모드용이 메이스를 양손에 나눠 쥐었다. 나무문짝 주변에 둥글게 불이 붙었다.

"크루룩?"

구울들 가운데 일부가 나무문짝을 향해 달려들었다.

바이칼이 즉시 몸을 날려 몰려드는 구울들을 대검으로 쳐냈다.

"어서 서두르시오. 어서."

바이칼이 구울 무리를 온몸으로 틀어막는 사이, 드디어 점프 준비가 완료되었다. 바이칼은 스얌의 등을 떠밀어 나무문짝 안으로 먼저 들여보냈다. 이어서 킬리용 형제가 헤스티아 등을 보호하여 공간을 점프하였다.

"신관님도 얼른 오시오."

마지막으로 바이칼이 이탄에게 손짓했다.

"크읏. 알겠습니다."

이탄은 구울 수십 마리를 등 뒤에 매달고 나무문짝을 향해 뛰었다. 그렇게 달리면서 어깨에 매달린 구울의 눈알을 파내고 머리통을 팔꿈치로 부숴서 떨궈내었다.

바이칼이 대검을 들고 마중을 나왔다.

퍼억, 퍽, 퍽.

이탄에게 달라붙어 있던 구울 몇 마리가 바이칼의 대검에 맞아 고꾸라졌다. 그래도 무수히 많은 구울들을 다 떨궈낼 수는 없었다. 황무지의 온 들판이 다 언데드 천지였다.

"이이익, 지독한 것들."

등골이 쭈뼛해지는 느낌에 바이칼이 욕을 뱉었다.

마침내 이탄과 바이칼이 어깨동무를 하고 나무문짝에 슬라이딩했다. 동시에 모드융도 문짝 안으로 몸을 날려 문을 쾅 닫았다.

바짝 뒤쫓아 온 구울 한 마리가 나무문짝 안으로 검푸른 손을 들이밀었다. 이탄이 그 손을 붙잡아 강제로 비틀어 부쉈다.

킬리융이 한 번, 틸리융이 한 번, 모드융이 무려 두 번. 오늘 하루 사이에 헤스티아 일행은 무려 4번이나 점프를 한 셈이었다.

Chapter 7

"헉헉헉, 허어억, 여긴 어디지?"

컴컴한 암흑 속에서 킬리융이 주변을 두리번거렸다.

틸리융이 사람들을 재촉하였다.

"불. 누가 불 좀 켜보시오."

"제가 해볼게요."

헤스티아가 나섰다. 그녀가 마나를 움직여 특성 스킬을

발휘하자 바닥에서 청록색 불꽃이 피어올랐다.

이탄이 구울의 손 나부랭이를 멀찍이 던져버리고는, 청록색 불에 몸을 녹였다. 바짝 말랐던 신성력이 빠르게 회복되었다. 이탄이 가늘게 몸을 전율했다.

헤스티아가 그 모습을 물끄러미 보다가 물었다.

"제 특성 스킬이 그렇게 뜨겁지 않다는 것은 알겠는데요. 그렇다고 신관님께서 굳이 불 속에 들어가 몸을 녹일 필요는 없잖아요? 아까부터 계속 그러시던데, 제 불 속에 자꾸 들어가시는 이유가 뭐죠?"

이탄이 순순히 이유를 밝혔다.

"오늘 마물들과 싸우다가 우연히 깨닫게 된 사실입니다만, 영애님의 특성 스킬이 저희 모레툼 교단과 궁합이 잘 맞는 것 같습니다. 이 청록색 불을 쬘 때마다 고갈되었던 신성력이 다시 차오르더라고요."

"네에?"

헤스티아의 눈이 휘둥그레졌다.

바이칼도 놀라운 듯 캐물었다.

"영애님의 스킬이 모레툼 교의 신성력을 북돋아준다고 하셨습니까? 그게 정말입니까?"

"저도 오늘 처음 알게 된 사실입니다. 사실 제가 오늘 나름 활약을 펼친 데에는 영애님의 도움이 컸습니다."

"아!"

헤스티아가 감격하여 두 손을 꼭 끌어모았다.

사실 헤스티아는 그동안 자신의 스킬이 쓸모없다며 자괴
감을 느끼던 참이었다. 그런데 이탄의 말에 희망을 얻었다.
처음에는 이탄과 데면데면하던 헤스티아였지만, 갑자기 이
탄에 대한 호감도가 올라갔다.

이탄이 화제를 돌렸다.

"그나저나 여기가 어딘지 모르겠습니다. 종유석과 석순
으로 보아 동굴 속인 것 같은데요."

이탄의 말처럼 이 울퉁불퉁한 장소에는 종유석과 석주, 그
리고 석순으로 가득했다. 내부 공기는 습하면서도 차가웠다.

사람들은 청록색 불빛에 의지하여 주변을 둘러보았다.

"신관님 말씀처럼 동굴이 확실하군요."

킬리융이 고개를 끄덕였다. 킬리융의 걸걸한 목소리가
동굴 안에서 메아리쳤다.

바이칼이 지휘에 나섰다.

"여기가 어디건 간에, 일단 구울의 공격을 벗어난 것만
해도 다행이지. 우선 조부터 나눕시다. 일부는 이곳에 남아
서 부상자들을 돌보고, 일부는 주변을 좀 탐색해 봅시다."

루크 부단장이 구울들에게 감염되어 죽어버렸다. 그러니
누군가 루크를 대신하여 지휘할 사람이 필요했다.

킬리웅이 바이칼의 말을 거들었다.

"바이칼 님의 말씀이 맞습니다. 하면 어떻게 조를 나누면 좋겠습니까?"

바이칼이 스얌과 모드융을 가리켰다.

"스얌 님과 모드융 님의 상태가 무척 나쁘오. 그러니 여성분들이 이 두 사람을 간호해 주시구려. 영애님, 괜찮으시겠습니까?"

"괜찮고말고요. 마땅히 저희가 두 분을 간호해야죠."

헤스티아는 바이칼의 말이 떨어지기 무섭게 팔을 걷어붙였다. 구울과 싸우다가 피투성이가 된 스얌과, 무리하게 점프를 하여 혼수상태에 빠진 모드융이 간호의 대상이었다.

그때 이탄이 헤스티아의 앞을 막아섰다.

"잠깐."

"신관님, 왜 그러시죠?"

"치유는 제 전문입니다."

이탄이 씨익 웃어 보인 다음, 허리춤에서 놋쇠막대기를 꺼냈다. 유척을 스얌의 머리에 가져다 댄 이탄은 치유의 가호를 발휘했다.

유척에서 빛이 팍 터졌다.

스얌의 상처가 저절로 아물고 헐떡거리던 숨소리가 잠잠해졌다.

이탄은 모드융에게도 유척을 가져대 다고 치유를 해주었다.

"아."

헤스티아가 감탄한 표정으로 이탄을 바라보았다.

이탄은 이 기회에 헤스티아와 친밀도를 높여놓기로 작정했다. 하여 일부러 손으로 머리를 잡고 휘청거렸다.

헤스티아가 깜짝 놀랐다.

"앗. 신관님, 왜 그러세요?"

"아닙니다. 오늘 무리하여 전투를 벌인 데다가 치유 능력까지 마구 퍼부었더니 현기증이 났습니다. 영애님, 제가 부탁을 드려도 될까요?"

"제게요? 무슨 부탁이신데요? 말씀만 하세요."

헤스티아가 적극적으로 반응했다.

이탄이 미소를 속으로 감추며 부탁했다.

"영애님의 스킬을 한 번만 더 발휘해주십시오. 그러면 제가 기운을 차릴 수 있을 것 같습니다."

"아아, 그런 부탁이라면 얼마든지요."

헤스티아가 손을 뻗자 이탄의 주변에서 청록색 불길이 환하게 타올랐다. 화로의 덫을 펼치면서 헤스티아의 입꼬리가 씰룩씰룩 움직였다. 이탄에게 도움이 된 것이 무척 기쁜 모양이었다.

이탄은 바이칼에게도 치유의 가호를 펼쳐주었다.

모레툼의 빛이 한 번 훑고 지나가자 바이칼의 몸에 난 상처들이 사르륵 아물었다.

"으으음. 정말 치유력이 뛰어나군. 신관님, 고맙소."

바이칼도 무척 우호적인 시선으로 이탄을 바라보았다.

이탄이 어깨를 으쓱했다.

"고맙긴요. 이런 상황에서 서로를 도와야지요."

목숨이 위험한 위기를 몇 번이나 함께 넘겨서인지, 일행들 사이에 끈끈한 분위기가 형성되었다.

치유가 마무리되자 바이칼이 다시 지휘에 나섰다.

"킬리융, 자네가 이곳에 남아서 오늘 밤 숙박할 준비를 해주게. 나와 틸리융, 그리고 신관님이 주변에 위험 요소가 있는지 정찰을 다녀오겠네."

"다녀오십시오."

킬리융이 꾸벅 인사했다.

정찰조가 동굴 안쪽으로 탐색에 나서는 동안, 리리모와 티케는 배낭 속 건조 식량으로 요깃거리를 준비했다.

다들 지친 표정이었지만, 또한 루크 부단장과 기사들의 죽음에 충격을 받았지만, 그래도 지금 상황에 불평하거나 삶을 포기하려는 사람은 단 한 명도 없었다.

Chapter 8

동굴 안쪽은 생각보다 깊었다. 바이칼은 적당한 지점에서 걸음을 멈추었다.

"더 탐색해봤자 별로 얻을 정보가 없을 듯하오. 신관님의 생각은 어떠시오?"

"마운틴족은 태어날 때부터 산과 친숙하다고 알고 있습니다. 동굴 또한 산의 일부가 아닙니까? 저는 바이칼 님의 육감을 믿습니다."

"으허허허."

이탄의 표현이 바이칼을 흡족하게 만들었다. 한차례 크게 웃은 뒤, 바이칼이 이탄에게 손을 내밀었다.

"신관님, 우리 악수나 한번 합시다."

"뜬금없이 악수요?"

"허허허. 내가 신관님께 사죄도 할 겸 해서 부탁하는 것이외다."

이탄의 손을 마주 잡은 뒤, 바이칼이 사과를 했다.

"허허허. 내가 그동안 모레툼 교단에 대하여 나쁜 선입견을 가지고 있었소. 백성들을 상대로 고리대금업을 하는 것 아닌가 하는 선입견 말이외다. 그런데 오늘 신관님과 하루를 함께 보내면서 깨달았소. 이제부터 신관님은 내 등을 맡길 수 있는 전우요. 이 바이칼이 앞으로 신관님께 무슨 도움이 될 수 있을지 모르겠으나, 필요한 것이 있으면 언제든지 말씀하쇼. 내가 온 힘을 다해 도와드리리다."

머천트 길드의 바이칼이라고 하면 트루게이스 시에서 미치는 영향력이 결코 작지 않았다. 이탄이 잇몸을 드러내고 웃었다.

"어이쿠, 별말씀을 다 하시네요."

옆에서 틸리웅도 끼어들었다.

"저희 형제도 오늘 신관님 덕분에 목숨을 건졌습니다. 앞으로 신관님은 저희 형제의 친구입니다."

이탄은 틸리웅과도 힘차게 악수했다.

세 사람이 처음 출발했던 곳으로 돌아왔을 때는 이미 잠자리 준비까지 완료된 상태였다. 리리모와 티케는 마른자리를 골라 모포를 깔았다. 비상식량도 덥혀놓았다.

바이칼이 헤스티아에게 보고했다.

"영애님, 동굴 안쪽은 위험 요소가 없습니다. 반대편도 한번 정찰하고 올 테니 먼저들 드십시오."

"알았어요, 할아범."

헤스티아는 바이칼을 할아범이라고 친근하게 불렀다.

이탄과 바이칼, 틸리웅은 동굴 반대편 끝까지 정찰했다. 구불구불한 동굴이 밖으로 나갈수록 점점 넓어져 나중에는 세 사람이 어깨를 나란히 하고 걸을 정도였다. 그렇게 한 시간가량을 걷자 탁 트인 밖이 나왔다.

"허!"

바이칼이 헛웃음을 흘렸다.

세쌍둥이처럼 줄줄이 붙어 있는 3개의 달.

그리고 그 달빛 아래 활짝 펼쳐진 침엽수림이 사람들의 답답한 가슴을 뻥 뚫어주었다.

문제는 이 동굴 입구가 절벽 중간에 뚫려 있다는 점이었다. 아래쪽으로도 깎아지른 단애였고, 위로도 가파른 절벽이 계속되었다.

그나마 일행이 산에 익숙한 마운틴족이라는 점이 다행이었다. 절벽 아래를 눈으로 살펴본 뒤, 바이칼이 고개를 끄덕였다.

"이 정도면 내려갈 만하군. 오늘 밤은 동굴 안에서 지내고, 내일 북서쪽 방향으로 행군합시다. 그러다 주술사 형제가 준비되면 점프를 하지."

틸리융이 바이칼의 말에 동의했다.

"그게 좋겠습니다."

이탄도 반대하지 않았다.

동굴 안으로 돌아온 이탄은 모포 속으로 들어가 눈을 감았다. 사실 이탄은 취침할 필요가 없었으나, 사람들의 이목 때문에 일부러 잠을 자는 척했다.

불침번은 이탄과 바이칼, 킬리용 형제가 돌아가면서 섰다. 이탄은 새벽 4시부터 6시 타임을 맡았다. 이때가 불침번을 서기에 가장 편한 시간이었다.

새벽 4시.

탁탁탁 타오르는 모닥불을 응시하면서 이탄은 곰곰이 생각에 잠겼다. 모포 속에서도 계속 생각했던 화두가 이탄의 뇌리 속에서 꼬리에 꼬리를 물고 이어졌다.

'어제 우리가 점프를 하는 곳마다 언데드들이 진을 치고 있었어. 마치 우리가 나타나기를 기다렸다는 듯이 말이야. 그런데 이 동굴에서는 습격을 받지 않았거든.'

어제 이탄은 총 네 번의 점프를 했다.

이 가운데 첫 번째와 두 번째 점프는 미리 예정되어 있던 곳이었다. 그런데 그곳에 언데드 군단이 미리 대기 중이었다.

이어서 세 번째로 도착한 황무지도 시간대만 하루 앞당겨졌을 뿐, 미리 계획된 장소였다. 처음에는 황무지에 적들이 나타나지 않았다. 한데 일행이 휴식을 취하는 사이에 구울 군단이 몰려들었다. 마치 황무지에 매복을 하려고 인근까지 진군해 있다가 일행을 발견하고는 우르르 달려온 듯한 모습이었다.

반면 이 동굴에는 언데드들이 나타나지 않았다.

'이 동굴은 계획에 없이 즉흥적으로 점프한 장소잖아? 그래서 언데드들이 없는 것 아닐까?'

이탄은 이런 결론을 내렸다.

'이와 같은 일들이 우연히 발생했을 리 없지. 빌어먹을. 계획이 샜구나. 누군가 우리의 일정표를 꿰뚫고 언데드 군단을 매복시켜 놓았어.'

여기까지는 비교적 쉽게 추론할 수 있었다.

하지만 그 이유가 짐작 가지 않았다.

'그런데 언데드 군단이 왜 우리를 노리는 거지? 헤스티아 영애가 고위 귀족이라서? 아니야. 그건 말이 안 돼. 헤스티아 영애를 인질로 잡는다고 해봤자 언데드 군단에게 무슨 이득이 있겠어? 어제 우리를 공격했던 병력이라면 트루게이스 시를 그냥 밀어버릴 수도 있겠던데.'

루크 부단장이라면 비밀을 알고 있을 것 같았다.

아쉽게도 루크는 이미 죽었다.

'바이칼은 우직한 무사야. 그가 우리를 속이는 것 같지는 않아. 킬리용 형제도 남을 속일 성격은 되지 못하고. 그렇다면 역시 헤스티아 영애가 열쇠를 쥐고 있나?'

이탄이 헤스티아를 돌아보았다.

모닥불 건너편, 모포 속에서 색색 잠을 자고 있는 헤스티아가 보였다.

'한번 족쳐봐?'

얼핏 이런 생각이 이탄의 머릿속을 스쳐 지나갔다.

'아니지. 모처럼 헤스티아와 우호적인 분위기를 만들어 놓았는데 괜히 다그쳤다가 관계만 틀어질 수 있지.'

이탄은 이내 머리를 가로저었다.

복잡한 생각으로 밤을 지새우는 동안 모닥불이 점점 조그맣게 줄어들었다. 3개의 달이 저물고, 태양이 솟구쳤다.

리리모와 티케가 다른 사람들보다 한발 먼저 일어나 아침 식사 준비를 했다. 바이칼은 부상자들의 상태부터 살폈다.

다행히 스얌은 많이 회복되었다. 이탄에게 받은 치유 덕분이었다.

반면 모드융은 간신히 거동만 할 정도였다. 마나홀에 큰 타격을 받아 당분간 점프는 불가능했다.

"계획을 바꿉시다."

사람들이 건조 식량으로 아침을 때우는 동안, 이탄이 이렇게 제안했다.

바이칼이 이탄의 말에 동의했다.

"사실 나도 신관님과 비슷한 생각을 했소. 우리가 점프를 하는 곳마다 기다렸다는 듯이 언데드 군단이 나타났단 말이지. 우연치고는 좀 이상해."

제6화

수변도시 솔노크

Chapter 1

바이칼도 뭔가 수상하다고 의견을 내었다.

이탄은 재빨리 헤스티아의 눈치를 살폈다.

'역시.'

이탄의 예상대로였다. 헤스티아의 눈동자가 지진을 만난 듯 흔들렸다. 뭔가 이야기를 할 듯 말 듯 붉은 입술을 꼭 깨무는 헤스티아를 보면서 이탄은 서늘한 눈빛을 흘렸다. 지금 이 현상에 대해서 헤스티아가 열쇠를 쥐고 있는 것은 분명해 보였다. 이탄의 의심이 확신으로 변하는 순간이었다.

'그렇다면 과연 그 열쇠가 뭘까?'

이탄의 입장에서는 이 점이 중요했다.

가능성은 세 가지였다.

첫째, 언데드 군단이 헤스티아 자체를 노리는 경우.

둘째, 헤스티아가 뭔가 중요한 지식이나 기밀을 알고 있어서 그걸 빼가려는 경우.

셋째, 헤스티아가 아주 귀중한 보물을 소유한 경우.

'이 세 가지 가운데 하나가 분명해.'

이탄은 바이칼의 말을 경청하는 척하면서 헤스티아 주변을 살폈다.

첫 번째 가능성은 답이 아는 것 같았다. 언데드 군단이 헤스티아 자체를 노리는 것 같지는 않았다. 헤스티아가 고위 귀족이라고는 하지만 언데드 군단이 대규모로 달려들 정도로 중요한 인물은 아니었다. 헤스티아의 특성 스킬도 언데드족에게는 딱히 필요 없었다.

이탄은 두 번째 가능성도 낮게 보았다. 헤스티아가 언데드들이 궁금해할 만한 특별한 지식의 보유자 같지는 않았다. 트루게이스는 대륙 전체를 놓고 보면 동남쪽 끝 변두리의 그만저만한 도시였다. 그곳의 영애가 중대한 기밀을 알고 있을 가능성은 더더욱 낮았다.

'그렇다면 세 번째인가? 헤스티아가 언데드에게 꼭 필요한 법보 같은 거를 숨기고 있나?'

이탄은 헤스티아의 짐 꾸러미를 쓱 훑어보았다. 대부분

의 귀족 여성들이 그러하듯이 헤스티아의 짐은 다른 사람들에 비해서 상당히 부피가 큰 편이었다. 게다가 헤스티아의 시녀도 나름 짐이 많았다.

하지만 아무리 스캔해 보아도 이탄의 정보창에는 잡히는 것이 없었다.

'결국 저 짐을 직접 풀어헤쳐 보는 수밖에 없겠네.'

이탄이 고집스레 입술을 다물었다.

그때 바이칼이 이탄에게 말을 걸었다.

"신관님의 의견은 어떠시오?"

"네? 뭐라고 하셨습니까?"

딴 생각을 하던 이탄이 멍한 눈빛으로 바이칼을 돌아보았다.

바이칼이 했던 말을 되풀이했다.

"중간 기착지를 바꾸자고 했소. 원래 목표로 했던 산악도시 말고, 이곳 솔노크로 가면 어떻겠소?"

이탄은 바이칼이 손가락으로 가리킨 장소를 지도상에서 살폈다.

바이칼이 동굴 바닥에 펼쳐 놓은 지도에는 언노운 월드 전역의 도시와 지형지물들이 상세하게 그려져 있었다.

특히 마운틴족의 산악도시는 초록색, 필드족의 평야도시는 노란색, 비치족의 수변도시는 파란색으로 구분되어 눈에 쉽게 들어왔다.

이탄이 되물었다.

"솔노크는 산악도시가 아니라 비치족의 수변도시가 아닙니까?"

"맞소. 그곳으로 변경하자는 거요. 신관님의 의견은 어떠시오?"

"으음."

이탄이 잠시 고민에 잠겼다.

일행이 처음 트루게이스를 출발했을 때는, 마운틴족의 산악도시만을 중간 기착지로 삼아 점프하도록 계획되었다. 그런데 바이칼이 기착지를 바꾸자고 의견을 내었다.

"헤스티아 님의 생각은 어떠십니까?"

이탄이 헤스티아의 의견을 물었다.

"예에? 아, 네. 저는 바이칼 할아범과 신관님의 의견을 따를게요."

내심 찔리는 구석이 있었던 헤스티아가 말을 더듬었다.

이탄이 다시 질문 상대를 바이칼로 바꾸었다.

"기착지를 바꾸자는 의견에는 저도 적극 찬성입니다. 그런데 우리가 이동하는 경로에는 필드족의 평야도시도 있잖습니까? 그런데 굳이 수변도시를 고른 이유가 있으십니까?"

이번 의뢰의 구성원들 면면을 살펴보면, 마운틴족이 가장 많고, 그 다음이 필드족이었다. 우선 스얌과 티케는 필드족, 그리고 이탄도 겉보기로는 필드족에 속했다. 그러니 평원도시로 이동하는 것이 옳아 보였다.

바이칼이 이유를 설명했다.

"내 비록 책사는 아니지만 나름 머리를 굴려봤소. 만약 누군가 우리를 노리고 있고, 그래서 우리가 위기에 빠진 것이라고 가정해 봅시다. 그렇다면 적들도 이쯤 해서 우리가 경로를 바꿀지 모른다고 추측할 것 아니겠소?"

이탄이 무릎을 쳤다.

"그렇죠. 만약 우리가 중간 기착지를 바꾼다면 필드족의 도시를 선택할 가능성이 높지요. 적들은 그리 생각할 것입니다."

"그래서 일부러 솔노크를 골라봤소. 적들도 우리가 비치족의 도시로 갈 줄은 모를 게요."

마운틴족과 비치족은 서로 우호적인 관계가 아니었다. 만약 일행을 노리는 적들이 있다면 솔노크를 예상하지는 못했을 것 같았다.

이탄이 힘차게 고개를 주억거렸다.

"역시 바이칼 님이십니다. 저는 바이칼 님의 의견에 동의합니다."

"헤스티아 님, 경로 변경을 허락하시겠습니까?"

바이칼이 헤스티아의 허락을 요청했다. 이 자리에서 결정권자는 어디까지나 헤스티아지 바이칼이 아니었다.

헤스티아가 다소 처진 음색으로 대답했다.

"아까도 말씀드렸지만, 저는 두 분의 의견을 따를게요."

믿고 의지하던 루크 부단장이 죽었기 때문인지, 아니면 다른 이유가 있는 것인지, 헤스티아는 기운이 없어 보였다.

바이칼이 짝짝 손뼉을 쳐서 주변을 환기시켰다.

"자, 결정이 되었으니 이제 동굴 밖으로 나가서 행군을 좀 합시다. 숲에서 식량과 물을 좀 보충하고, 그러다 킬리융 형제의 준비가 끝나면 점프를 해야지."

"알겠습니다."

"바로 움직이지요."

사람들이 각자의 배낭을 등에 멨다.

바이칼은 헤스티아의 배낭 3개까지 함께 짊어졌다. 어제까지는 산악기사단에서 헤스티아의 배낭을 챙겼는데, 이제는 그 기사들이 다 죽어버렸다. 누군가 헤스티아의 배낭을 챙겨야 한다는 소리였다.

Chapter 2

이탄이 시치미를 뚝 떼고 바이칼의 팔을 건드렸다.

"바이칼 님."

"말씀하시오."

"일이 터질 때마다 앞장서서 싸워야 하실 분이 배낭을 메면 되겠습니까? 리리모와 티케, 그리고 영애님의 시중을 드는 시녀가 번갈아 가며 들도록 하지요."

이탄의 지적이 옳았다. 바이칼, 스얌, 이탄은 가장 중요한 전력이니 거추장스럽게 짐을 들면 곤란했다.

킬리용 형제와 모드융도 점프할 에너지를 모으는 데 집중해야 하므로 열외.

그렇다면 남는 사람은 리리모와 티케, 그리고 시녀였다.

헤스티아가 얼굴을 빨갛게 붉혔다.

"이리 주세요. 제 짐은 제가 들게요."

이탄이 반대했다.

"그건 안 됩니다. 여차하면 바이칼 님이 영애님을 안고 적진을 돌파해야 할 경우도 있습니다. 그때 무거운 짐이 방해가 되면 어쩌시려고요? 제 말이 틀렸습니까, 바이칼 님?"

이탄은 영악하게도 바이칼을 끌어들였다.

바이칼이 이탄의 편을 들었다.

"신관님의 말씀이 옳습니다. 헤스티아 님, 부디 몸을 가볍게 유지하십시오. 언제 또 마물들이 달려들지 모릅니다."

"그래도……"

헤스티아는 불안한 듯 눈을 굴렸다.

그 모습을 보고는 이탄이 감을 잡았다.

'오호라! 역시 저 배낭 속에 비밀이 있구나.'

바이칼이 완강하게 헤스티아를 설득했다.

"헤스티아 님, 부탁드립니다. 다른 사람들에게 폐를 끼치고 싶지 않아 하는 고운 마음씨는 알겠으나, 지금은 헤스티아 님께서 고집을 부리실 때가 아닙니다."

바이칼이 이렇게까지 강경하게 나오니 헤스티아도 어쩔 수 없었다. 결국 헤스티아는 세 여인들에게 배낭을 맡겼다.

리리모와 티케 등은 그 덕분에 2개씩의 배낭을 들게 되었지만, 아무도 불평하는 기색이 없었다.

일행은 밧줄을 타고 절벽을 기어 내려와 침엽수림으로 들어섰다. 바이칼이 숲에서 사슴을 잡아 포를 떴다. 마운틴 족답게 바이칼의 사냥 솜씨는 일품이었다. 킬리웅 형제는 식용버섯과 약초를 채취하여 배낭에 담았다. 그러는 동안 여인들은 냇가에서 물을 길었다.

이탄은 아무 일도 하지 않고 여인들의 주변만 지켰다. 그러면서 헤스티아의 배낭에 계속 눈길을 주었다.

'생각 같아서는 당장 저 배낭을 뒤져보고 싶구나.'

이것이 이탄의 속마음이었다. 하지만 사람들의 이목이 있어 당장 행동에 나서지는 못했다.

태양이 머리 위에 떠오를 즈음, 점프 준비가 완료되었다.

동생인 틸리융이 먼저 문을 열어 1,500 킬로미터를 뛰어넘었다. 바로 이어서 킬리융이 1,470 킬로미터를 더 점프시켰다.

그 결과 헤스티아 일행은 오전 11시 경에 솔노크 시에 도착하게 되었다.

솔노크는 솔 강 유역에 세워진 대도시였다.

대륙 중부지역에서 시작하여 동부 해안까지 도도하게 흐르는 솔 강은 솔노크 지역에 이르러서 갑자기 강폭이 좁아지는데, 비치족의 선조들은 바로 이 지역에 운하를 만들고 도시를 세웠다.

그 도시가 작금에 이르러서는 인구 이천만 명이 넘는 대도시로 성장하였다. 세상의 수변도시들 가운데 솔노크는 두 번째로 큰 대도시였다.

"우와, 엄청나다."

공간을 뛰어넘어 언덕 위에 도착한 티케는 눈앞에 펼쳐진 어마어마한 대도시를 목격하고는 입을 쩍 벌렸다.

솔노크는 수변도시답게 주변보다 지대가 낮았다. 덕분에 언덕 위에 올라서면 도시의 풍경이 눈 아래로 쫙 펼쳐져 보였다.

도도하게 흐르는 솔 강을 옆에 끼고, 물 위에 우뚝 솟은 고층건물들이 저마다의 아름다움을 뽐냈다. 건물 외양은 물고기 비늘을 본 따서 만든 듯 다채로운 색깔로 반짝거렸다. 건물 모양도 반듯반듯하기보다는 구불구불한 곡선을 주로 사용했다. 고속으로 운항하는 배들이 건물과 건물 사이를 바쁘게 오갔다. 뱃고동 소리가 간간이 들렸다.

산악도시 트루게이스의 시간이 여유롭고 느릿하게 흐른다면, 이곳 솔노크의 시간은 두 배는 바쁘게 흐르는 것 같았다.

솔노크의 휘황찬란한 모습에 놀란 사람은 비단 티케만이 아니었다. 영주의 딸인 헤스티아도, 경험이 풍부한 주술사 모드용도, 심지어 바이칼마저도 놀라움에 눈이 휘둥그레졌다.

바이칼이 한참 만에 한 마디 떼었다.

"으으음……. 이 정도 규모의 도시라면 마물들에게 습격을 받을 일은 없겠구려."

"저 물갈퀴 놈들이 우리를 받아준다면 말이죠."

킬리융이 그 말에 토를 달았다.

틀린 말은 아니었다. 솔노크의 주인인 비치족은 마운틴족과 사이가 좋지 않았다. 킬리융은 도시 진입이 거절당할까 봐 걱정했다.

바이칼이 다소 굳은 얼굴로 뇌까렸다.

"일단 문을 두드려 볼 수밖에. 고작 하룻밤만 묵을 건데 야박하게 굴지는 않겠지."

말은 이렇게 하였지만 사실 바이칼도 자신이 없기는 매한가지였다.

그때 이탄이 구명줄이 되어주었다.

"제가 한번 손을 써보겠습니다."

"신관님께서요?"

헤스티아가 반짝거리는 눈으로 이탄을 응시했다.

바이칼도 어두웠던 안색을 폈다.

"무슨 묘수가 있으시오?"

이탄은 어깨를 으쓱했다.

"묘수까지는 아닙니다. 다만 이곳 솔노크 시에도 저희 모레툼 교단의 지부가 있는 것으로 알고 있습니다. 제가 한번 그쪽을 뚫어보지요."

"아하!"

"그거 묘수가 맞네. 허허허. 신관님이 아니었으면 정말 여러모로 힘든 여정이 될 뻔했소. 어허허허."

헤스티아와 바이칼이 동시에 반색을 했다.

일행은 언덕을 내려가 솔노크로 발걸음을 옮겼다. 이윽고 도도하게 흐르는 강물이 일행의 앞을 가로막았다. 마법의 힘으로 움직이는 고속정이 선착장으로 다가왔다.

"어디서 오셨습니까?"

고속정의 갑판 위에서 솔노크의 수병들이 이탄 일행을 훑어보았다. 수병들은 비늘 갑옷을 입고 오른손에는 삼지창, 왼손에는 둥근 방패를 착용한 모습들이었다. 그들의 손가락 사이엔 물갈퀴의 흔적이 엿보였다.

손가락과 발가락 사이에 물갈퀴의 흔적이 남아 있고, 명치 어림에 비늘 몇 개가 돋아난 것이 바로 비치족의 특징.

바이칼의 뒷목에 돋은 뿔을 발견한 탓인지 솔노크의 수병들이 눈을 찌푸렸다.

바이칼이 뒤로 빠졌다. 대신 이탄이 일행을 대표하여 앞에 나섰다. 이탄은 오른 주먹 위에 왼손을 덮어 인사했다.

"우리는 모레툼 님의 보살핌을 받는 사람입니다. 솔노크 시의 지부를 방문하러 온 것이니 출입을 허가해주시지요."

"엇? 모레툼 교단의 분들이시오?"

솔노크의 수병들이 이탄을 유심히 살폈다. 이탄의 복장과 유척 등을 꼼꼼히 살펴본 다음, 수병 한 명이 대표로 말했다.

"거기 선착장에서 잠시 기다려주시죠. 모레툼 지부에 연락을 보냈으니 곧 답변이 올 겁니다."

"알겠습니다."

이탄은 순순히 수병들의 지시에 따랐다.

곧 온다던 답변은 한 시간이 지나도록 오지 않았다. 수병들도 슬슬 짜증을 내었다.

"모레툼 교의 신관 맞으신가요?"

수병 가운데 한 명이 이탄을 의심스럽게 바라보았다.

Chapter 3

"휴우."

이탄이 한숨과 함께 유척을 빼들었다.

"뭐얏?"

"여기서 난동을 피우겠다는 뜻인가?"

수병들은 즉각 삼지창을 곤두세우고 방패로 몸을 가렸다. 수병들이 탄 고속정이 좌우로 출렁였다.

이탄이 재빨리 의도를 설명했다.

"안심하십시오. 저는 여러분들을 공격하려는 것이 아닙니다."

후오옹!

이탄의 유척에서 뿜어져 나온 빛이 수병 한 명의 뺨에 난 상처로 몰려들었다. 오늘 아침 수병이 면도를 하다가 생긴 상처가 감쪽같이 아물었다.

"보셨습니까? 이것이 바로 모레툼 님께서 제게 내리신 치유의 가호입니다."

이탄이 유척을 다시 허리춤에 꽂고 이렇게 설명했다.

수병들이 서로의 얼굴을 마주 보았다.

"치유의 가호라면 귀한 거 아냐?"

"맞아. 우리 솔노크 지부의 신관들 중에서 치유의 가호를 펼치실 수 있는 사람은 고작 대여섯뿐이라고 했어."

"진짜 모레툼 교단의 신관이잖아."

이탄을 향한 수병들의 눈빛이 한결 호의적으로 변했다.

잠시 후, 기다리던 연락이 왔다. 크리스털 단말기를 통해 확인을 마친 수병들은 고속정을 선착장에 대었다.

"배에 오르시죠."

"저희가 모레툼 지부로 모셔다드리겠습니다."

이탄을 대하는 수병들의 태도는 호의적이었다. 트루게이

스에서는 모레툼교를 고리대금업자쯤으로 취급하는 분위기인데, 이곳 솔노크에서 받는 대우는 전혀 딴판이었다.

그도 그럴 것이 모레툼은 은화, 즉 상업을 상징하는 신이었다. 강과 바다를 이용한 상업 활동으로 부를 쌓아온 비치 일족과 모레툼은 서로 상성이 잘 맞을 수밖에 없었다.

물 위를 날아가듯이 운항한 고속정이 모레툼 지부에 도착했다.

"다 왔습니다."

솔노크의 수병들은 이탄 등을 지부 1층 선착장에 내려주었다. 건물에 자체 선착장을 갖추고 있는 모레툼 지부는 높이가 24층에 달하였으며, 건물 외관은 온통 번쩍거리는 은으로 장식되어 있었다.

"트루게이스 지부의 방문을 환영합니다. 저는 수움이라고 합니다."

선착장에 마중을 나온 장신의 청년이 이탄을 향해 모레툼식 인사를 건넸다.

남색과 흰색이 교대로 섞인 의복에, 가죽신을 매치한 수움의 옷차림은 이탄과 똑같았다. 심지어 허리춤에 유척을 하나 꽂은 모습까지도 동일했다.

이탄의 왼쪽 눈에 정보가 떠올랐다.

— 종족: 비치 일족 (신관)

— 주무기: 유척

— 특성 스킬: 간파의 가호

— 성향: 백

— 레벨: C+

— 주 출몰지역: 언노운 월드 강변, 혹은 해변

— 출몰빈도: 중간

이탄이 오른 주먹에 왼손을 덮어 마주 인사했다.

"수움 님, 반겨주셔서 고맙습니다. 저는 트루게이스 지부의 이탄입니다."

"네. 총단에 확인해보았습니다. 3년 전에 거액의 기부를 약조하고 지부 하나를 가맹 계약……, 아니 신관 서품을 받으셨더라고요."

이탄을 향한 수움의 눈빛에 탐색하는 듯한 기미가 엿보였다.

이탄은 모르는 척하고 그 눈빛을 받아넘겼다.

"맞습니다. 3년 전에 지부를 만들면서 모레툼 님의 가호를 받았습니다."

"그러시군요. 그나저나 우리 솔노크 지부를 방문하신 목적을 여쭤봐도 될까요?"

310 이탄

수움은 여전히 경계를 풀지 않았다.

이탄이 방문 목적을 대충 둘러대었다.

"딱히 목적이 있는 건 아닙니다. 그저 제가 퍼듐 시로 가는 중에 잠시 들르게 되었습니다. 허락해주신다면 하루 정도 머물면서 이곳 솔노크 지부가 이토록 번창한 비법을 배우고 싶습니다."

"음."

수움이 짧게 고개를 끄덕였다. 그리곤 다시 물었다.

"동료분들은 신관은 아니시지요?"

"안타깝게도 저만 신관입니다. 나머지 분들 가운데 일부는 신도들이고요."

이탄은 솔직하게 대답했다. 상대가 간파의 가호를 특성스킬로 지녔다면 함부로 거짓말을 해서는 안 될 것 같았다.

수움은 그제야 이탄 일행을 안으로 안내했다.

"일단 일행분들께서 머물 숙소를 안내해드리겠습니다. 그리고 이탄 님께서는 잠시 저와 같이 가시지요. 다른 신관님들을 소개시켜 드리겠습니다."

"감사합니다."

이탄이 정중하게 대답했다.

헤스티아 등이 숙소에 짐을 푸는 동안, 이탄은 수움의 안내를 받아 둥그런 원판 위에 올라섰다. 원판이 바닥에서

10 센티미터 높이로 떠올라 이탄을 건물 20층까지 이동시켜 주었다.

"역시, 잘 나가는 지부는 다르군요."

이탄이 부러운 듯 중얼거렸다.

수움은 희미한 미소로 그 말을 받았다.

"저희는 이탄 신관님의 지부와 다르게 총단에서 직접 운영하는 직영 지부니까요."

모레툼 교단의 각 지부들은 가맹점 체제로 돌아가는 경우가 대부분이지만, 그렇다고 모든 지부가 다 가맹 체제인 것은 아니었다. 이곳 솔노크와 같은 핵심 도시에는 모레툼 총단에서 직접 운영하는 직영 지부가 설립되었다. 또한 직영 지부에 배치되는 신관들은 이탄과 달리 총단에서 직접 교육을 받고 사제 서품도 정식으로 받은 진짜배기들이었다.

20층 대회의실에 도착하자 솔 강과 운하가 한눈에 굽어보였다. 회의실에 모여 있던 신관들이 우르르 일어났다.

'13명.'

이탄이 빠르게 숫자를 셌다.

그런 이탄의 귀에 수움의 설명이 들렸다.

"솔노크 지부에는 지부장님이신 주교님을 포함하여 총 24명의 신관이 있습니다. 이 가운데 열한 분은 외부에 출타 중이시고요."

수움은 신관 한 명 한 명을 이탄에게 소개시켜 주었다. 이탄은 신관들의 정보를 차곡차곡 머릿속에 담아두었다.

특히 주교가 눈에 두드려졌다.

— 종족: 비치 일족 (주교)

— 주무기: 유척

— 특성 스킬: 치유의 가호, 충전의 가호, 지둔의 가호

— 성향: 백

— 레벨: A—

— 주 출몰지역: 언노운 월드 강변, 혹은 해변

— 출몰빈도: 희박

'레벨이 A—면 바이칼보다 두 단계는 더 높구나. 3년 전 나를 듀라한으로 만든 그 마녀와 나를 납치했던 괴한을 제외하면 지금까지 내가 만난 자들 가운데 최강자다.'

이탄은 무릎까지 길게 수염을 기른 배불뚝이 주교를 눈여겨보았다.

주교의 이름은 아나톨.

가호는 무려 3개나 되었는데, 이 가운데는 이탄이 지니고 있는 치유의 가호도 포함되었다. 게다가 아나톨은 지둔

의 가호까지 보유했다.

'지둔'은 땅의 방패를 의미하는 고대어이며, '지둔의 가호'는 '방패의 가호'의 상위 개념이었다. 다시 말해서 이탄이 방패의 가호를 갈고 닦아 업그레이드를 시키면 지둔의 가호가 되는 것이고, 그 지둔의 가호를 한 단계 더 업그레이드하면 천둔의 가호까지 발전한다는 뜻이었다.

예를 들어서 방패의 가호가 개인 방어에 최적화된 스킬이라면, 지둔의 가호는 1,000명 단위의 군대를 방어할 수 있는 개념이었다. 그리고 마지막 천둔의 가호는 도시 하나를 거뜬히 지켜낸다는 말이 떠돌 정도였다.

Chapter 4

이탄이 아나톨을 살피는 동안, 아나톨 주교도 호기심 가득한 얼굴로 이탄을 관찰했다. 아나톨이 사람 좋게 너털웃음을 흘렸다.

"껄껄껄. 이거 기분이 무척 좋군. 다들 알겠지만 사실 우리 모레툼 님이 좀 짠 편이시거든. 껄껄껄. 그래서 보통은 신관 서품을 받아도 가호가 하나밖에 내려오지 않는데, 여기 이탄 신관은 무려 4개의 가호를 받았단 말이지. 덕분에

3년 전에 교단이 한 번 발칵 뒤집혔었어. 그런 은혜는 장장 수백 년 만에 처음 있는 일이었으니까 말이야. 한데 그 유명한 신관이 우리 지부를 다 찾아올 줄이야. 이거 영광이야. 껄껄껄껄껄."

"과찬이십니다."

이탄이 손사래를 쳤다.

4개의 가호라는 말에 다른 신관들의 눈빛이 돌변했다. 질투와 선망이 뒤섞인 신관들의 눈빛을 보면서 이탄은 속으로 쓴웃음을 지었다.

'이거 귀찮은 일이 발생할 분위기잖아? 에효오.'

이탄은 사람들의 주목을 받고 싶지 않았으나, 이미 엎질러진 물이었다.

다행히 아나톨이 나서서 귀찮은 일을 막아주었다.

"다들 바쁠 텐데 돌아가서 일들 보시게. 그리고 이탄 신관은 잠깐 시간 좀 내주지? 나와 차 한 잔 마시세."

주교의 권위는 이탄의 생각보다 더 대단했다. 아나톨의 말 한마디가 떨어지자 신관들은 군소리 없이 자리를 비켜주었다. 그러면서도 신관들은 이탄을 향해 호기심 어린 눈빛을 한 번씩 던지는 것을 잊지 않았다.

"나를 따라오게."

아나톨은 이탄을 23층의 지부장실로 데려갔다.

"네."

이탄이 아나톨의 뒤를 쫓았다.

수움도 한 발 뒤에서 이탄과 동행했다. 다른 신관들이 자리를 비켜주는 것이 반해, 수움은 배석해도 되는 모양이었다.

'아무래도 이 젊은 신관이 주교의 전폭적인 신임을 받는 듯하구나. 후우우.'

이탄이 남몰래 눈을 찌푸렸다. 이탄은 간파 능력자인 수움이 못내 부담스러웠다.

"어, 춥다."

이탄이 습관적으로 여우털 목도리를 입술까지 끌어올렸다.

"추운가?"

앞장서서 걷던 아나톨이 이탄을 돌아보았다.

이탄이 고개를 좌우로 흔들었다.

"아닙니다, 주교님. 제가 그냥 습관처럼 내뱉는 말이니 신경 쓰지 마십시오."

"그래? 거 희한한 습관을 지녔구면."

아나톨은 고개를 한 번 갸웃하고는 다시 발걸음을 옮겼다.

지부장실은 이탄의 예상보다 훨씬 더 크고 화려했다.

"거기 앉게."

아나톨 주교가 가리킨 것은 솔 강의 풍경이 한눈에 내려다보이는 가죽 의자였다. 이탄이 착석하자 단정한 차림의 여자 신도가 차를 두 잔 내왔다.

아나톨이 이탄의 맞은편에 앉았다.

수움은 의자에 앉는 대신 아나톨 주교의 뒤에 뒷짐을 지고 섰다. 이탄이 정면으로 보이는 위치였다.

아나톨이 이탄에게 차를 권했다.

"들게."

"네."

이탄은 은빛 찻잔에 담긴 선홍 빛깔의 차를 반 모금 들이켰다.

원래 이탄은 음식을 입에 대지 않는 편이었다. 특히 사람들 앞에서는 절대 식사를 하거나 음료를 마시지 않았다. 머리와 몸이 분리되어 있는 처지라 목에서 음식물이 줄줄 샐 위험이 있기 때문이었다.

하지만 주교가 권하는 음식을 거부하는 것은 예의가 아니었다. 이탄은 최대한 목구멍 중앙으로 찻물을 삼켜 물이 목 밖으로 새는 것을 방지했다.

"왜? 차가 입맛에 맞지 않은가?"

깨작거리는 이탄을 향해 아나톨이 물었다.

이탄이 쓴웃음을 지었다.

"아닙니다. 제가 궁벽한 산골에서 살다 보니 이런 귀한 차를 마시는 것이 영 어색합니다."

"껄껄껄껄. 그런가? 하긴, 이곳 솔노크에 비하면 트루게이스가 산골이긴 하지."

호탕하게 웃음을 웃은 뒤, 아나톨이 본론을 꺼내들었다.

"그나저나 자네는 언제까지 트루게이스에 처박혀 있을 셈인가?"

"네?"

"아까도 말하였지만, 모레툼 님으로부터 4개의 가호를 받은 신관이 탄생한 것은 무려 수백 년 만에 처음이라네. 총단의 어르신들이 자네에게 관심이 많아."

아나톨이 은근한 눈빛으로 이탄을 바라보았다.

이탄은 최대한 겸손하게 응답했다.

"그거야 제가 운이 좋았을 뿐입니다. 그리고 트루게이스 지부는 이제 막 신앙이 뿌리를 내린 터라 아직 할 일이 많습니다."

"당연히 그렇겠지. 하지만 자네 같은 신관이 트루게이스 산골에 처박혀 있는 것은 우리 교단 입장에서는 큰 손실이라네. 트루게이스에 지부를 열면서 자네가 투자한 은화는 얼마든지 되돌려 줄 것이니 이제 큰물로 나오게."

"……."

이탄은 선뜻 답하지 못했다. 정체를 숨기고 살아야 하는 이탄의 입장에서 큰물로 나오기란 쉽지 않은 선택이었다.

아나톨이 이마를 살짝 찌푸렸다.

"왜 대답이 없나?"

"잠시 주교님의 말씀을 되새기고 있었습니다. 한번 고민해 보겠습니다."

"껄껄껄껄. 이 사람도 참 신중함이 지나치군. 뭐, 경박한 것보다는 신중한 편이 낫지. 껄껄껄. 그래서, 언제까지 고민할 참인가?"

"퍼듐 시에 다녀올 때까지만 시간을 주십시오. 돌아오는 길에 솔노크에 다시 들려서 답을 드리겠습니다."

이탄은 이런 말로 둘러대었다. 머릿속으로는 '돌아올 때 솔노크에 들리지는 말아야지.' 라는 생각을 품었다.

그때 수움이 끼어들었다.

"거짓말입니다."

"응?"

아나톨이 수움을 돌아보았다.

이탄은 가슴이 철렁했다.

Chapter 5

'젠장. 저자가 간파의 스킬을 지녔지.'

이탄이 주먹을 꽉 움켜쥐었다.

이미 파악했다시피 수웁은 모레툼으로부터 간파의 가호를 받았다.

'그 점이 못내 찜찜하였는데, 거짓말을 하자마자 간파를 당했구나. 이런 멍청이. 왜 저자를 생각하지 못했지?'

이탄이 자책했다.

아나톨이 고리눈으로 이탄을 노려보았다.

"자네, 나에게 거짓말을 하였나?"

이탄은 한숨과 함께 솔직한 마음을 털어놓았다. 간파 능력자 앞에서 거짓말을 해봤자 소용이 없었다.

"후우우. 죄송합니다. 하지만 퍼듐 시에 다녀올 동안 주교님의 권고를 고민해 본다는 말은 사실이었습니다. 다만, 그때까지 마음의 결정을 내리지 못할 것 같았지요. 그래서 돌아올 때는 이곳 솔노크를 피하려고 생각했었습니다. 죄송합니다."

이탄이 순순히 시인하자 아나톨의 눈에 어린 노기가 다소 누그러들었다.

"퍼듐은 꽤 먼 곳이지. 거길 다녀올 동안 마음의 결정을 내리지 못하겠다니, 이거 의외로 우유부단하구먼. 쩌업."

아나톨이 입맛을 다셨다.

이탄이 사과를 덧붙였다.

"거듭 죄송합니다. 트루게이스는 제가 처음으로 신관 서품을 받고 의욕적으로 포교 활동 중인 곳이라 애착이 무척 큽니다. 주교님께서 제게 좋은 기회를 주신 것은 아는데, 그 애착 때문에 선뜻 마음의 결정을 내리지 못하겠습니다."

"그래. 뭐, 그럴 수도 있지. 좁은 물에서 놀다 보면 그게 세상의 전부인 줄 알게 마련이거든. 하지만 잘 생각해 보게. 사람이 크려면 큰물에서 놀아야 해."

아나톨이 두 팔을 활짝 벌려 과장된 몸짓을 보였다.

이탄이 맞장구를 쳤다.

"주교님의 말씀이 옳습니다. 비록 제가 우유부단하여 마음의 결단을 쉽게 내리지는 못하였지만, 이거 하나는 믿어주십시오. 만약 제가 좁은 물을 벗어나서 큰물로 뛰어든다면, 반드시 주교님의 품으로 뛰어들겠습니다."

이탄은 아나톨이 가장 듣고 싶어 하는 말을 해주었다.

아나톨이 등 뒤를 휙 돌아보았다.

수움이 얇은 입술을 열었다.

"지금 이탄 신관이 한 말은 진심입니다."

그 즉시 아나톨의 입이 귀에 걸렸다.

"껄껄껄. 이거 이 사람도 참. 내가 굳이 그런 뜻으로 자네에게 큰물을 권한 것은 아니야. 껄껄껄. 하지만 모레툼 교단 내에서 이 아나톨이 몇 안 되는 실력자인 것은 분명하지. 껄껄껄. 좋아. 내가 솔직하게 말하지. 자네 혹시 비크 추기경님의 존함을 들어보았나?"

비크 추기경은 모레툼 교단의 실세 중의 실세였다. 그는 차기 교황 하마평에 오르내리는 몇 안 되는 거물 중 하나로, 교단 내에서 영향력이 어마어마하게 큰 것으로 알려져 있었다.

이탄이 고개를 주억거렸다.

"그분의 존함을 모르는 신관이 어디 있겠습니까? 하오시면 주교님께서는 비크 추기경님과……."

이탄이 은근히 말꼬리를 흐렸다.

아나톨이 손바닥으로 자신의 가슴을 탕탕 두드렸다.

"이 아나톨, 비크 추기경님을 세상 꼭대기에 올려드리기 위해 심장이 터지도록 뛰고 있다네. 이미 교단에서 알 만한 사람들은 암암리에 다 알고 있어. 이 아나톨이야말로 비크 추기경님의 오른팔이라고 말이야. 껄껄껄."

아나톨은 오른팔에 힘을 꽉 주어 근육을 드러내며 호방하게 말하였다. 그 다음 이탄을 향해 상체를 수욱 내밀었다.

"어떤가? 이만하면 이탄 신관을 받아들일 만한 큰물이 아닌가? 자네, 내게로 오게. 이 아나톨이 자네가 무럭무럭 자랄 수 있는 큰물이 되어주겠네."

이탄을 응시하는 아나톨의 두 눈이 횃불처럼 이글이글 타올랐다.

이 정도로 강한 권유를 받고도 거절한다면 이탄의 앞날에 여러 가지 불이익이 발생할 것이 분명했다.

'트루게이스에 몸을 숨긴다고 해서 해결될 일이 아니구나.'

빠르게 상황을 판단한 이탄은 고개를 짧게 끄덕였다.

"알겠습니다. 퍼듐에서 돌아오는 길에 주교님을 꼭 찾아뵙겠습니다. 그리고 그때 확답을 드리겠습니다."

아나톨이 수움을 돌아보았다.

수움이 얇은 입술을 열었다.

"지금 이탄 신관이 한 말은 진심입니다."

아나톨이 활짝 웃었다.

"좋아. 좋아. 퍼듐을 다녀오려면 보름가량 걸리겠지. 그때 답을 주게."

"네."

이제 용건이 마무리되었다. 이탄은 차를 그대로 남긴 채 지부장실에서 물러났다.

이탄이 자리를 뜬 뒤, 아나톨이 수움에게 손짓을 했다.

수움이 아나톨의 맞은편에 얌전히 앉았다.

"수움, 네가 보기에 어떠냐?"

"이탄 신관 말입니까?"

"그래. 그가 어떤 사람인 것 같더냐?"

"……."

수움은 쉬이 대답하지 못했다.

아나톨이 이마를 살짝 찌푸렸다.

수움은 잠시 생각을 정리한 다음 입을 열었다.

"그는…… 정확하게 읽히지가 않습니다."

"뭐어? 네 간파의 능력으로도 읽히지 않는다고? 조금 전에 그가 하는 말이 거짓인지 진실인지는 파악했잖아?"

수움이 고개를 주억거렸다.

"단편적으로는 파악이 됩니다. 주교님께서 질문하시고, 이탄이 대답을 할 때 그 대답이 진짜인지 거짓인지는 보입니다. 하지만 그가 입을 다물고 있을 때 속마음이 보이지 않습니다. 무언가에 한 겹 둘러싸기라도 한 것처럼 시커먼 어둠뿐입니다. 컴컴한 어둠……."

수움이 부르르 진저리를 쳤다.

"호오?"

아나톨이 눈을 동그랗게 떴다. 푹신한 의자에 등을 파묻고 깍지 낀 손에 턱을 괸 아나톨은 빙글빙글 웃었다.

"속이 읽히지 않는단 말이지? 온통 캄캄하단 말이지? 후후후후. 수움?"

"네, 주교님."

"일전에 네가 했던 말이 떠오르는구나. 네가 내 속을 간파하려 시도했을 때, 너는 내게서 무엇을 보았더냐?"

수움이 도리질을 했다.

"아무것도. 진짜로 아무것도 보지 못하였습니다. 주교님을 간파할 수 없었습니다."

"그때 너는 간파가 막혀서 앞이 캄캄했다고 말했다. 맞지?"

"그렇습니다."

수움이 어정쩡하게 고개를 끄덕였다.

아나톨이 껄껄 웃었다.

"껄껄껄. 그때도 캄캄했는데 오늘도 캄캄했다? 그렇다면 이것은 너의 스킬이 지닌 한계가 아니겠느냐? 아마도 어느 레벨 이상의 능력자에게는 너의 간파 스킬이 잘 통하지 않는 것일 게야. 껄껄껄. 그렇다면 이탄, 그 녀석이 그만큼 보물이라는 뜻인데? 껄껄껄. 최소한 이 아나톨과 어깨를 나란히 할 수준이란 말인가?"

"그럼 위험할 수도 있지 않겠습니까?"

수움이 걱정스레 여쭸다.

아나톨이 호탕하게 웃었다.

"껄껄껄껄. 나보다 못한 사람만 품어서야 내가 어찌 큰물이라고 자부할 수 있겠는가? 마땅히 나와 견줄 수 있는 능력자, 혹은 나를 뛰어넘는 능력자까지 다 품을 수 있어야 비로소 큰물인 게지. 껄껄껄껄."

딴은 그러했다. 수움이 아나톨을 진심으로 섬기는 이유도 아나톨의 그릇이 그만큼 크기 때문이었다.

Chapter 6

"껄껄껄껄."

호방하게 웃는 아나톨 앞에서 수움은 곰곰이 생각에 잠겼다. 솔직히 수움의 머릿속에는 한 가닥 불안감이 가시지 않았다.

'주교님에 대한 간파가 막혔을 때 내가 받은 느낌은 마치 깊은 강물 속을 들여다보는 것 같았어. 어느 정도까지는 들여다보이지만, 깊이가 너무 깊어지면 그 안쪽까지는 볼 수는 없는 느낌. 하지만 직접 물속에 뛰어들면 볼 수도 있다는 느낌말이야.'

이탄은 달랐다. 수움이 이탄을 간파하려고 할 때 받은 느낌은 암흑, 그 자체였다. 사방이 온통 시커먼 어둠으로 둘러싸여 있어 한 치 앞도 볼 수 없는 그런 암흑. 빛이 단 0.1밀리미터도 침투할 수 없는 절대 어둠.

조금 전 수움은 이탄을 간파하려다가 숨이 턱 막혀버렸다.

'불안해. 과연 주교님께서 그를 품으실 수 있을까? 거꾸로 주교님께서 그 어린 신관에게 잡아먹히시는 것은 아니겠지?'

수움의 머릿속에 문득 이런 우려가 깃들었다.

'설마 그럴 리는 없겠지. 아나톨 주교님께서 어떤 분이신데. 절대 그럴 리 없어.'

수움은 이내 머리를 흔들어 말도 안 되는 잡념을 털어내었다. 그가 아는 아나톨은 도도하게 흐르는 솔 강처럼 크고 강한 사람이었다.

'비크 추기경님이 차기 교황에 오르시고 나면, 아나톨 주교님은 그 뒤를 이어 차차기 교황님이 되실 분이시다. 분명 그리 되실 거야.'

수움은 이렇게 확신했다.

이탄 일행은 솔노크 시에서 꼬박 48시간을 머물렀다. 킬리융 형제가 공간 점프를 하기 위한 에너지는 진즉에 충전 완료되었으나, 부상이 심한 사람들이 많아서 쉬이 출발하기 어려웠다.

휴식을 취하는 짬짬이 이탄은 스얌과 모드융을 치료했다.

아나톨 주교는 더 이상 이탄을 찾지 않았다. 솔노크를 출발하기 전, 이탄이 아나톨에게 작별인사를 하고자 했으나 아나톨은 그것도 받지 않았다.

"돌아오는 길에 들린다고 했으니 그때 보지."

이것이 아나톨의 전언이었다.

수움이 주교의 말을 이탄에게 대신 전하였다. 이탄은 수움에게만 작별인사를 하고 솔노크 시를 떠났다.

킬리융이 먼저 1,500 킬로미터를 점프하였다. 바로 이어서 틸리융이 나머지 1,500 킬로미터를 뛰어넘었다. 그렇게 3,000 킬로미터를 점프하여 일행이 도착한 곳은 수풀이 짙게 우거진 숲속이었다.

"숲길을 따라 북동쪽으로 조금이라도 이동합시다. 오늘 밤은 이 숲에서 야영을 하고 다시 점프하는 것이 좋겠소."

바이칼이 일행을 진두지휘했다.

헤스티아는 별말 없이 바이칼의 지휘를 따랐다.

말이 숲길이지, 사실은 길이라고 부를 수도 없었다. 바이칼은 동물들이 지나는 길을 따라 일행을 안내하였다. 길은 거칠고 험했다. 바이칼이 대검으로 우거진 나뭇가지를 쳐내면서 길을 만들면, 나머지 사람들이 그 뒤를 따르는 방식이었다. 다행히 마운틴족은 이런 환경에 익숙했다. 행군 중에 뒤처지는 사람은 아무도 없었다.

2시간을 내리 걷고, 20분을 쉬고.

또다시 2시간을 행군하고 20분을 쉬었다.

식사는 행군 중에 사냥을 통해 해결했다. 바이칼이 사냥감을 잡아오면 리리모와 티케가 손질을 하고 요리를 만들었다. 특히 리리모의 솜씨는 놀라워서, 그녀가 죽은 동물에게 식칼만 대면 가죽이 술술 벗겨지고 살이 말끔하게 발라내졌다. 다들 리리모의 재료 다듬는 솜씨에 놀랐다.

이탄이 속으로 씩 웃었다.

'후훗. 역시 도살 스킬의 보유자답군.'

식사를 마친 후에는 다시 행군이 이어졌다.

"힘들지? 이리 줘라."

중간에 이탄이 티케의 배낭을 빼앗아 들었다. 티케는 본인의 배낭과 헤스티아의 배낭을 함께 짊어지고 있었다.

"앗. 괜찮아요."

티케가 손사래를 쳤지만, 이탄은 묵묵히 티케의 배낭을 대신 메었다.

헤스티아가 이탄을 힐끗 돌아보았다. 그리곤 이탄이 멘 배낭이 티케의 것임을 확인하고는 곰곰이 생각에 잠겼다.

이탄은 리리모의 배낭도 대신 들었다.

리리모와 티케가 무척이나 얼떨떨한 눈빛으로 이탄을 바라보았다.

'신관님은 바늘로 찔러도 피 한 방울 안 나올 사람인 줄 알았는데, 꼭 그렇지만도 않은가 봐.'

'그러게 말이에요.'

이탄을 바라보는 그녀들의 눈빛이 묘해졌다.

그렇게 몇 번씩 짐을 나눠 들다 보니까 사람들도 이탄의 행동에 신경을 쓰지 않았다. 이탄이 노리는 점이 바로 이거였다. 이탄은 짐을 나눠 드는 척하면서 헤스티아의 배낭을 슬쩍슬쩍 터치했다.

'이상하다? 아무런 느낌이 오지 않아.'

이탄은 배낭을 직접 만져보면 무언가 느낌이 올 것이라고 예상했다.

그 예측이 틀렸다. 이탄이 헤스티아의 배낭을 아무리 건드려 터치해 보아도 감이 잡히지 않았다.

'그럼 뭐지? 대체 무엇 때문에 언데드들이 미친 듯이 우리에게 달려든 거야? 설마 배낭 속까지 뒤져봐야 답이 나오려나?'

이탄이 이런 고민을 할 때였다. 선두에서 바이칼의 걸걸한 목소리가 들렸다.

"정지. 오늘은 여기서 야영합시다."

바이칼이 지목한 곳은 붉은 절벽 아래 형성된 공터였다.

킬리웅 형제가 맞장구를 쳤다.

"절벽을 등지고 있으니 뒤에서 습격받을 염려는 없고, 사방이 탁 트였으니 불침번을 서기도 좋겠네요."

"근처에 개울가도 있으니 식수도 확보하기 좋고요. 딱이네. 딱이야."

주술사 형제의 말이 옳았다. 바이칼은 야영을 하기에 안성맞춤인 장소를 찾아내었다. 여자들이 물을 길어오는 동안 남자들은 천막을 치고 잠자리를 마련했다. 바이칼과 이탄은 주변에 위험이 없는지 한 바퀴 탐색했다.

딱히 문제가 될 만한 것은 발견되지 않았다.

제7화

데스 울프의 습격

Chapter 1

숲에서는 별이 가까이 떴다. 새까만 밤하늘에 박힌 별들은 황홀할 정도로 찬란하게 빛났다. 동쪽 밤하늘에는 3개의 달이 줄줄이 연달아서 떠올랐다.

이탄은 모닥불과 조금 떨어진 곳에서 불침번을 섰다.

고요한 숲 저 멀리서 이따금씩 늑대 울음소리가 들리는 것을 제외하면, 참으로 평화로운 밤이었다.

안타깝게도 평화는 그리 길지 않았다.

"이런 젠장."

불길한 기운을 감지한 이탄이 벌떡 일어났다.

어두운 숲 곳곳에서 시뻘건 눈동자들이 우르르 떠올랐다.

크르르르, 크르르르—.

낮은 포효가 땅을 진동시켰다.

3개의 눈을 가진 잿빛 늑대들.

몸이 반쯤 썩어 허옇게 뼈가 드러난 이 세눈박이 늑대들은 수사자보다 어깨가 한 뼘쯤 더 높았고, 온몸에서 죽음의 기운이 스멀스멀 피어올랐다.

그런 늑대들 수천 마리가 일행을 포위하여 성큼성큼 다가서는 중이었다.

"데스 울프 무리구나."

이탄이 탄식했다.

이탄의 왼쪽 눈에 띠링하고 정보가 올라왔다.

— 종족: 데스 울프(Death Wolf)

— 주무기: 발톱, 이빨

— 특성 스킬: 무리 사냥 (공격력 증가분: 개체수 x 0.1, 방어력 증가분: 개체수 x 0.1)

— 성향: 흑

— 레벨: B—에서 A0

— 주 출몰지역: 언노운 월드 원시림

— 출몰빈도: 희박

데스 울프는 언데드 일족 가운데 무리 사냥에 가장 능하다고 알려진 마물들이었다. 이들은 사자나 곰 같은 맹수들은 한 입에 물어 죽이고, 기사의 철갑옷도 발톱으로 거침없이 찢어발긴다고 알려져 있었다.

특히 데스 울프의 특성 스킬은 사기나 다름없었다. 개체 수가 열 마리 모이면 전체 데스 울프의 공격력과 방어력이 100퍼센트 증가한다. 즉 모든 데스 울프가 두 배 강해지는 셈이었다. 만약 일정 범위 안에 개체 수가 스무 마리 모이면 공격력과 방어력이 세 배로 증가. 100마리면 무려 열한 배나 강해지는 셈이었다.

이탄이 어금니를 꽉 물었다.

"기상! 기상!"

이탄의 카랑카랑한 음성이 숲을 떨어울렸다.

"뭐얏?"

코를 드르렁 드르렁 골던 바이칼이 침낭을 박차고 일어났다.

"헙."

단잠에 빠져 있던 헤스티아도 반사적으로 몸을 일으켰다.

커헝!

숲에서 튀어나온 데스 울프 한 마리가 그대로 이탄을 덮쳤다. 사자보다 더 육중한 덩치가 무려 수십 미터를 도약하여 이탄을 덮치는 모습이 실로 위협적이었다.

이탄은 오른 주먹에 방패의 가호를 두른 다음, 데스 울프를 후려쳤다.

빛의 방패와 데스 울프의 앞발이 맞부딪쳐 콰창! 소리를 내었다. 이탄이 뒤로 서너 걸음 밀렸다. 반면 데스 울프는 땅에 가볍게 착지하였다가 다시 도약했다.

이탄이 한 마리와 싸우는 사이 숲에서 데스 울프들이 떼거지로 뛰쳐나왔다. 3개의 시뻘건 눈알을 번들거리며 달려드는 데스 울프의 모습에 사람들이 기겁했다.

"킬리융, 영애님을 보호하라."

바이칼이 3 미터짜리 대검을 휘두르며 뛰쳐나왔다.

"옛."

킬리융이 즉각 헤스티아의 앞을 막아섰다. 리리모와 티케, 그리고 헤스티아의 시녀가 헤스티아의 주변에 달라붙었다.

"이놈들."

바이칼의 대검이 풍차처럼 회전하여 데스 울프 세 마리를 연속으로 후려쳤다. 대검에 어린 빛이 데스 울프의 살점을 베고 심각한 상처를 안겨주었다.

하지만 데스 울프들은 몸이 날래고 영리했다. 처음에는

바이칼의 공격에 피해를 입었지만, 곧 바이칼의 공격 범위를 파악하고는 그 범위 안으로는 쉽게 접근하지 않았다.

크르르, 크르르르.

바이칼을 포위한 데스 울프들이 고개를 낮추고 위협적으로 으르렁거렸다. 데스 울프들의 누런 이빨에는 썩은 살점들이 덕지덕지 달라붙어 있어서 고약한 냄새를 풍겼다.

이탄이 빛의 방패를 양손에 두르고 데스 울프 무리 한복판으로 뛰어들었다.

"헤스티아 님."

이탄이 목청을 높이자 헤스티아가 반응했다.

퍼엉, 화르륵!

헤스티아는 곧장 마법을 날려서 이탄의 주변에 녹색 불꽃을 떨어뜨려 주었다. 그녀의 특성 스킬인 화로의 덫이 이탄의 신성력을 크게 북돋아 주었다.

이탄은 빛의 방패로 데스 울프들을 후려치고, 중간중간 그 방패를 터뜨려 빛의 파편으로 적들을 도륙했다.

이탄 주변에 온몸이 너덜너덜해진 데스 울프들이 움직임을 멈추고 쓰러졌다.

크아앙!

그때 숲속에서 강한 울음이 터졌다. 시뻘건 눈알을 번들거리는 데스 울프 무리가 우수수 뛰쳐나와 이탄을 포위공격 했다.

이탄은 온몸에 빛의 방패를 두른 채 언데드 무리 속으로 뛰어들었다. 방패의 가호로 데스 울프의 발톱을 막아내고, 주먹으로 데스 울프의 아가리를 박살 내고, 무지막지한 악력으로 데스 울프의 머리통을 붙잡아 으깨버리는 이탄의 모습은 그야말로 버서커, 즉 광전사를 보는 듯했다.

"신관님."

멀리서 헤스티아가 화로의 덫을 한 번 더 날렸다.

이탄은 활활 타오르는 신성력을 방패에 잔뜩 불어넣어 쾅! 터뜨렸다. 사방으로 터져서 날아가는 빛의 파편이 언데드 늑대들을 떼몰살 시켰다.

크아아앙!

숲속에서 또 한 번 울음이 터졌다. 이 울음을 터뜨리는 녀석이 데스 울프 무리의 우두머리이리라.

"바이칼 님, 적의 대장부터 거꾸러뜨려야 합니다. 그래야 활로를 뚫을 수 있습니다."

이탄이 악을 썼다.

바이칼이 대검을 미친 듯이 휘두르며 이탄에게 다가왔다. 바이칼의 등과 어깨에는 데스 울프에게 당한 상처가 한가득이었다.

"신관님의 말씀이 맞소."

이탄과 눈을 마주친 바이칼이 고개를 끄덕였다.

Chapter 2

이탄과 바이칼이 눈짓으로 신호를 주고받았다.

다음 순간,

"크와아아압."

서슬 퍼런 기합과 함께 바이칼이 앞으로 튀어나갔다.

콰콰콰콰콰!

광풍과 함께 휘몰아친 대검의 기운이 데스 울프 서너 마
리를 그대로 찢어발겼다.

그 타이밍에 맞춰서 이탄도 몸을 날렸다.

"이익."

바이칼의 가랑이 사이로 슬라이딩한 이탄은 벌떡 일어나
몸 둘레에 빛의 방패를 두른 뒤 활짝 뚫린 빈 공간으로 파
고들었다.

이탄을 막기 위해 데스 울프들이 달려들었다.

이탄이 한발 빨랐다. 이탄은 적의 방해를 받지 않고 숲속
으로 점프했다.

하지만 숲에 들어갔다고 해서 모든 것이 해결되는 것은

아니었다. 진짜 전투는 이제부터 시작이었다.

숲에 들어가자 우두머리를 지키는 호위병 데스 울프들이 이탄의 앞을 막았다. 이탄은 아예 방어를 포기했다. 온몸에 두른 방패의 가호를 믿고 전력을 다해 앞으로 치달렸다.

크아앙!

우두머리가 한 번 더 포효를 질렀다. 온 숲에서 데스 울 프들이 무더기로 쏟아져 나와 이탄의 앞을 가로막았다. 데 스 울프들의 수가 늘어나자 그들의 공격력과 방어력도 그 에 비례하여 증폭되었다.

이탄은 적들이 밀집하기 전에 빛의 방패를 터뜨렸다.

깨개갱 소리와 함께 데스 울프 여러 마리가 떼죽음을 당 했다. 주변 나무들이 와그작 부서지고, 또 쓰러졌다.

이탄은 한 번 더 빛의 방패로 몸을 가리고 적진돌파를 시 도했다.

크헝!

등 뒤에서 달려든 데스 울프가 온 힘을 다해 이탄의 어깨 를 깨물었다.

이 지독한 언데드에게 물렸으니 원래는 이탄의 살점이 뜯기고 어깨뼈가 으스러져야 정상이었다.

하지만 웬걸?

상황은 정반대였다. 빠가각 소리와 함께 오히려 데스 울프의 이빨이 부서졌다.

이탄의 어깨에 형성된 빛의 방패 덕분이었다. 이탄의 허벅지에도 데스 울프 세 마리가 매달렸다. 이번에도 방패의 가호가 이탄의 신체를 보호해주었다.

대신 이탄의 몸도 약간 주춤했다. 사자보다도 더 육중한 데스 울프들이었다. 그런 괴물들을 네 마리에 매달고 뛰려니 힘이 달렸다.

"이이익."

이탄이 어금니를 꽉 물었다.

이탄의 허벅지 근육이 강하게 벌크업했다. 이탄은 괴력을 발휘하여 온몸을 날렸다. 눈앞에서 달려드는 데스 울프 두 마리를 손으로 쳐내고, 양옆에서 달려든 데스 울프 세 마리를 옆구리에 매단 채, 총 일곱 마리를 데스 울프를 끌어안고 숲 한복판으로 뛰어든 이탄은, 얼마 지나지 않아 적 우두머리와 만나게 되었다.

황소보다도 훨씬 큰 덩치에, 3개의 눈을 시뻘겋게 번뜩이는 거대한 잿빛 늑대!

'이놈이구나.'

보는 순간 직감이 왔다. 이탄은 총 일곱 마리의 데스 울프를 몸에 매달고 적 우두머리에게 돌진했다.

크앙!

우두머리가 이탄을 향해 몸을 마주 날렸다. 바위도 한 방에 부숴버릴 듯한 거대한 앞발이 이탄의 머리 위로 떨어졌다.

이탄은 몸에 두른 방패의 가호를 한꺼번에 폭발시켰다.

콰콰쾅!

적 우두머리의 왼발이 강력한 폭발에 휘말려 그대로 날아갔다. 우두머리는 발을 잃은 타격에도 눈 하나 깜짝하지 않았다. 오히려 더 적극적으로 아가리를 들이밀어 이탄의 머리통을 그대로 씹었다.

방패가 터지면서 생긴 짧은 틈이 문제였다. 이탄은 무방비 상태로 적의 공격을 허용하고야 말았다. 이탄이 미처 반응하지 못할 정도로 우두머리의 공격은 신속했다. 어지간한 단검보다도 더 커다란 이빨들이 이탄의 머리통을 우그적 씹었다. 그나마 남은 신성력 코팅막이 유리잔처럼 와장창 깨져나갔다.

"이런 쌍!"

이탄이 욕지거리를 뱉었다.

신성력이 무너지면서 이탄의 맨살이 적의 이빨에 노출되었다. 곱게 칠한 얼굴화장이 데스 울프 우두머리의 타액에 닿아 치이익 녹아버렸다. 앳된 신관의 모습은 사라지고 없었다. 대신 이탄의 창백한 피부가 그대로 드러났다.

이탄의 살갗을 뚫고 상대의 이빨이 파고들었다.

아니, 파고드는 듯하다가 다시 튕겨 나갔다. 우두머리의
이빨은 단 1밀리미터도 이탄의 살 속으로 파고들지 못하
고 콰드득 부서져 버렸다.

깨갱!

데스 울프 우두머리가 눈을 동그랗게 떴다.

"이런 망할 놈의 개새끼!"

우두머리의 악취 나는 아가리 속에서 이탄이 육두문자를
내뱉었다. 이윽고 이탄의 머리통이 목에서 똑 떨어져 나왔
다.

데스 울프 우두머리가 금속보다 더 단단한 이탄의 머리
통을 물고 어리둥절해 있을 때, 이탄의 손이 우두머리의 갈
비뼈를 으스러뜨리고 안쪽으로 파고들었다. 엷게 코팅된
신성력이 사라지자 이탄의 손에 그려진 마력순환로가 은근
하게 드러났다. 그 위로 어둠의 기운이 스멀스멀 피어올랐
다.

데스 울프도 언데드 일족이었다. 데스 울프 우두머리의
체내에도 언데드 특유의 음차원 마나가 흘렀다.

그 마나들이 이탄의 마력에 이끌려 휘청휘청 제멋대로
날뛰었다.

끄으억, 끄어어어억—.

데스 울프 우두머리가 미친 듯이 발광했다. 우두머리의 잿빛 털 사이로 기포가 부글부글 끓어오르고 살점이 흩어졌다.

이탄이 좀 더 힘을 주었다.

부글 부글 부글.

우두머리가 발광하는 와중에도 음차원의 마나는 점점 더 세차게 폭주했다.

제8화

동료의 죽음

Chapter 1

컹컹컹!

주변의 데스 울프들이 누런 어금니를 드러내어 이탄에게
달려들었다. 그들의 송곳 같은 이빨이 이탄의 몸 여기저기
에 박혔다.

아니, 실제로는 박히지 못했다. 그것들은 그저 이탄의 피
부 위만 긁다가 부러지고 뭉그러졌다. 오히려 데스 울프들
의 마나가 이탄의 마력순환로의 영향을 받아 폭주의 기미
를 보였다.

가장 심하게 발악하던 우두머리가 이내 온몸이 망가진
모습으로 변했다. 다른 데스 울프들도 마나 폭주를 맞아 비

참한 꼴이 되었다.

수십 마리의 데스 울프가 그렇게 이탄의 몸에 아가리를 밀착한 채 바르르 바르르 뒷발을 떨어댔다.

대신 이탄에게서 풍기는 어둠의 기운은 갈수록 짙게 농축되었다.

크르르, 크르르르.

데스 울프 잔당들이 자세를 낮추고 이빨을 드러내었다.

이건 공격 자세가 아니었다. 오히려 공포에 질려서 꽁무니를 빼려는 동작이었다. 이탄이 벼락처럼 옆으로 몸을 날렸다.

깨깽!

데스 울프 한 마리가 펄쩍 뛰어올랐다. 이탄은 그 데스 울프의 뒷다리를 손으로 낚아채 그대로 부욱 찢어버렸다. 데스 울프의 썩은 피가 이탄의 피부를 검붉게 물들였다. 데스 울프의 부패한 살점이 이탄의 온몸에 덕지덕지 붙었다.

이렇게라도 위장을 하자 이탄의 본모습이 감춰졌다.

이탄은 땅바닥에 굴러다니는 자신의 머리통을 찾아 목 위에 끼웠다. 철컥 소리와 함께 머리와 몸이 기분 좋게 맞물렸다.

끼이잉, 낑낑.

데스 울프들이 사타구니 사이에 꼬리를 감추고 뒷걸음질 쳤다.

이탄은 데스 울프들의 뒤를 쫓지 않았다. 대신 등을 돌려 동료들에게 돌아갔다.

이탄이 되돌아왔을 때, 야영지는 쑥대밭으로 변한 상태였다. 거의 코끼리 크기에 근접한 잿빛 그리즐리(곰의 한 종류)가 스얌의 머리통을 우적우적 씹었다. 한 번 머리가 씹힐 때마다 스얌의 팔다리가 퍼덕퍼덕 경련했다.

이탄의 왼쪽 눈에 정보가 떴다.

— 종족: 데스 그리즐리(Death Grizzly)

— 주무기: 발톱, 이빨

— 특성 스킬: 버서커(광분한 시간 내에 공격력 8배 증폭, 방어력 16배 증폭), 포효(적 둔화, 적의 특성 스킬 3회 무효화)

— 성향: 흑

— 레벨: B—에서 A+

— 주 출몰지역: 언노운 월드 원시림

— 출몰빈도: 희박

"데스 그리즐리!"

이탄이 신음하듯 뇌까렸다.

"크악."

이탄이 잠시 멍해 있는 동안 옆에서 비명이 터졌다. 또 다른 데스 그리즐리가 바이칼의 오른팔을 물고 고개를 좌우로 강하게 흔드는 중이었다. 덩치가 큰 바이칼도 데스 그리즐리 앞에서는 조그맣게 보였다. 그리즐리가 고개를 한 번 휘저을 때마다 바이칼의 몸이 가랑잎처럼 이리저리 끌려다녔다.

바이칼의 대검은 그리즐리의 가슴팍에 박혀 대롱거렸다. 데스 그리즐리는 언데드인지라 피는 많이 나오지 않았다.

그래도 바이칼의 검이 데스 그리즐리를 분노하게 만든 것은 분명했다. 데스 그리즐리가 앞발을 내리찍어 바이칼의 오른쪽 어깨를 박살 냈다.

"크아아악."

팔이 떨어져 나가는 고통에 바이칼이 크게 비명을 질렀다.

하지만 바이칼을 도와줄 사람은 아무도 없었다. 지금 야영지에서는 두 마리의 데스 그리즐리 외에도 수십 마리의 데스 울프들이 헤스티아 일행을 공격 중이었다.

틸리융이 데스 울프에게 발목을 물려 질질 끌려갔다. 그 위로 서너 마리의 데스 울프가 올라타 틸리융의 사지를 하나씩 물어뜯었다.

"끄아악. 형! 형! 살려줘. 끄아아악."

틸리융이 고래고래 소리를 질렀다.

"틸리융. 아아, 틸리융!"

킬리융이 동생을 향해 안타깝게 손을 뻗었다. 하지만 그
또한 이미 온몸에 네 마리의 데스 울프를 매달고 고군분투
하는 중이었다.

커헝!

등 뒤에서 달려든 데스 울프가 아가리를 옆으로 벌려 킬
리융의 목덜미를 물고는 턱에 힘을 꾹 주었다. 우둑 소리와
함께 킬리융의 목뼈가 힘없이 박살 났다. 단숨에 절명한 킬
리융의 머리가 실 끊어진 인형의 머리처럼 이리저리 대롱
대롱 흔들렸다.

"꺄아악, 안 돼. 안 돼애애—."

헤스티아가 울부짖었다.

커허엉.

데스 울프가 풀쩍 점프하여 앞발로 헤스티아를 찍었다.

이탄이 벼락처럼 날아와 헤스티아에게 달려드는 데스 울
프의 옆구리를 발로 걷어찼다. 깨갱 소리와 함께 데스 울프
가 저 멀리 날아가 절벽에 처박혔다.

그사이 또 다른 데스 울프가 절벽을 박차고 점프하더니
헤스티아의 시녀를 위에서부터 덮쳤다. 머리부터 시작하여
시녀의 어깨까지 한 입에 처넣은 데스 울프는 이탄이 달려
들자마자 곧바로 도망쳤다. 데스 울프의 강철 같은 이빨에

끊겨 시녀의 몸통이 땅바닥에 툭 떨어졌다. 시녀의 머리부터 어깨까지는 이미 데스 울프의 뱃속으로 들어가고 없었다.

"아악!"

그 끔찍한 광경에 헤스티아가 기절했다.

"아악, 살려주세요. 제발 저 좀 살려주세요. 엉엉엉."

티케가 악을 쓰다가 결국 입에서 거품을 물고 혼절했다. 그 옆에선 모드융이 입에 거품을 물고 까무러쳤다. 모드융의 하체는 이미 피범벅이었다.

리리모가 티케와 모드융의 앞을 가로막았다. 리리모는 양손에 식칼을 2개 들었는데, 네모난 칼날을 타고 피가 뚝뚝 떨어졌다.

놀랍게도 리리모의 앞에는 데스 울프가 두 마리나 쓰러져 있었다. 리리모의 도살 스킬이 위기의 순간에 빛을 발한 모양이었다.

하지만 리리모도 이제 한계였다.

"으허헉, 으허허헉. 허헉."

리리모의 입에서 헐떡거리는 숨소리가 튀어나왔다. 풀썩 주저앉은 리리모도 이미 정신을 잃은 듯했다.

Chapter 2

이제 모든 희망은 사라졌다. 점퍼 2명이 죽었으니 제시 간에 의뢰를 완료하는 것은 불가능했다. 이탄의 계획이 어그러진 셈이었다.

"씨발."

이탄이 육두문자를 뱉었다.

"내가 무엇 때문에 이 고생을 했는데. 이런 빌어먹을."

데스 그리즐리에게 성큼 다가선 이탄이 다짜고짜 상대의 동그란 귀를 잡아당겼다.

데스 그리즐리의 귓바퀴가 부왁 찢어졌다. 귀 안쪽에서 피고름 가득한 부패한 속살이 드러났다.

크허허엉.

분노한 그리즐리가 샛노란 눈으로 이탄을 노려보았다. 데스 그리즐리는 바이칼을 내팽개치고 이탄 앞에서 위협적으로 몸을 일으켰다.

4미터가 넘는 거구가 일어서자 마치 산악이 융기하는 것 같았다. 샛노란 눈으로 이탄을 굽어본 데스 그리즐리는 벼락같은 속도로 앞발을 후려쳤다.

철벽도 단숨에 뚫어버리는 것이 데스 그리즐리의 파괴력이었다. 이탄은 그 무지막지한 공격을 맨몸으로 맞았다. 방패의 가호도 없이 그냥 맨몸으로.

원래는 이탄의 몸이 단숨에 반으로 찢겨져야 정상이었다. 그런데 이탄은 꿈쩍도 안 했다. 대신 데스 그리즐리의 앞발이 빠캉 소리와 함께 산산이 박살 났다. 앞발을 구성하는 뼈와 근육과 살점이 사방으로 튀었다.

이탄의 몸에서 발생한 반탄력이 상대의 공격을 고스란히 튕겨낸 탓이었다.

끄허어어엉.

데스 그리즐리가 고통에 가득한 포효를 내질렀다. 생명체가 이 포효에 노출되면 민첩성이 뚝 떨어지고 공격 스킬이 무효화되는 것이 특징이었다.

하지만 이탄에게는 통하지 않았다. 민첩성은 그대로였다. 이탄의 공격은 딱히 스킬이라고 부를 수도 없었기에 공격이 무효화 되지도 않았다.

이탄은 우격다짐으로 데스 그리즐리의 뱃가죽을 찢고 양손으로 내장을 움켜잡아 부우욱 잡아당겼다.

끄헉, 끄허허헝!

데스 그리즐리가 미친 듯이 울부짖었다. 이탄의 손길에 닿은 모든 부위에서 음차원의 마나가 폭주하자 그 고통이 이만저만 큰 것이 아니었다. 당장 데스 그리즐리의 신체에 울룩불룩한 기포가 발생했다.

크헝!

스얌을 뜯어 먹던 동료 그리즐리가 이탄을 향해 무섭게 달려왔다. 지축이 쿵쿵 울리건만 이탄은 뒤도 돌아보지 않았다.

이탄의 바로 뒤까지 도달한 데스 그리즐리가 앞발로 이탄의 뒤통수를 후려쳤다.

빠카캉!

이 그리즐리의 앞발도 단숨에 폭발했다.

대신 이탄의 머리통도 바닥에 뚝 떨어졌다.

퍼억.

이탄이 팔꿈치를 뒤로 휘둘러 뒤에서 달려든 데스 그리즐리의 배를 찢어버렸다. 그 다음 몸을 90도 돌려 상대의 뱃가죽 속으로 왼손 팔뚝을 깊숙이 집어넣었다. 이제 이탄의 양손은 두 마리 데스 그리즐리의 뱃속에 각각 하나씩 틀어박혔다.

크허헝!

크허허헝!

이탄의 손에 붙잡힌 두 마리 언데드들이 연신 괴성을 지르며 괴로워했다. 그러면서 언데드 체내의 모든 음차원 마나가 폭주했다.

온몸에 기포가 생겼다가 퍽퍽 터져나가는 끔찍한 광경이란!

공포를 모른다던 데스 울프들이 사타구니 사이에 꼬리를 말고 도망쳤다. 이탄의 등 뒤에선 검은 기운이 스멀스멀 뻗어 나왔다.

"이, 이게 대체!"

바이칼이 아연실색한 얼굴로 이탄을 올려다보았다.

바이칼의 오른팔과 왼쪽 다리는 데스 그리즐리에게 뜯겨 나간 상태였고, 배에도 커다란 구멍이 뚫렸다. 으스러진 갈비뼈의 파편이 심장을 찔러 바이칼의 얼굴은 시커멓게 죽어 있었다. 제아무리 이탄이 치유의 가호를 지녔다고 하여도 이런 중상자를 살려내는 것은 무리였다.

바이칼이 숨을 헐떡였다.

"헉헉헉. 신관님, 조금 전 그것은 대체? 아니 그보다 신관님의 머리는 어떻게······."

찰칵.

이탄이 바닥에 나뒹구는 머리통을 들어서 다시 목에 끼웠다. 그 다음 양손에 묻은 데스 그리즐리의 잔해를 툭툭 털어내고 바이칼에게 다가갔다.

바이칼의 흔들리는 눈동자가 이탄에게 향했다.

이탄은 바이칼 옆에 한쪽 무릎을 꿇고 앉았다.

"고통을 덜어드리겠습니다."

이탄이 침통하게 말하였다.

바이칼은 이미 회생할 가망이 없는 상태였다. 게다가 이탄의 비밀을 엿본 상태라 살려줄 수도 없었다.

바이칼도 그 점을 느꼈는지 미세하게 고개를 끄덕였다.

"신관님……. 아니, 신관님이 아니신가?"

바이칼의 목소리는 놀라움을 넘어서 체념이 담겼다. 게다가 입으로는 이탄과 대화하는 듯했지만 바이칼의 눈은 기절한 헤스티아에게 고정되었다.

"마지막으로 제게 할 말이 있으십니까?"

이탄이 물었다.

바이칼이 눈짓으로 헤스티아를 가리켰다.

"영애님…… 부탁……. 그녀는…… 아무것도 몰라…….."

바이칼의 억눌린 음성이 핏물과 함께 띄엄띄엄 흘러나왔다.

이탄이 고개를 끄덕였다.

"알겠습니다."

바이칼은 비로소 안심한 듯 편안한 표정이 되었다.

이탄의 손이 바이칼의 눈과 코를 뒤덮었다.

우두둑.

이내 바이칼의 고개가 180도 뒤로 돌아갔다.

"후우—."

바이칼의 숨통을 끊어준 뒤, 이탄은 긴 한숨과 함께 무릎을 털고 일어섰다.

데스 그리즐리 두 마리의 잔해물이 푸스스 소리를 내면서 부패하기 시작했다. 야영지 근처에 널린 데스 울프들의 사체들도 심각하게 부패가 되어 흙으로 돌아가는 중이었다. 이탄은 바이칼과 스얌, 킬리웅 형제, 그리고 시녀 한 명의 주검을 한 자리에 나란히 모았다.

그 사이 기절을 했던 리리모와 티케가 깨어났다.

"우흑, 우흐흐흐흑. 신관님."

티케가 허겁지겁 이탄에게 기어와 이탄의 다리 한쪽을 끌어안고 엉엉 울었다.

"으허허허헝."

리리모도 이탄의 반대쪽 다리를 붙잡고 서럽게 흐느꼈다.

한바탕 피보라가 몰아친 뒤, 남은 생존자는 헤스티아와 모드융, 리리모와 티케, 그리고 이탄, 이렇게 다섯뿐이었다.

아니다. 이탄에게는 '생존'이라는 단어가 어울리지 않으니 생존자는 고작 4명뿐이라고 말해야 정확했다.

〈다음 권에 계속〉